NEBULA 画意诗情

宇宙随想

刘慈欣

没有证据证明智慧有利于生存,也许正相反,它是通向毁灭的捷径,因为最顽强的生命都没有智慧。但已经证明智慧能感受美,所以智慧的目的也许只是作为宇宙之美的见证者。必须渺小,才能感受宏大;必须脆弱,才能敬畏顽强;必须短命,才能感受永恒;必须能思考,以感受造物设计的精妙,又不能全知,以防一切在瞬间全透明。这就是智慧生命了,做这种见证者,神不行,只能是人。总有一天,他们会把自己脆弱的躯体装进金属种子,飞过所有荒凉和繁荣的世界,去感知那些神不能感知的东西,这也许真的是他们存在的目的。

NEBULA 画意诗情

焰火早已熄灭,虽然恒星仍在燃烧,行星仍孕育着故事和史诗,但一切只是正在冷却的灰烬;真正的辉煌在百亿年前的一个普朗克时间里已经发生并完成,与那瞬间的瞬间相比,一眨眼都是无尽的漫长。在那短得几乎不能称之为一刻的一刻,奇点暴涨为无限,于是有了以后一百多亿年的巨大存在和约束其存在的规律,于是有了阳光下的玫瑰和星光下的梦想,但这一切真的只是灰烬,宇宙辉煌的顶点不是为脆弱生命准备的,却被思想悲伤地探知。因此,不要抱怨人生苦短,只需哀叹生不逢时。

NEBULA 画意诗情

从行星上仰望银河系或仙女座星云是一件不可思议的事,要知道,行星上的一粒沙子并不能看到整个沙漠,而距离的力量竟使宇宙间如此巨大的存在尽收眼底。更令人惊奇的是,思想竟也能容纳这样的存在,想象的力量可以细化到星云的每粒沙——恒星,可以细化到恒星的每一颗行星,细化到那个小世界里的故事和传奇,细化到那上面一个绿色的公主与一个紫色王子的爱情。不要认为这种容纳是虚幻的,探索的深入已使虚幻和实在的界限模糊了,缤纷的万物可能只是相同的纤细琴弦上弹奏出的不同乐曲。所以,在敬畏星云的同时,加倍地敬畏思想吧。

平行宇宙是一种超越一切的慰藉,当每一个抉择都使宇宙分裂为二时,抉择便也不复存在,就像只手遮住刺眼的阳光并没有熄灭太阳。在被不可穿越的时空之膜分割的所有世界泡中,所有可能都在发生,于是错误和遗憾也不复存在,每一种痛苦都在异世界投下幸福的影子。当这种慰藉最终被证实,不知是幸运还是不幸。

画意诗情
宇宙随想 / 刘慈欣

星云访谈
1　更新代科幻作家江波

宇宙冒险
5　星球往事 / 江 波
91　星海深处 / 【美】乔纳森·舍伍德
119　巨人的肩膀 / 【加拿大】罗伯特·J·索耶

未来景象
49　十七号塔台 / 江 波
135　镜中的罪犯 / 小 麦
171　后会有期 / 【英】斯蒂芬·巴克斯特

神秘往昔
185　麦田里的中国王子 / 长 铗

浪漫传奇
213　射线枪：一个爱情故事 / 【加拿大】詹姆斯·艾伦·加德纳

星云视界
235　美国科幻2009 / 【美】迈克·雷斯尼克
237　中国科幻2009 / 姚海军

星云访谈
INTERVIEW

更新代科幻作家
江波

江波,更新代科幻作家代表人物,清华大学微电子专业研究生毕业,现在上海某外资企业从事半导体研发。2003年发表处女作《最后的游戏》,迄今已发表中短篇科幻小说二十篇,其中以《随风而逝》、"洪荒世界三部曲"、《湿婆之舞》、《追光逐影》最受读者喜爱,其代表作《湿婆之舞》曾被译成日文,在日本科幻杂志上发表。

江波的作品内容丰富,语言简洁,风格冷峻,想象汪洋恣肆,充满硬科幻独有的艺术魅力。本辑《星云》收录的两部中篇对此进行了绝好的诠释。在这两部中篇中,江波再次对想象力的极限发出了挑战。

利用到上海参加高校科幻节活动的空隙,《科幻世界》编辑对江波进行了采访。

"迷"这个词很难准确形容我对科幻的态度
——江 波

问：是什么促使你投身科幻小说创作的？写科幻之前你就是一个科幻迷吗？

江波：我创作小说纯粹出于兴趣。最早的一篇科幻小说是参加《科幻世界》和清华大学科幻协会组织的征文，那时我正在读大三（也许是大四）。那篇征文得了一个三等奖，就是鼓励奖。研究生阶段，我又陆陆续续写了一些，都没能发表，就在研究生即将毕业之前，《最后的游戏》被刘维佳编辑看中，最后得以发表。这可能是我在工作之后继续尝试写作的第一推动。

至于说是不是科幻迷，我想"迷"这个词很难准确形容我对科幻的态度。我对于科幻的热爱包含在好奇心当中。对于未知世界的向往，从小至今，还算幸运，没有泯灭。所以除了科幻，如下领域也让我感到颇有趣味：湮没的历史、考古、传奇人物的逸闻和前沿的科学发现。事实上，在科幻写作过程中，我所试图做的，就是把这些东西杂糅起来，赋予其条理，编织成故事。可以说我的科幻小说，是以上这些内容的集中体现。

问：近期你有四篇小说比较集中地与读者见面，其中就包括收入本辑《星云》中的两部中篇，我想读者一定会为此感到欣喜。

江波：这四篇小说虽然都是新作，但创作时间的跨度还是颇大的。
《十七号塔台》　　2008年12月
《星球往事》　　　2009年5月
《千千世界》　　　2009年10月
《时空追缉》　　　2009年11月

问：《十七号塔台》、《星球往事》这两部中篇和你以前发表的大部分作品一样，都有坚实的科学与技术内核，你在意读者称你为硬科幻作家吗？

江波：好的科幻必然是软硬兼具的，我个人不赞成作这种区分。我也很难被称为一个作家，只能算一个业余写手。硬科幻作家，用一个网络流行句式来说，就是"被定义"。不过这没有关系，我能做的是按照自己的理念来写，至于被定义成什么类型，交给读者和评论家好了。

问：硬科幻作家必须具备相当过硬的技术功底，按刘慈欣的话说：不好写。你认为如何才能写出优秀的硬科幻小说？

江波：我只能说一下自己写科幻的原则，至于说如何写出优秀的硬科幻，这个问题我无法回答，因为优秀和硬这两个标准都不是我能随心所欲制定下来的。

我的创作原则：一、不要和已知的科学世界相悖，你可以用一个完全在框架之外的理论，但是不能用明显相悖的理论，除非你的科幻母题就是对现有知识提出反驳。二、不要有逻辑上的纰漏。

问：你的创作灵感从何而来？在创作过程中一般会遇到什么困难？

江波：灵感来源于很多渠道。比如一句话、一个场景，最多的灵感还是来自别的优秀作品。比如读了《坠落火星》，写了《娥伊》；读了《留下的，留不下的》，写了《发现人类》；读了《时间简史》，写了《自由战士》……最近的一个例子：读了《冰与火之歌》的序言，写了《千千世界》。因为阅历所限，写作的基础只能是大量阅读。

写作中的困难主要还是情节设计，也就是如何把故事讲圆。至于克服困难嘛……时间能提供一切解决方案，前提是你得对问题念念不忘。

问：你读的书的确蛮杂的，科幻作家的确应该有更宽阔的视野。每当说到这个话题，刘维佳都对你赞不绝口。

江波：谢谢。我读的书主要还是集中在科普和历史方面。

问：科幻应该有吧，能谈谈你喜欢的科幻和奇幻小说吗？它们对你的创作是否有所帮助？

江波：好的科幻小说太多了，水木清华的BBS精华区收录了大量作品，基本上我都认为很不错。它们对我创作上的帮助是很大的，从情节到语言到奇思妙想。这些已经发表的小说可以给你提供一个参考点，或者说基准。最简单的要求就是你写出来的千万不要比这些作品差，如果有差距，就要努力弥补。

对了，我最喜欢的一个科幻作品，不是小说，是动画片《太空堡垒》，初中看的，非常喜欢，直到今天对其中的主人公和变形战斗机都有一种亲近感。眼下刚上映的《2012》也颇对我的胃口。

至于奇幻，前段时间刚读完《冰与火之歌》前三部，觉得挺不错。

我个人倾向于具有史诗气势的作品。如果一部作品具有这个特征，那么我都喜欢，远的如《荷马史诗》，近的如《大秦帝国》。科幻小说中也有这样的佳作，比如克拉克的《太空漫游:2001》。

问：对读者来说你是一个很有神秘感的作家，甚至上海的科幻作家和读者都不知道你就在上海。能聊聊你的工作和生活吗？业余时间你都是在写小说么？

江波：工作和生活都很普通，一个普通的上班族而已，没什么值得展示的。至于神秘感，我想可能这是一种误读，慢慢总会消除的。

我业余确实花了很多时间写小说,算是一个主要的兴趣爱好。

问:你的同事知道你是个科幻作家吗?太太不会怪写科幻占用了你的业余时间吧?

江波:同事里少数人知道,或者说极少数。我太太持的态度是既不反对也不鼓励。

问:啊?这种态度有压力。要珍惜,要努力……最后,谈谈你最近的创作计划吧。

江波:最近正在写一个长篇。计划在十万字以上,属于《湿婆之舞》系列(这个系列已有《湿婆之舞》、《五行传说》、《天空之城》、《追光逐影》)。主要内容是人类和异种文明的冲突,是整个系列的主干。这个系列已发的这些短篇和中篇,在这个长篇里面都能找到对应,这是我所构想的一个银河世界。在短篇上,可能时不时会写一点,短篇是没有计划的。

星球往事

江波/文　张晓雨/图

很小的时候,我对老师说长大以后的志向是成为一名宇宙开拓者。这个宏愿引来了哄堂大笑,我则面红耳赤地站着,心底对这样的嘲笑愤然。长大以后,我明白了儿童时代的这个宏愿的确只能是一个梦想,或者一个笑话——其他不论,单就五百度的近视和反复发作的龋齿,就永久性地将我阻挡在这还只是一种可能性的行业之外。于是,只有寻找其他方法来追寻童年的梦想,而科幻小说,是填补梦想的良方。

看了很多小说,自然就想到了写。写的目的也很单纯:向人讲述自己的想象,填补曾经有过的梦想。如果故事讲得不错,像是一回事,能够得到追寻梦想的读者的认可,那么就是成功。梦想不可追,只有退而求其次,希望能够成为纸面上的宇宙开拓者,延续儿时的梦想。

——2003年,江波成为《科幻世界》"每期一星"时如是说战争突然发生,然后,结束了。

托尔斯在飞船上度过了他的黄金岁月。光芒四射的恒星照射飞船,当光压达到四点五微帕时,自动系统就会将他唤醒。此刻,他正醒过来。

飞船很快在这个恒星系中找到了行星。"这是一颗岩石星球,它看起来不那么亮,有点锈迹斑斑……大小接近地球,有两颗小卫星,不知道另一面是不是有更多的卫星,其卫星大概只有月亮四分之一大小。"托尔斯照例录制航行日记。用地球和月球来对其他行星进行描述不是一种精准的方法,然而托尔斯习惯这么干。他知道自己的任务不是记录星星的位置和轨道,不是分析行星的化学成分,也不是寻找可能的生命痕迹,机器能够做到这一切,他唯一的任务是看——用一双人类的眼睛去看。

这件事极端枯燥乏味,却极为适合他。什么样的性格就该干什么样的事业,强迫着来是不行的。

托尔斯看了看时间表,飞船日历2574年10月11日。真巧,正好是十年!

十年前的今天——至少对他来说是十年前,他正身处太平洋的一个小岛,躺在沙滩上,仰望一碧如洗的天空。耳边是海水轻拍沙滩的声音,细微的风声,还有赤脚踩在沙地里的声响。

"托尔斯,走吧。"一个声音仿佛从很远处飘来。

那是商绍良。

商绍良是他的一个朋友,认识并不久,然而托尔斯认定他们之间有种惺惺相惜的默契。古人有说法,白头如新,倾盖如故,说的就是这么一回事。

他一定已经死了……托尔斯这么想。他活动一下脖子,脑袋画了一个圈,把关于商绍良和地球的一切都排除出去。

"现在我们正向那颗星球靠近,十个小时后,飞船将从十万公里的距离上掠过该星球,那将是最佳的观测机会……"他继续写航行日记。

"这是一颗浓云密布的星球,并不友好。"几个探测器进入星球大气,传回的信息告诉托尔斯这颗星球表面看上去十分平静,实际上一团糟。在厚实的云层下,以氮和二氧化碳为主的大气飞速流动,形成几个巨大的对流圈,时速达到上百公里的风暴一刻也不曾停息。

"这颗星球和地球颇为类似,然而在这里的大气条件下生命很难存在。"托尔斯不急不徐地记录着,"这是第四颗与地球类似的星球。地球那样的个头似乎在宇宙中很常见,只要主恒星的质量与太阳相近,就很容易产生一颗与地球类似的星球。TS115不会特意在这颗星球停留,我也同意——我们已经在类似星球上花费了大量时间……"

托尔斯停顿了一下,有一句预言看起来很像是真理:生命到处都是,但绝大多数只是和细菌类似。在曾经勘探过的两颗星球上,最大的发现就是一些细菌。毫无疑问,它们是生命,甚至像是地球的细菌亲属,然而,它们充其量只是细菌而已。第一次发现外星细菌是值得兴奋的事件,然而反复地发现细菌只让人觉得沮丧。人类是独特的,这让人骄傲;人类是孤独的,这让人惶恐不安。

"我要尽量节省时间。"托尔斯接着说,然后关上了航行日记。

托尔斯看了看星图,每一个直径在两千公里以上的天体和它们的运行轨迹都被显示出来,飞船的轨迹以一道亮线表示,横穿几条行星轨道,从中央恒星边缘二百万公里处掠过,再次横穿行星轨道,最后飞出星系。整个过程需要一个月,那就是托尔斯能够保持清醒的时间。

初步分析进行完毕。虽然这颗星球并不友好,但从某些方面来看它仍旧很有趣,比如它的自转和公转方向几乎完全相同,就像一只硕大的轮子在轨道上滚动。还有,大气中飘扬着大量尘埃,这些尘埃似乎从来没有降落过,几乎遮蔽了整个星球,它让整个星球看上去几乎是黑色的。

托尔斯曾经过十六个星系,其中两个行星系统跟太阳系大不相同,它们的中央恒星太小,引力太弱,在漫长的岁月里,行星渐行渐远,失去恒星的光和热,成了冰冷的石头,在遥遥远远的宇宙深处绕着中央恒星缓慢地运行。另外十四个星系具有类似太阳系的行星系统,无一例外,它们都有一颗类似地球的岩石星球,类地球也许有生命,也许没有,这取决于该星球的表面温度。大部分星球表面温度很高,从摄氏两百度到六百度,区别很大,然而对人类来说都是地狱,不同之处仅在于那是地狱的第几层。只有三颗星球温度合适,然而,托尔斯在它们那里只找到了细菌。

眼前的这颗黑色星球略为不同。二氧化碳牢牢地包裹着球体,然而黑色尘埃几乎吸收了所有热量,星球表面温度很可能在零度以下。最乐观的估计是能够找到简单的细菌。

"地球上的生命哪怕不是唯一的,也是珍贵的。这不是猜测和推理,而是观察结果。在过去的十年里,所有的十六个星系看起来都荒芜不堪,加上眼前这个,就是十七个。"

托尔斯停顿一下,他突然有一种强烈的感觉,想回到地球去,这油然而生的冲动让他鼻子一酸,眼里充满泪花。他抽了抽鼻子,让心情平静下来。

类地球行星正显示在屏幕上,半明半暗的球体上青黑的色彩涌动,让它看起来仿佛某种活物。巨大的立体屏幕把星球呈现在眼前,触手可及,仿佛用一只手就可以摘过来。

"这是我们的星球。"十年前,商绍良就站在这样一幅星图前边,只不过,星图上那颗星球是蓝色的。

"你看,这是'雷霆三'。"他的手伸入屏幕中,指尖触动一个小小的黑点,整个屏幕在瞬间静止,被碰触的黑点倏然变得巨大,栩栩如生的巨型飞船图像出现在托尔斯眼前,甲板上,排列整齐的管状物竖立着,黑洞洞的管口敞开,指向地球。

三十六根管子,每一根只有一发炮弹。然而,它的威力比地球上所有的热核武器加起来还要巨大。每一发炮弹都是一个小巧的飞行器,设计精巧而复杂,三百克反物质氢被隔绝其中,一旦炮弹把反物质倾泻出来,爆炸的威力可以把喜马拉雅山脉削低一百米,或者让日本列岛沉入大海。

托尔斯凝视着这些管子,"他们不会理会的。而我们却失去了地球。"

商绍良瞥了托尔斯一眼,"这是最坏的准备。没有人想毁掉地球,然而我们必须得有手段让敌人惧怕。"

托尔斯的注意力回到雷霆三上。这个最具威力的智能武器平台正在地球上空静静地游弋,在月亮和星空的衬托下,充满冰冷的金属感。

托尔斯突然觉得有些荒谬,世界怎么会在短短的二十年间天翻地覆,变成一副他从来不认得的模样。

无数的人已经死了,更多的人还会死掉。而地球,这个所有人共同的家园,也面临着从未有过的威胁。

他低着头,说:"你们都会被谴责的。"

商绍良再次瞥了他一眼,没有说话。

雷霆三的图像渐渐地后退,屏幕恢复成静悄悄的星图。青翠的星球在眼前优雅地旋转,触手可及,仿佛用一只手就可以摘过来。

"胜利者得到历史,是不受谴责的。失败者失去一切,并不惧怕谴责。"商绍良突然打破沉默。

监控器上红色灯光闪烁,飞船的探测器送回来一个强烈信号,它认为找到了有价值的东西。托尔斯漫不经心地看了一眼,这是大气探测仪,几个探测仪当中最简单的一个,它的既定任务是分析大气成分。托尔斯认为它已经非常圆满地完成了任务。

　　然而飞船并不这么认为,短短的十五秒钟后,飞船突然转向行星。托尔斯在猝不及防的加速中从座椅上飘浮起来。他及时把自己拉了回去。

　　"看起来TS115认为事情非同小可,没有我的同意,它擅自采取了行动。"托尔斯在椅子上坐稳,第一件事就是给航行日记加上旁白,然后他开始质问飞船。

　　"TS115,报告情况。"

　　"高度有序结构确认。采样程序进行。"

　　"给我看看……"

　　托尔斯的话没有说完,左手边出现一个投影,一个透明的球状物若隐若现,飘浮不定,仿佛一个巨大的肥皂泡。强光照射过来,小球收缩,透明的内部出现了某种变化,刹那间变成深色,仿佛一个小小的奇点,把一切都吸收进去。小球的色彩慢慢变浅,纹路隐约显露出来,精美的螺旋花纹仿佛鹦鹉螺的美丽外壳,细微的颤动中,气流顺着螺线流动,它略微膨胀,所有的纹路在一瞬间消失不见,重新变成透明。

　　托尔斯目不转睛地看着它。它是活的!

　　大气探测仪把它分离出来,这东西的质量达到六十毫克,内外双层结构,中空,悬浮在大气中,四处飘散。大气探测仪过于简单,无法进一步说明情况。

　　然而这样简单的情况已经让托尔斯激动不已,他把视线转向星球。

　　"这些青黑色……"托尔斯考虑措辞,那不是星球的本来颜色,无数的细小颗粒飘扬在大气里,它们的数量如此之多,以至于整个星球因此而改变了颜色。最初认为这是尘埃,然而它们是活的,是某种生命!

　　"大气探测的结果看起来就像无数的孢子弥散在大气中,这真让人激动。这是第一次发现这样复杂结构的物体,而且规模如此巨大。单从数量上看,它们很成功。虽然不知道它们在多大程度可以称为生命,然而,直觉告诉我,它们就是生命。"托尔斯压抑着激动,用平静的语调把这个重大的发现记录在航行日志里。飞船没有回程,也许永远不会有人和他分享这充满着欣喜的一刻,然而人总是希望留下点什么,希望后来者知道曾经发生的故事,特别是这种重大的见证时刻。

　　托尔斯放慢语速,用一种郑重其事的语调继续记录:"托尔斯·冯,飞船日历2574年10月14日。我们在见证历史,人类飞船遭遇地球之外的复杂生命。很快,我们将揭开更多的秘密。

"十八个小时后我们将距离星球三十万公里。TS115选择了一条轨道,正好处在两颗大卫星的轨道之间,在十五天的时间里,可以和该行星的两颗卫星各交会两次。这种个头的卫星在行星系统里也很少见,它们的形状不很规则。"

托尔斯侧过身,飞船已经更为逼近星球,屏幕上的影像也更大更细致,两颗卫星分列星球的两侧,三个天体排列成直线,它们的轨迹被显示出来,较小的那颗靠近行星,速度较快,较大的一颗运行缓慢。

图像多了一条轨迹,又一颗卫星被发现。这是一个很小的个体,直径只有三百公里。

更多的卫星显示在星图上。

最后,卫星的数目确定为十三颗,两个大家伙和十一个小兄弟。

十三条轨迹围绕着星球纵横交错。

商绍良站在门边。这扇通向外界的门二十年没有打开过,托尔斯以为它再也不会开启,然而它却被打开了。

商绍良站在门边。他是一名军人。

"冯先生,这里不安全,请跟我们转移。"

托尔斯茫然地看着一队军人鱼贯而入,动手清理各种物件。二十年的宁静突然之间被打破,让他无所适从。

"去哪里?"茫然了十几秒后,他终于想到了这个问题。

"敌人正在靠近这里,他们特意派遣了一个山地旅对整座山进行搜索。显然他们并不知道您的确切位置,但是某些模糊的情报已经足够让他们找到这里。"

"敌人?"

"是的。我们处在战争中。很抱歉把您从这里带走,我们绝不希望您落在敌人手里。"

于是,托尔斯跟着商绍良上了直升机。

在空中,他再次看见激流奔腾的澜沧江,两岸悬崖峭壁,郁郁葱葱,印证着模糊的记忆。他甚至看见了那片桃林,二十年的时间过去了,桃林仍在。一切仿佛没什么变化。突然他看见了不同的东西,江面上,两具尸体随着急流忽隐忽现,不远的江流转弯处,水面突然间开阔,被急流冲下来的尸体堆积起来,江面上黑黑一片。

托尔斯艰难地咽下一口唾沫。

"三天前在上游有一场战斗,我们损失了四千人。敌人打扫战场,他们直接把尸体丢进了澜沧江。"商绍良轻轻地说。

"这真是……太野蛮了。"

"欢迎回到现实世界。"

托尔斯回头看了商绍良一眼。是的,二十年来,除了超空间,托尔斯不关心任何东西。他想起来的确有人向他提到过战争,然而他根本没有理会。他直接把这些不相干的东西丢进垃圾桶,那不是他应该关心的事。此刻,他必须直面这种现实。宁静已经被打破,谁也不能抗拒,或者逃避。

"如果能够不理会这一切,那就太好了。"商绍良说,"可惜根本没有世外桃源,我们必须面对现实,没有选择的余地。"他的目光透过直升机的窗户,落在遥远的山峦上,"情况很糟糕,我们需要您的帮助。"

商绍良拿出笔记本电脑,一个影像跳出来。托尔斯认得他——联合国秘书长的秘书卡鲁——然而那是二十年前的头衔。现在的卡鲁显得很老,却很有威严。

"将军,冯先生和我在一起。"

"谢谢,少校!托尔斯,还记得老朋友吗?"

"卡鲁,你怎么成将军了?"托尔斯记得卡鲁最大的愿望是成为联合国秘书长,他也一直在为此努力,为此他从K区外交次长的任上离职,成为秘书长秘书。他的人生简直太有目标了,而且有模有样地一直向着这个目标前进。托尔斯遇到他的时候,介绍人悄悄告诉他,十年后的联合国秘书长就是他。然而此刻,卡鲁是一位将军,正在指挥人马和敌人作战。将军的地位也许很崇高,不过和联合国秘书长相比,志趣相去甚远。

"说来话长。我们只有两分钟,这个话题将来再谈,现在,我们需要'雷神'号。你是总计划的负责人,现在你还是总负责人,商少校会协助你。"

"'雷神'号?你是说'雷神'号?"

"是的,朋友。'雷神'号已经基本完工。我们应该及早找到你,然而你实在太聪明,给我们设置了不小的难题。商少校用了一年的时间才找到你。"卡鲁将军持续不断地说下去,"已经浪费了太多时间,抓紧时间,朋友。我们的头顶上有十三颗敌人的卫星,其中十一颗监视着地面的一举一动,另外两颗随时准备往下丢核弹头。"

"核弹头?你是说有人把核弹头送入了太空?"

"不仅如此,他们已经用核弹摧毁了我们两个集团军,直接杀死十五万人。眼下,他们正在策划进攻。商少校会告诉你更多的情况……"

卡鲁的影像突然消失。

"时间不能超过两分钟,否则敌人可能追踪我们。"商绍良一边说一边从口袋里掏出存储卡插入笔记本,他熟练地按动几个键,一个虚拟屏幕出现在托尔斯眼前。那是地球。

十三条轨迹被高亮显示,那是敌人的十三颗卫星。其中两个,是武装空间站,或者用一个专业术语称呼：自动核轨道站。不是核动力或者核电池的意思，而是核武器，这是两个高度自动化的武器发射平台，除了恐惧和杀戮，无法想象它们还有其他任何作用。

直升机离开了澜沧江河谷，掠着树梢飞行。

托尔斯盯着十三条轨迹，怔怔出神。

"我们正在轨道绕行第三圈。TS115在一个小时前送出'达尔文'号登陆船，它将直接降落到大气底层。这颗星球的大气充满这种被命名为'黑尘胞'的巨大分子，然而根据先前的探测，大气底层一直有很强烈的风暴，而且温度高达一百六十摄氏度，很难想象黑尘胞这样的复杂分子团能在这样的条件下产生。'达尔文'号会给我们带回来更多的消息。但愿它能平安着陆。

"'达尔文'号将带回来几个黑尘胞的样本。它没有足够负荷，否则，我可以一起下去看看这个神秘世界的真实面目。"

托尔斯泡了一杯茶，让它在眼前悬浮，富有弹性的液态球在眼前微微颤动，细微的杂质在球体中悬浮，光线照过来，仿佛一块晶莹的琥珀，一些细小的尘埃和岁月凝固其中。托尔斯希望眼前是一只水晶球，能透过它知晓一切。然而一切都不能操之过急。尤其是在这个陌生之地，没有任何支援可以依靠。

只能等"达尔文"号的消息。托尔斯把嘴唇凑上去，深吸一口，温暖而略带涩味的液体被吸入口中，他使劲吞了下去。

托尔斯从沉睡中醒过来，"达尔文"号登陆船已经传来画面。

船潜得太深，黑尘胞遮挡了光线，能见度很低。放眼望去，一片昏暗的混沌。探照光柱中偶尔闪过几个黑点，那是偶尔从上层流窜到下边来的小胞体。眼前的大气相当地平稳。这和之前的观察出入很大，让托尔斯有些意外。一些结果正在被修正，更准确的分析显示，这颗星球的大气圈相当复杂，至少有三个大的圈层，如果更仔细些，可以分作六层。总体上，这是一个狂暴的大气圈，然而其中的两个圈层却相对平静，气温也并不算很高，只有六十摄氏度。绝大部分黑尘胞聚集在这两个圈层。这样的圈层结构多多少少和地球大气有些类似。

托尔斯的注意力集中在黑尘胞的化学分析上。它含有铁和硅，少量的碳，最多的成分是氢。铁和硅！铁的原子量是56，硅的原子量是28，它们都算不上重元素，在类地星球上再常见不过。然而托尔斯两眼放光——相对于气体，它们已经太重了——这不是应该在大气中存在的元素，它们属于大地，属于星球的躯体。顺理成章的推论让托尔斯异常兴奋：这些黑尘胞含有浓度不低的铁和硅，它们必然有方法从星球表面获取这些元素。这个发现毫无疑问具有巨大的科学价值!

更有价值的是黑尘胞的结构,"达尔文"号会采集样本,带回母船。托尔斯看了看飞船信息,距离预定的返程还有十八个小时,他必须再耐心一点。

图像有些抖动,画面不再清晰,原本一片混沌的昏暗变成了彻底的黑暗。

眼睛适应了黑暗之后,托尔斯看见一些幽暗的影子。

商绍良已经告诉他,这里有一些让人惊讶的东西。然而当托尔斯亲眼看到,他还是忍不住惊讶地叫起来。

叫声惊动了那些隐约发光的躯体,他们发生了一些小小的骚动。托尔斯可以感觉到,他们正注视着自己。

这就是商绍良所说的敌人。

灯光重新打开。眼前的牢笼里关着四个人,他们神情冷漠,直直地盯着托尔斯。他们的皮肤微微发黑,眸子深蓝,鼻子高挺,头发微微卷曲,模样仿佛加勒比海沿岸的某些少数民族,然而,他们是截然不同的另一种人。

"他们突然发动了战争,向欧洲、东亚、南亚发动袭击,手段残忍。他们使用了病毒武器。"

"联合国最初的判断是一场流感瘟疫爆发,然而情况很快变得明朗,S区、A区以及K区、W区没有任何瘟疫发生,而且,他们派遣军队进入了疫区。"

"基因工程?"S区、A区,这些地名让托尔斯马上明白了事情的原委,这些地方一直是著名的保护区——任何基因工程在这两个区都是合法的,包括制造只有腿的鸡,生长人体器官的羊,或者某些凶狠无比、嗜血成性的猛兽。

"是的,而且改造得很彻底,她们之中是没有男人的,Y染色体不存在。所有的人都是女人。"

"女人?"托尔斯有些怀疑地看着眼前的四个囚犯,她们看起来显然是男人。

"从外表上,她们都是男人,但是从性别上看,她们都是女人。"

托尔斯默然。上大学的时候他曾经面临抉择,选择生命科学还是时空物理,他的父亲告诉他,这是选择研究内还是外,生命科学是内,最终的问题是怎样改造人类自身;时空物理是外,研究对象是置身其中的世界。就自然科学而言,没有什么别的比这两个课题更有价值,这是两朵精致的科学之花。反复考虑之后,托尔斯选择了时空物理。原因很多,其中之一就是把人当作研究对象在某些情况下超越了托尔斯的承受力。然而此刻,他明白自己还是低估了某些人的想象力。他茫然地看着这些比他更男人的女人,有些不知所措。

"的确有些难以想象,居然会有人做这样的基因工程。"商绍良仿佛看透了托尔斯的想法,"然而这是很成功的基因工程。她们不需要性生活,人工受孕,生下的孩子是完全的复制品。智力发达,行动敏捷,完全超过我们。她们只需要一年就长大成人。"

托尔斯重重地呼出一口气。

"这是精心策划的阴谋。她们使用病毒武器,白光基地受到攻击,几乎所有的人都死光了。"

"什么样的病毒?"托尔斯问。

"它攻击我们的第三对染色体上的某几个基因组。初期症状很像感冒,然而后来情况越来越糟糕,最后胸腔产生畸变,心肺功能衰竭,无药可救……先说战争,她们发起攻击,然后派遣军队接收了白光基地。白光基地是地球上最先进的三个核武器基地之一,保有地球上二分之一的核武器。她们有运载工具,大量核武器被送上太空。

"地面上是克隆人的进攻,头顶上是核武器,还有基因病毒四处扩散,你可以想象我们的处境。"

"怎么会这样?!"

"这件事也超出了我的理解力。三年前,我还在读大学,情况急转直下,仅仅一年的时间,她们几乎占领了整个欧亚大陆和北非。休战了一年后,她们重新开始进攻,这一次的目标是中国区和东南亚。不过,这一次我们已经有了准备,她们的攻击被挫败,两个集群被分别消灭在塔里木盆地的盐城和甘肃酒泉。但是……"

"她们使用了核武器。"

"是的,您也能猜到。"

"我们用十几年的时间培养孩子,她们却只需要一年的时间把婴儿变成成人。她们不会珍惜他人的生命,也不在意自己的生命。"托尔斯看着关在笼子里的敌人,"如果她们都来自同一母体,那么只要剩下一个,就是胜利。"

托尔斯面对商绍良,"从前这只是一个理论上的假想,现在却成了事实。她们看起来不可战胜,所以你们需要威力更强大的武器来制止她们?"

商绍良毫不回避托尔斯的目光,"是的,而且,我们已经准备好撤退到月球。"

托尔斯避开年轻人的目光,他再次看着牢笼中表情冷漠的四个人,她们仍旧用冰冷的眼神看着自己。他明白商绍良话中的意思——宁愿放弃地球,也不能和她们共存。当然,从那冰冷的眼神中,托尔斯可以推断这绝不是商绍良单方面的想法。她们甚至已经让自己的身体做好准备适应核冬天的到来。科学之花结出鲜艳的果实,却毒死了所有的人。

托尔斯跟着商绍良在长长的通道里走着,闷声不响。最后商绍良打破了沉默:"还有一个选择,启动'雷神'号,离开地球。"

托尔斯没有回应。

"达尔文"号终于重新开始发送稳定信号。它降落在这颗星球的表面。狂暴的大气湍流搅动沙土,大大小小的颗粒仿佛子弹一般击打在"达尔文"号的外壳上。无法进行其他考察,"达尔文"号只做了一件事:它抓起一把沙土。然后,它开始上升。

突然,"达尔文"号受到强烈的撞击,船体略微震颤,探照灯的光柱中,一个黑影一闪而过。撞击没有造成太大影响,"达尔文"号继续上升。

托尔斯把影像回放,端详着那个碰撞了"达尔文"号的东西。那只是一团篮球般大小的黑影,然而让人费解,什么样的东西会拥有这么大的体积,而且在随着风暴四处游荡?黑色的影像仿佛一个水母的影子,巨大的椭圆头部下边许多细小的触手随着气流不断摆动,看上去很柔软。

这肯定不是一块石头,风力还没有大到能吹起这么大的岩石。

这是一个生物?托尔斯压抑着这个吸引人的想法。黑尘胞虽然看起来仿佛一种生命,然而那只是一个微小的个体,如果个体能够生长到篮球般大小,那么几乎可以宣称发现了另一个地球。

猛地,托尔斯挺直身子,他紧紧盯着另一块屏幕,"达尔文"号另一部摄像机的画面显示在上边。在那个方向上,没有探照灯,屏幕一直是黑的。然而此刻,那上边有光。一溜光点在屏幕上蜿蜒,起伏波动。那是一个个细小的蓝色光圈,显然有一群什么东西,正在"达尔文"号的上方随风而行。

托尔斯凝视着屏幕,幽暗的蓝光闪烁,他揉揉眼睛,试图证明那不是幻觉。

那不是幻觉,那是一群生命体!托尔斯仿佛看到一群水母在幽深的大海中游弋。蓝色的光呈现出一种有节律的变化,它们依次变暗,然后又重放光辉,首尾相连,仿佛一条长链,随风起伏。

托尔斯几乎忘记了自己的存在,这简单的画面在他的眼里无比美丽,充满神奇的魅力。自然创造了多少奇迹!在这样的一颗星球上,居然有这样美丽的生命!

他最后回过神来,打开航行日志,"这是一个激动人心的时刻。如果我们不是正在遭遇一种智慧生物,至少也是一群复杂生命体。它们看上去正随风旅行。我让'达尔文'号跟上它们。这个离奇的世界已经远远超出了想象。"

托尔斯躺了下来,重重地呼吸。

他做梦也没有想过自己能够见证这种时刻,一颗拥有复杂生命的星球,一颗可以和地球媲美的星球。他仿佛正在打开一扇大门，有光线从门里边泄露出来，虽然还不能看清楚门后边的景致，但他可以想象那一定是五彩缤纷，灿烂夺目。

超空间理论。

超空间飞船。

第一次真正意义上的星际旅行。

一个人一生中能够实现其中的一项就是历史伟人，托尔斯却做到了三项，然而与眼前的发现相比，那些曾经的成就顿时黯然失色。一个可以和地球媲美的复杂生命系统！

托尔斯静静地躺了一会儿。他想到很多，关于生命，地球，还有宇宙。各种各样的世界观在他的头脑盘旋，变成碎片，他的头脑仿佛万花筒般变幻莫测而又支离破碎。

屏幕上，成串行动的光圈变得越来越大，"达尔文"号正迅速地靠近它们。很快，摄像机传来一个特写，那是一个椭球体，看上去仿佛一只巨大的透明鸡蛋，一圈蓝色光点环绕躯体，六条细细的触手被风吹得四处摆动。

这情形有些熟悉，回忆突然间蹦了出来，他想起来这像什么。

星空之门。

这是托尔斯梦寐以求的地方。他无数次看过这个模型，但是从来没有想到有朝一日能够亲眼看到它。

巨大的拱门上蓝色的光点不断闪烁，物质和反物质就在这闪烁中不断分离。

从地面往上看，那是一颗耀眼的蓝色巨星，即便在白昼的天空中也能看到。此刻，在距离一百六十五公里的位置看上去，它就像一只被蓝色光圈环绕的透明鸡蛋。托尔斯正站在一座小小的平台上，这是"坚盾"二号的一个观察窗。"坚盾"二号和另三座平台构成一个正四面体，正四面体的中心是星空之门，它们是精心设计的防卫系统，可以抵抗海盗的袭击。海盗是一种无人机，到目前为止，这是敌人唯一使用过的远空间武器。她们似乎把主要力量放在地面上，除了近地轨道，她们并没有努力控制太空。

星空之门在托尔斯的眼里熠熠发光，"我以为要过一百年才会有这种装置出现。"

"有些东西是花再多的钱也造不出来的；有些东西却不是造不出来，而是经济无法承受。这个项目获得了优先权，任何事都要排在它后边。它看起来很美，是不是？它消耗了人类生产总值的四分之一。"商绍良看着托尔斯说。

托尔斯扭头看着他。

"冯先生，感谢您的理论，事实证明它是对的。这个赌注很大，但是我们押对了。"

托尔斯看着商绍良，"这不是赌注，理论无懈可击，这只是一个时间问题。"

"我是说谁也没有真正做过这个,就工程而言风险很大。而且是在这种紧要关头。"

"二十年前就可以启动这个计划。"托尔斯轻轻摇了摇头。

"如果不是战争,没人会去造它。人们当然很希望科学得到发展,但是他们更关心桌上的伙食。"

"这么说我要感谢这场战争?"

"如果你觉得它比十二亿人的生命更重要,可以这么说。"

托尔斯没有回话,他的目光紧紧地盯着那梦寐以求的东西。蓝色的光线仿佛梦幻,他陶醉其中。是的,这就是他的梦想,一个来自上帝的结构,时空螺旋的终点。能在有生之年看到它,他觉得自己的生命再也没有任何遗憾。然而,它居然被用来制成武器,毁灭无数的生命,甚至地球,这却是托尔斯未曾料到的结果。

"反质子在电磁场控制下进入预备的控制舱,然后装载,最后制造炮弹。我们已经制造了三十六颗反物质炸弹,每一颗有三百克反物质氢。"

"你们会毁掉整个地球。"

商绍良犹豫一下,"如果这是消灭她们的唯一方法的话,也只有这样做了。这是个最坏的结果,理论上,我们还可以重建家园,但谁也不希望这样的结果发生。"

托尔斯突然有一种无力感,地球就在眼前,巨大的蓝色球体悬挂在半空,无数的生命包裹其中。地球在呼吸,它是活的。一旦炸弹落下,它将瞬间变成地狱般模样,随后死去。是的,地球仍旧会转动,阳光依旧,生命却不复存在。失去了生命的地球,是否还是那个地球,那个被称为家园的地方?

"冯先生,这是最后的选择。现在的问题是:我们不使用这种武器,一旦她们最后得到地球,下一个目标就会是月球。我们无处可逃。"

托尔斯很久没有说话,只是自顾自地看着星空之门。他仿佛突然之间回过神来,"那个发射平台叫什么?'雷霆三'?给我看看它的图像。"

商绍良打开星图,小小的星球在眼前旋转。商绍良把手指伸入屏幕中,碰触某个小点,一艘栩栩如生的飞船出现在托尔斯眼前。

"你看,这是'雷霆三'。"商绍良说。

蓝光水母的确在随风旅行。

托尔斯把它们命名为蓝光水母。"蓝光水母是一个很贴切的名字,至少从地球人的角度看来如此。它们的行为也很像水母。它们的身体上遍布小孔,这些小孔可以吸入空气,然后从某些小孔喷出,调整行动方向。有个有趣的猜想,它们吸入的空气中有大量的黑尘胞,它们可能以黑尘胞为食。"

整整二十四个小时,除了两个小时的小睡,托尔斯一直在观察"达尔文"号传来的图像。"达尔文"号距离水母们很近,某几只水母甚至就在"达尔文"号的镜头前打转。他仔细地观察它们,分析它们,惊诧于它们的美丽。只要醒着,他的眼睛一刻都没有离开过显示屏,除了偶尔记录航行日志,他的全部注意力都在这些发光体上。

TS115打断了托尔斯,它把一些画面送到托尔斯面前。托尔斯对这种未经许可的行为有些恼怒,然而他很快平静下来,画面上,强大的气旋正在赤道附近形成,而气旋的位置正在"达尔文"号前方五百公里。

"初步判断,这个气旋形成了'达尔文'号所遭遇的强气流。这些发光体正顺着气流流向气旋中心。气流强度将达到一百六十里每小时,接近'达尔文'号的控制极限。"

"'达尔文'号是否应该停止前进,进行返回操作?"

托尔斯有些犹豫,在狂暴的大气面前,最保险的办法是让"达尔文"号返回,或者进入卫星轨道,等待合适的时机再行进入。然而,他无法放下眼前迷人的发现。

他转头去看六号屏幕。TS115把"达尔文"号的摄像镜头转移到了那里。

突然,屏幕上的八只蓝光水母发生了骚动,其中一只突然消失,紧接着另一只也消失了,剩下的蓝光水母重新列队,继续排列成一线。

托尔斯猛然想到什么,大叫起来:"快,红外图像,核磁扫描图像,还有弱光,把刚才的镜头重放一遍。"

核磁扫描每半秒进行一次,然而还是能把事情看个大概——一个蛇状物体从镜头上方闯入,速度很快,蓝光水母出现骚动,队列散开,蛇状物体微微扭曲,突然改变方向,一只蓝光水母即刻消失,紧接着,它第二次改变方向,第二只蓝光水母被吞没。蛇状物体膨胀了一倍。它从镜头左边退出,就像它进入时一样迅速。

这是一个掠食者。它是全黑的,隐藏在黑暗背景中,在可见光谱上完全不能分辨。托尔斯还注意到另一个现象:蓝光水母和这个掠食者在红外光谱上几乎不可见——它们几乎不发热。或者说,它们的身体温度几乎和六十度的气温完全一致。

托尔斯还没有从新发现的激动恢复过来,就看到了更惊人的东西。"达尔文"号的远景摄像机里出现了一些光亮,那是很遥远地方发出的光,穿透充斥着黑尘胞的黑暗空间抵达这里。TS115给出了估计,那是一个直径达到一百六十五米以上的光球,距离在五百公里左右——那里正是风暴眼。

"'达尔文'号继续跟进!"托尔斯下达指令。

"达尔文"号发现了越来越多的蓝光水母。它们都和最早发现的那一队水母一样,随

19

着气流向着风暴眼前进。"黑渊蛇"偶尔出没,这种掠食者具有很强的运动力,在镜头中从出现到消失不超过十秒钟,托尔斯一直没有找到机会仔细观察。更多的水母种类被发现,其中的一种个头很大,远远超过"达尔文"号,远远看去,就像闪着蓝光的透明山丘,黑色的空气被吸入体内,在它的体腔内慢慢变得稀薄、透明,甚至一些小的蓝光水母被它进去,也很快被消化掉。这种水母发热!在红外光谱上清晰可见。托尔斯把它称为红山水母。

越靠近光球,个体越多。托尔斯仿佛来到了热带海洋的水下,形形色色、五彩斑斓的热带鱼群四处游弋,让人目不暇接。

托尔斯躺下,吐出一口气,放松。这里有太多的东西等待他去发现,他要养精蓄锐。

上方的屏幕里,青黑色的星球位于屏幕右下,左上的位置是一颗大卫星,散发着白色光芒。一个亮点正从星球背后升起,快速地向着大卫星的方向运动,那是一颗小卫星。

托尔斯心里一紧,猛地坐起来。

一个亮点从地球升起,向着月球而来。

那是一枚导弹,目标指向月球一号基地。它从白光基地发射,那上面可能装载了亿吨级的核弹。月球上的人们沸腾起来,这是第一次出现针对月球基地的攻击。三十万公里的距离,月球上的人们有足够的时间预警。然而他们没有太多的应对方案,月球的轨道不可更改,只能把导弹拦截在太空中。

托尔斯和商绍良在卡鲁将军那里看到了这个图像。他们正在卡鲁将军的办公室里商谈"雷神"号。

卡鲁将军看着画面,突然说:"必须抓紧时间。"

托尔斯明白他说的是"雷神"号。

"雷神"号是托尔斯和杨帆合作设计的船。杨帆是造船专家,而托尔斯是空间专家。

"雷神"号是一艘超空间飞船,装备湮灭引擎——正反物质湮灭释放能量,同时制造空间裂隙,把飞船推入超空间。它是人类实现太空旅行梦想的必经之路,然而它过于超现实,因此一直只是一艘概念船。

当星空之门成为现实、源源不断的反物质从时空奇点进入控制舱时,"雷神"号的船体也逐渐成形。成千上万的精英分子用他们的聪明才智改造了设计,把飞船放大,让它可以承载至少一百万人。他们也根据最新的造船技术改进了大量细节,在飞船上建立了完整的生态系统,使人们可以在飞船上长期生存。

然而,最大的难题是如何把它开动起来,湮灭引擎并不能像预期的那样工作。

有些事商绍良肯定知道,然而他并没有告诉托尔斯。卡鲁将军把一切都和盘托出。

"敌人迟早要进行太空战。我们无法抵抗她们。地球和月球的体积很好地表现了她们和我们的力量对比。军事斗争往往能创造奇迹,然而这一次和历史上任何战争都不一样。我们面对的是一个彻底的战争机器,我们毫无胜算。

"我们拥有反物质炸弹。她们得到了这个信息,这是一个警告,如果她们不想让我们保留最后的一点生存空间,她们也别想活下去。虽然只有三十六颗,然而足够毁掉她们的所有重要基地。当然,那样地球也彻底完了。

"最迟到八月底,她们就能够占领整个地球。我们尽量把重要的专门技术人员和尽可能多的平民送到月球,然而,一年多的时间,我们只转移了大概六十五万人。剩下的时间不多,半年时间,已经无法继续制造火箭,最多还能救出十五万人。现在看起来,她们打算提前发动进攻,我们的时间所剩无几。她们根本不顾忌我们手上的反物质炸弹。"

托尔斯默不作声。从十三亿人到八十万人,这是怎样的一种灾难!那些制造屠杀的人,她们为人类所制造,却成了人类的掘墓人,她们蔑视一切,甚至包括她们自己的生命。

"雷神"号是唯一的希望。一艘超空间跳跃的飞船可以远远地离开地球,离开这里的疯狂。

托尔斯需要解决的问题,是如何运转湮灭引擎把"雷神"号推入超空间,否则,"雷神"号只能缓慢巡航,被追上是迟早的事。

托尔斯看着卡鲁将军,又看看商绍良,他们的眼神都很平静,无所畏惧而坦诚。他们把希望交付给他——整个人类的未来都在他的手上。

他要和时间赛跑,去验证和实践自己的理论。

紧急通告传过来。

屏幕上,高速飞行的巨大弹体突然解体。它分成三块,改变航向。它们的目标指向星空之门。它们不是海盗无人机,而是一种更灵巧的机器。"坚盾"一号和二号同时发射高能粒子束,一架飞行器被击中,发生爆炸,残骸四散。另两架快速机动,企图用毫无规律的飞行路线躲避"坚盾"系统。"坚盾"系统没有失效,两架飞行器最后都被击毁。被击毁之前,其中一架发射了高能粒子束,星空之门蓝光闪闪——保护力场挡住了粒子束。

这是一次试探。最后一架飞行器爆炸的时刻,它距离星空之门仅仅七百公里。如果敌人进行饱和攻击,"坚盾"系统必然被攻破。一切只是时间问题。

"必须抓紧时间。"卡鲁将军再次重复。

这是托尔斯第一次仔细地观察这颗卫星。

和一切缺少大气屏障的卫星一样,大大小小的撞击坑遍布星球表面。没有大气和水,星球表面的一切都完整地保存下来,如果没有意外,它将一直保存下去,直到某一天,在陨星的撞击下灰飞烟灭。如果时间足够长久,所有建筑都会被撞击毁掉,消失在扬起然后落下的尘埃中。然而总会有一些痕迹留下。一些蛛丝马迹,一些让人能够联想到它昔日辉煌的东西。那就是托尔斯正在寻找的目标。

TS115对所有的卫星进行估算,如果假设它们曾经是一个巨大的个体,那么这颗大卫星将具有三十万公里的轨道半径,将近七千亿亿吨的质量。很多类地行星拥有与地球相似的质量,然而除了地球,没有其他任何一颗星球拥有月球那样大的卫星。

如果恒星的质量近似,类地行星的产生是一个必然,甚至它们在质量和大小上也近似,然而月球却是一个偶然——它曾是地球的一部分,被大陨星碰撞而飞离。这是一个概率极小的偶然,概率小到几乎不可能在银河中再现。

相对而言,另一种推论的可能性大得可怕——百分之九十八的概率,他回到了地球。这个巨大的可能性让托尔斯·冯感觉手脚冰凉。很久的时间,他只是坐着。

他不知道该做什么,该说什么,或者还有什么可做可说。

如果这是地球,那么战争早已结束。一个比预计还要糟糕的结果——所有人都死了,那些凶恶得有些可怕的女人最后也没有活下来。可能曾经有过的细菌都灭绝了。

多少年已经过去?

多少事已经发生?

"你可以给我们做一个见证。"他想起商绍良的话。见证什么?一个黑色的地球和那些掩藏在黑幕中的奇特生物?地球呢?曾经的家园呢?

托尔斯坐了更长的时间,"达尔文"号传来更多的画面,然而托尔斯仿佛根本没有看见。他就像一个突然患上了自闭症的老人,只活在封闭的内心世界中,对一切熟视无睹。

突然,他仿佛一下子活过来,抬手掩住面孔,整个身子剧烈地颤抖。眼泪从指缝里渗出,顽强地重新凝聚起来,变成一颗晶莹的小球,从手指上脱离,悬浮在空气中。

托尔斯抬起头。这里没有任何其他人,将来也不会有,他停止哭泣,打开航行日记。

"如果这里真的是地球,我就是灾难的最后一个证人。没人知道时间到底过去了多久。超空间弹跳可能把我送到了几百年后,或者几千年后,甚至上亿年后。然而一个事实是肯定的——曾经的地球不复存在,而我——也许是最后一个人类。"

托尔斯把眼光投向屏幕。

青黑色的星球遮掩了无数的秘密,在那黑暗的星球上,漫长的岁月把一切磨灭干净。

月球上应该会剩下些什么——如果那真的是月球。

托尔斯命令TS115放出一个探测器,目标是最大的卫星——那是月球最大的一块残片,有最大的可能找到些什么。

"我的任务是看,用一个人类的眼光去看。"谁也不曾预料到最后要看的竟然是这样的一幅图景。

探测器传回来卫星表面的图片。托尔斯仔细察看。

TS115完成了计算。模拟图像传送给托尔斯。

剧烈的爆炸发生在风暴洋北部,人类最大的太空基地——月球一号基地就在这里。炽热的火球发出骇人的强烈光芒,剧烈的震动扬起铺天盖地的尘埃,排山倒海般涌向星球的各个角落,转眼间,整个星球陷落在尘埃里,它开始分崩离析,巨大的裂隙在一瞬间吞没了哥白尼环形山,裂隙在星球表面快速延伸,星球被一分为二,细小的碎块脱落下来,随着星球的瓦解而四散。

彻底毁灭,没有任何人能够生存下来。

一切尘埃落定,大大小小的碎片形成新的卫星系统环绕着地球运行。在漫长的岁月里,它们彼此相互碰撞,或者因为各种各样的原因失去轨道能量,坠入地球大气层而烧毁,直到形成托尔斯今天所看见的模样。

TS115继续计算可能的情况,情况过于复杂,一切只能按照最简情形进行估计。它要算出形成今天这样的卫星系统需要多长时间。

"'雷神'号!"托尔斯喃喃自语。他只有一个愿望,回到那个时刻的地球,带着"雷神"号逃离这个人间地狱。

"雷神"号庞大的船体隐蔽在哥白尼环形山底部,距离一号基地一百公里。

托尔斯来这里已经将近一个月。

所有人都在竭尽全力帮助他。

地面上的形势比预计的更糟糕。联合国的控制范围缩小到仅剩环太平洋区域以及南亚次大陆,而敌人的压力空前增大。

卡鲁将军下令用反物质炸弹攻击白光基地。敌人的防御系统显示了强大的威力,发射的三颗反物质炸弹只有一颗命中目标。反物质炸弹的强大威力显露无遗,白光基地周围五十公里,全部被灼热而猛烈的气浪化为一片焦土,白光基地地下厚达十米的钢筋混凝土防护被炸出直径三百米的大坑,里边的一切成为灰烬。巨大的蘑菇云冲上云霄,烟尘遮天蔽日,在月球基地上清晰可见。

被拦截的两颗炸弹显示了更恐怖的效果,它们在地面上方一百公里处被拦截,这里空气稀薄,没有大规模的冲击波,炸弹的能量以光和热的形式散开。红色的光芒瞬间覆盖了整个地球,几秒钟的时间里,地球仿佛消失在红色光芒中。有那么一刻,地球上所有的天空在一刹那间变成血红,维持了两三秒,然后恢复成白天或者黑夜。

在此之前,反物质炸弹的威力是一个抽象数字,此刻,它成了一个具体的图景。如果这还不是末日,那么也是末日的入口。

大量的尘埃被爆炸卷入平流层,地表接受的阳光因为这一次爆炸而降低了百分之五。这个冬天,地球上将异常寒冷。如果更多的反物质炸弹在地球上爆炸,可以肯定,地球将陷入万劫不复的冰冷。

敌人的攻势却并没有因此而停止;相反,她们使用了两件核武器,在南中国海制造了大规模海啸,直接淹死成千上万的人。两件核武器几乎在海底的同一地点同一时刻爆炸,爆炸引发海底地震,掀起高达八十米的海浪,整个南中国海沿岸被大水吞没。

一种新武器出现在敌人的战斗序列中,巨大的圆形机器出现在海啸过后的南中国海,它们是一种水陆两栖的自动作战武器,很快在整个海洋中到处集结——敌人已经准备进行海洋岛屿作战。

她们似乎并不在乎地球会变成什么样,她们唯一的目标是消灭所有人。

商绍良不断地把战况讲给托尔斯。

"现在已经太迟了。她们的力量发展太快,总体技术力量也超过我们,哪怕我们用所有的反物质武器进行攻击,最多只是把地球变成一个冰冷地狱,却无法制止她们。

"有人怀疑她们拥有盖亚系统。这是一个智能平台,为了制造和试验武器而存在,制造战士也是它的一种能力。不过这可能是个流言,我们谁都不了解这个系统,最精确的情报也只是模糊地提到这是一个掩埋在地下的绝密项目,她们可能拥有它,否则无法解释她们怎么有这么强大的恢复能力。她们源源不断地制造士兵。然而我们无法进行有效摧毁。即便炸弹把所有地面夷为平地,地下也仍旧安全。除非我们能够知道她们的巢穴到底在哪里,然后用反物质炸弹连续轰击。而且有一种分析认为,休战的那一年时间里,她们已经把类似的巢穴广泛分布,击败她们的可能性已经接近于零。

"她们拒绝交流,没有要求,没有任何和平的可能性,她们只是单方面在全球驱逐我们,赶尽杀绝。也许接下来就是月球。"

情况越来越糟糕。如果说之前"雷神"号是最后的选项,那么此刻,它已经成了唯一的选项。

她们是一群科技发达、心狠手辣、不计后果的恶魔。

托尔斯明白自己肩上的分量。他没日没夜地推导、计算,指挥来自各个地区不同肤色的人们完成一个又一个模型,估算,终于,他得到一个很重要的结果,这是一个好消息。然而同时,他也得到一个坏消息:星空之门的反物质流枯竭。

听到这个消息的时刻,他明白哪怕在这个最后的领域,敌人也已经追赶上来。

她们也拥有了反物质炸弹,或者很快就将拥有。根据一贯的秉性,她们将很快把这种新武器到处施放。

"走,我们去见卡鲁将军。"托尔斯站起身。他和商绍良在众人的注视中走出"雷神"号的指挥控制中心。

这里就是月球!

一架机器人残骸,以及少量看起来仿佛基地遗迹的地貌。这证据很少,却充分证实了这就是月球。而那颗几乎是黑色的星球,就是托尔斯魂牵梦萦的地球,人类曾经生存繁衍的地方。

当最后的一点希望被抹去,托尔斯反而平静下来。

TS115交出了模拟结果:按照各个卫星的位置,需要将近十亿年的时间才能形成今天的状态。

十亿年! 这远远超出托尔斯的预期。超空间不受控制的程度完全不在他的理论范围内。如果给他足够的时间,他一定能够找到原因。然而,没有将来了。

惨烈的战争,无情的杀戮,还有看起来多么灿烂辉煌的人类文明之花,一切都消失得无影无踪。他提前抵达未来,看到了一个并不美妙的结局。

十亿年! 也许并不是那一次战争毁灭了人类,第二次战争? 第三次战争? 这漫长悠久的岁月足够发生许多意料不到的故事。然而人类最终消亡了,而且几乎没有痕迹留下。

托尔斯躺下。过了很久,他命令TS115:"把'达尔文'号的画面转过来。"声音很轻。

"达尔文"号仿佛置身于一个光怪陆离的世界。

无数的水母排成各种各样的队形,随着气流游动。它们有各式各样的体型,发出各种各样的光。"达尔文"号也终于捕捉到了黑渊蛇的真面目,它们有翅膀,在气流中如鱼得水,高速滑翔、盘旋、吞食,翅膀可以在一瞬间收入身体,变成细长的蛇形,完成复杂多变的动作。还有一种更可怕的掠食者,它们捕食红山水母,这种生物体形好像一只巨大的三叶虫,头部闪烁电弧一般的火光,它冲向庞大的红山水母,电弧般的火光仿佛利刃一样切开水母的体表,掠食者冲进去,然后从内部快速地把整个水母分解吸收。

这是一个异常精彩的世界,而且正经历一个精彩时刻。

水母们不断地拥入,它们汇聚在一起,形成规模巨大的光球。这仿佛是一种神秘的仪式,各种各样的水母争先恐后地加入集会。"达尔文"号的镜头长时间地停留在水母聚集而成的光球上,它无法再向前。

托尔斯默默地看着镜头中的世界。

气流的旋转更为猛烈。水母的狂欢更为热烈,它们前仆后继地堆叠在同伴的身体上。托尔斯注意到,数量越来越多的水母汇聚到光球中,光球的体积却并没有变得更大。

一只中等个头的绿水母出现在队列里,它向着光球撞上去。"达尔文"号及时捕捉了画面。绿水母的身体仿佛正在通过一堵光墙,它通过,消失在其中,巨大的光球上留下一个空白的光斑。后面的水母马上拥上去,填补了空缺。

这不是水母形成的光球。这发出强烈光线的东西,是水母的致命陷阱。它们被吸引到这里,投入其中。

这不是生物,它只是一团光。

托尔斯不自觉地贴近屏幕。

风暴骤然平息。从四面八方向中心聚集的水母猛然失去了前进的方向,它们各自散开。中央的光球消失不见。

"TS115,找到它!搜索空间断点!快!"托尔斯几乎狂叫起来。

画面上,几道弧光闪过,那是几只三叶虫正向着"达尔文"号冲过来。三叶虫排成矩阵,很快靠近了"达尔文"号。在托尔斯意识到不妙之前,"达尔文"号传来的画面骤然闪光,然后变成漆黑一片。

"'达尔文'号失去联系。"TS115报告。

"空间断点扫描。空间断点余波,强度三级,方位445,719,8°……"

一个点隐藏在星球背后。

星空之门!一个仍旧在运行的星空之门!

星空之门是时空的断点。真空时刻都在涨落,每一次涨落都会产生对应的粒子和反粒子,同时在能量空间留下空洞。然而每一个瞬间,涨落产生的粒子彼此湮灭,能量空间的空洞瞬间被填满。宇宙依旧平静,时光安然流逝。

在星空之门中却有所不同。物质被导向另一个时空,反物质泄露出来。能量的亏空没有得到弥补,形成能量陷阱。这是一个致命陷阱,然而对于宇宙旅行的狂热爱好者来说,这也是致命诱惑:它能够突破光速,连通两个时空。任何东西试图进入星空之门,首先要保证不会因为反物质爆炸而彻底瘫痪,然后要设法克服能量亏空,否则进入的是一艘飞船,出来的只能是半个残骸——超空间会直接把飞船物质转化成能量填补能量空洞。最后的难题是那边是一个怎样的世界：是一个随机选择的时空，还是形成稳定通道？

托尔斯正在给卡鲁将军分析可能的情况。他有一个好消息，一个坏消息。

卡鲁将军选择先听好消息，"糟糕的事已经够多了，再多一个也不要紧。你还是先说好消息。"

"'雷神'号太大，湮灭引擎无法推动它进入超空间，不过，我们可以把湮灭引擎引发的空间裂隙和星空之门对接，把'雷神'号拽进去。虽然没有把握星空之门会把我们导向何方，但是我们可以快速地逃离。敌人绝对不可能追上。就算她们紧跟着我们进入，也没有办法定位。"

"坏消息呢？"

"反物质流停止了。她们正在影响星空之门。她们掌握了同样的技术，而且正在快速地消除我们的优势。"

"难道不是星空之门的问题？"卡鲁将军狐疑地看着托尔斯。

"不可能。反物质流不可能真正停止，那是宇宙的呼吸，它只是被引向了别的位置。她们一定正在制造反物质炸弹。她们很快就能造出来。"

卡鲁将军沉默一小会儿，"有多大的把握通过星空之门进行超空间跳跃？"

"成功的可能性大概是八成。我们会进入一个平坦空间，那儿可能是一无所有的黑暗空间，但'雷神'号能够自给自足，我们可以慢慢从黑暗空间进入到星群中。这不是一个好的选项，然而这可能是唯一的生存机会。"

卡鲁看了商绍良一眼。商绍良走到大屏幕前，伸手点亮屏幕。地球的影像出现在托尔斯眼前。

"如果我们失败了，会怎么样？"

"我不知道。有很多种可能……"

"但最后的结果是所有人都会死？"

"可以说，是的。"

"有更大的可能吗？"

"根据眼下数据，八成就是最大的可能性了。"

卡鲁深深地吸了口气，"那么如果我们有九成的把握活下去，就不能选择这个方案。"

托尔斯迟疑地看着卡鲁，"你是说留在这里？"

卡鲁挥挥手，商绍良启动了一个模拟程序。

地球上的不同地点发生了此起彼落的爆炸，每一次爆炸的规模都大得惊人，红热的辐射覆盖每一寸土地，烟尘腾起，直冲上二十多万米高空，从地球抛向外太空，然后回落。一瞬间,整个地球被火和烟吞没。海水在爆炸的推动下四处汹涌,短短的几个昼夜,地球表面全部被水淹没。水浇熄了火,大量的水蒸气弥散在空气中,地球仿佛成了巨大的蒸笼,变成一片白茫茫。当大水终于退去,水汽缓慢凝结、降落,陆地上除了焦黑的岩石,什么都没有剩下。灰烬弥漫在空气中,阳光几乎被彻底阻隔,大洋开始结冰,彻底封冻。时间流逝,灰烬缓慢沉降,地球慢慢露出真容,它成了一颗冰球。除了白色,再没有任何颜色。

"这是备份方案。"卡鲁看着托尔斯,"如果我们不能逃走,至少我们能让敌人为已经死去的十多亿人付出代价。我们要停止'雷神'号计划,制造更多威力更大的反物质炸弹。最后通牒已经发出去,如果敌人继续攻击,她们将受到最致命的打击。"

"太平洋地区还在我们手里。"

"理论上是这样,但事实上,我们在地上或者海上已经毫无防御能力。"

托尔斯看着卡鲁。这个曾经梦想成为联合国秘书长的人此刻正在计划怎样把地球彻底毁掉。他正严厉地看着托尔斯,眼神里显示出坚强的决心。这个人在制订一个失败者的计划——毁掉一切,让胜利者什么也得不到。他甚至已经把太平洋地区残留的上亿人看作死人。

毁掉地球,"雷神"号和月球基地仍旧生存,人类仍旧是胜利者。虽然一切都不复存在了,但至少这些人能活下去。

"雷神"号就是诺亚方舟。

托尔斯有些震惊地看着商绍良,后者转过头去。

"卡鲁,这就是最初的计划,是吗?"

沉默是对托尔斯的回答。

TS115在追踪星空之门。

托尔斯记得这句话:任何足够先进的科技,初看都和魔法无异。他觉得自己正看到一种魔法。

星空之门在移动。它在不断地跳跃,从一个位置挪动到另一个位置。这景象绝不可能出现在托尔斯的理论中,也从未出现在他的想象里。此刻,它出现在眼前。

TS115不断地搜索空间断点,试图追踪那不断跳跃的神奇之门。可它无法做好这件事,每一次它刚锁定目标,目标就蓦然消失,只留下空间弥合的引力波动。托尔斯让TS115放弃无效的追踪,只把所有曾经存在过的星空之门显示出来。

高亮的红点显示出某种规律分布。"达尔文"号失事的位置也在其中。

这绝对是科技所为,不是自然现象!这个星球上还有人,这是托尔斯的第一个念头。

然而这个念头转眼间被下一个念头粉碎:那肯定是一种更高级的智慧,绝不可能是人类。

短短的三十秒,十五个星空之门围绕着地球依次出现,它们飞速产生,迅速消失。

一切恢复平静。

托尔斯焦急地等待着,然而再也没有任何异样出现。

黑色星球静谧而沉默。

那是什么?托尔斯问自己。

什么样的理论能够容纳下快速变化的星空之门?那是衰变,还是穿梭?

这创造魔法的智慧生命是不是来自人类?

时间过去了十亿年,自己走后,地球到底发生了什么?比空气还要沉重的生物悬浮在空气中生长繁衍,是什么维持着这样一个看上去并不稳定的体系?

那些异样的生物,它们是一种什么样的生命?那些黑色的小孢体,它们用什么办法繁殖得如此成功,以至于星球因此而改变了颜色?

……

一个个疑问在托尔斯脑子里盘旋。一切都没有答案。

"达尔文"号的信号再也没有出现过,它一定已经损坏了。

TS115在轨道上绕了三圈。

"计算下降轨道,预备进入大气。"托尔斯对TS115下达指令。犹豫了三十二个小时之后,他终于下定了决心。

一旦进入大气层,他就再也没有机会飞出来。TS115太重,常规核引擎无法产生足够的力量把飞船重新推入太空,而湮灭引擎无法在星球表面使用。他将在这个星球上度过余生。

托尔斯下定了决心。

这里有神奇的生物,这里有神秘的主人,这里有星空之门更多的秘密……这些问题的答案值得他用自己的余生来换取。

即便没有这些,托尔斯觉得自己一样会留下来。

他打开航行日记,"我命令TS115降落在星球上。这是第一次行星着陆,也是最后一次。理由有很多,然而这一点最重要:这是地球。如果这里不是旅途的终点,那么就没有终点。我曾经认为这是一次没有终点的旅行,然而很高兴,我发现了终点。"

托尔斯凝望眼前的星球。

"也许这样的结局是完美的。最后一个人类回到被毁灭的地球,他最后被埋葬在星球深处。"

他不再说话。

TS115切入大气层,摩擦产生的火让飞船仿佛一把绚烂的光剑刺入黑色星球。

B计划已经在执行中。消息向所有人广播之后,人们出奇地沉默。没有一个人对此提出异议。

这是最后的时刻,没有什么比活下去更重要。如果人类就此被消灭,那么就算地球是一个天堂,也毫无意义。为了活下去,一切都可以抛弃——包括太平洋地区那些仍旧在绝望中与敌人苦苦战斗的同伴。

八十万人没有一个人反对发出最后通牒。"雷神"号变成了一个基地,源源不断地生产反物质炸弹。最初为湮灭引擎准备的燃料快速地变成一件件毁灭性武器。

卡鲁将军在地球上展示了他的决心。

"雷霆三"释放了一半的炸弹,十颗被拦截,六颗落在敌人的占领区。纽约、伦敦、莫斯科,三座具有光辉历史的城市就此不复存在。贾巴尔普尔、斯图加特、兰州,这三个地方聚集的敌方军团随着炸弹骇人的光亮烟消云散。还有两颗炸弹落在地中海,距离以色列海岸线十五公里。海啸在地中海肆虐,巴尔干半岛,亚平宁半岛,最后是伊比利亚半岛,海水席卷一切,毁灭一切。从地中海的东部,浪涛用十二个小时的时间横跨地中海,把陆地上的一切洗劫一空。浪头也向东越过中东,漫过两河流域,最后消失在阿拉伯的沙漠里,无数的断瓦残垣被一路遗弃,随即被黄沙掩埋。

这是卡鲁将军展示决心的最佳说明。

更大当量的炸弹在"雷霆三"上重新装填。这个消息被大张旗鼓地广播。

托尔斯从商绍良那里得到战况报告:

"敌人停止了地面进攻,她们并没有对卡鲁将军的广播做出回应,但是一切军事行动都暂时停止了。她们损失惨重……我们也一样。超级海啸绕过半个地球,在太平洋地区同样造成了巨浪。这一次损失比以往任何一次都要大,敌人曾经制造的海啸规模不到这一次的三分之一。"

托尔斯没有吭声。战争竟然可以进行到这样的规模,甚至超越了小行星对地球的撞击。地球上绝大部分生物都会灭绝,本来某些极其罕见的偶然才会导致的大灾难,此刻正被人为制造出来。

托尔斯已经二十四小时没有睡觉,头发突然之间变得雪白。商绍良准备离去,托尔斯突然说话:"如果我能够确保进入超空间,能够停止这无意义的战争吗?"

"我无法回答这个问题,只有卡鲁将军能做出决定。"

"他在虚张声势,我们没有那么多的反物质,敌人很快能明白这一点。"

"我们现有的炸弹足够把地球送回原始时期。"

"是的,但他不可能今天就把所有的炸弹放下去。"

"这有什么不同?"

"敌人,她们很快就会有反物质炸弹,如果她们能够成功地把'雷霆三'和'雷神'号毁掉,她们一定会动手。"

"您的意思是如果我们不在她们开发出反物质炸弹之前毁掉地球,她们就会毁掉我们?"

"她们已经获得了星空之门!"托尔斯突然咆哮起来,他的理论中包含这样的可能性,然而他并没有想过一个星空之门附近能够产生另一个。这两个空间断点将以某种方式相互影响。这种复杂而微妙的影响需要大量的计算和推论来预测,托尔斯没有进行这方面的工作,他没有预料到这种可能性会发生。敌人走在了前边,她们制造了另一个星空之门,而且成功地中断了人类这边的反物质流;而托尔斯甚至连那一个星空之门在何处都没有找到。

再给她们时间,她们将彻底控制星空之门。一切都是时间问题,时间拖得太久,逃跑的希望也将被扼杀。

"我们走吧!毁掉地球,我们留在这里也毫无意义;留着地球,我们还可能有回来的一天。"托尔斯的语调从高亢变成低沉,就像一个人满怀希望,对着无数的听众描述他的蓝图,却猛然意识到所谓的希望不过是一个泡影,然而他不得不继续把蓝图描述完整。

"冯先生,您还是跟卡鲁将军谈谈这个问题吧。"

"让我想想,让我再想想……"托尔斯喃喃地说。

商绍良点点头,他想走,又停下,"冯先生,无论如何,尽力就好。我们所遭遇的一切实在超过了人力可以挽回的程度。"

他敬了一个礼,转身走了。

降落,降落,降落。

TS115稳稳地穿越大气层。很快,它陷落在黑色的汪洋大海之中。这是黑尘胞的世界。

托尔斯仔细观察了两个样本。它们的确是一种生命。托尔斯不是生物学家,然而当他看着显微镜下的两个小东西不断地移动、呼吸、变换形体、躲避探针,他明确无误地知道,这就是生命。

然而，它与曾经的地球上那些用脱氧核糖核酸书写遗传密码，用蛋白质组成躯体的生命大不相同。TS115没有检测到任何核酸或者氨基酸。它们有些像塑料，却是活的。

它有一个核，铁和硅的成分几乎都集中在这个核里边，因此这个核很重，为了能够携带这个核漂浮在空气中，一个充满氢气的囊体把核彻底包裹起来，精准地平衡重心，让整个胞体悬浮在空气中。这是精妙设计的杰作！

托尔斯的能力止于此。他不是百科全书，能够把关于黑尘胞的一切明白无误地剖析清楚。他看到了，这就足够了。

托尔斯没有找到黑渊蛇，但是他发现了更离奇的生物，它是透明的，身体成环形，就像一只小小的透明指环。它是活的，然而看上去没有体腔，整个身体均匀一致，找不到任何器官。它隐藏在黑暗中，被TS115无意中采集到。托尔斯实在不能想象这样的一个生物究竟如何生存。

三叶虫也没有出现在托尔斯的视线里。TS115过滤了大量空气，得到无数的黑尘胞和少量透明指环，但没有找到其他任何生物。"达尔文"号似乎赶上了一次盛会，看见了许多难得一见的东西。TS115的运气就没有那么好。

TS115持续下降。它穿越平流层，进入底层大气。大气很平稳，出人意料。紊乱，狂暴，令人望而生畏，之前使用的各种形容词都和眼前的情形相去万里。

很快，托尔斯看见了陆地的轮廓。那是TS115使用探索雷达得到的信息，经过处理，显示成蓝天、白云和黄色的陆块，尽管事实上它们都沉没在黑暗之中。托尔斯没有辨认出任何大陆轮廓，那看起来只是一些完全陌生的土地。

他选择了一个位置，距离"达尔文"号的出事地点十公里。

飞船向着目标降落。监视器上的图像越来越大，越来越清晰。

突然，TS115发出紧急警告。在航道前方的预计着陆点，地面的形态正缓缓地变化。它可能一直在变化，只是之前距离太过遥远而分辨不清。TS115进行了规避，它把机体拉高，修正轨道，进入盘旋状态，不断降低速度，同时启动反重力系统，准备进行垂直降落。

那些移动的东西似乎是流沙，它们在地面缓缓移动。这让托尔斯有些担心——风速极快才能吹动流沙，而此时，虽然TS115距离地面只有三千米，大气却非常平稳，这意味着从地面到三千米高度，风速梯度很大。这种复杂的气流是飞行器的致命杀手。

TS115继续盘旋，缓慢下降。

地面的异样更加显著，一个模糊的尖顶突出。它正在上升！沙土掩盖了它，而某种力量正推动它从地下破壳而出。这是一个庞然巨物，引起沙丘流动的并不是风，而是它。

"避开那个东西，后退五十公里观察。延迟着陆，采用反重力悬停。"托尔斯向TS115

下令。

TS115迅速调整状态。

地面上的异物隆起很快,它就像一座从地面升起的小山。它的形状像一座火山锥,高度达到一千米。然后,它停止隆起。

一切变得很安静。

托尔斯静静地等待着。他仿佛正在黑暗中等待黎明。

天空中划过一道闪电。磁暴在一瞬间让TS115失去反重力状态,托尔斯从座椅上摔下来,重重地撞在仪器上。他昏了过去。

TS115在黑暗中坠落。

"TS115是引导船。它可以使用湮灭引擎激发真空裂隙,然后进入。它激发的空间裂隙虽然微小,然而能让星空之门空间断点扩张两个伏秒的尺度。同时,'雷霆'号的湮灭引擎启动,与星空之门再次对接,湮灭引擎直接把'雷霆'号拽入超空间。"

托尔斯再次向卡鲁将军描述自己的计划。这一次,成功概率提高到了百分之九十九。还有那百分之一的失败可能性不是因为理论,而是各种现实条件的制约,比如理论上"雷霆"号可以和TS115完全同步,事实上总有几个毫秒级别的误差,能把因此而导致失败的可能控制在百分之一的程度上,已经是一项工程所能做到的极限。更何况这件事前无古人,完全依靠理论计算和计算机模拟完成。

卡鲁将军沉默着。

然后他扭头对商绍良说:"上校,你觉得冯教授的计划怎么样?"

"我只能选择相信冯教授。"商绍良说。

卡鲁将军又沉默了十几秒,"这很困难。我会和委员会的其他官员考虑这个计划。"

"卡鲁,敌人制造了一个星空之门的映像。我们的时间很紧迫。她们在技术上已经轻易超过了我们,剩下的只是时间问题。"托尔斯补充道。

卡鲁点点头,神色凝重,"我明白。上校,我们和冯教授一起再看看最近的战报。"

"是,将军。"商绍良打开笔记本,地球蓝图跳跃出来。这一次,突出的重点是近地轨道。

"她们最近发射了大量火箭把各种卫星和空间站送入近地轨道,可以判断她们正积极准备在太空中和我们作战,有迹象表明她们打算针对'雷霆三'展开行动。我们的时间很紧迫,根据目前的战备速度,她们可能在两周之内发动进攻。"

"雷霆三"被高亮,放大。密密麻麻的激光炮台和武装空间站围绕着"雷霆三"。

"我们的武装增加速度比对方缓慢。没有任何情报能说明她们的庞大生产能力从何而来,三个月前进行的反物质炸弹轰炸虽然导致全球性灾难,却没能让她们的生产能力有所下降。她们仍旧疯狂地扩张军备。只不过,这一次,她们放过了太平洋,把武器都投放到了近地轨道上。也许两周之内,她们就会进行攻击……"

"太平洋上怎么样?"托尔斯忍不住插了一句。

"太平洋战区在进行自救。他们尽一切可能生产武器,然而儿次海啸几乎把所有的工业基础全毁了。我们只能使用巡航母舰不断地从太空把武器送下去,把人带上来。效率很低,但是……"

卡鲁打断了商绍良的话:"托尔斯,我们已经被逼进角落里了。太空战一旦爆发,我们就会招架不住。仅凭月球基地和太空城的生产能力是远远不够的。"

他用一种郑重其事的眼神看着托尔斯,"教授,我需要你再次确认她们会在很短的时间内拥有反物质炸弹。"

托尔斯点点头,"我能确定的东西只是理论。理论上说,星空之门的反物质流不可能中断,它一定是被引向了其他位置。她们的星空之门技术超过了我们。至于反物质炸弹,拥有了反物质,这只是一个小问题。"

"但是,眼下我们还没有发现任何关于她们制造反物质炸弹的迹象。"卡鲁看着商绍良。

"是的,将军。可能更真实的情况是:我们根本不了解她们。她们毫不在意地球会变成怎么样,她们只是一心一意要把我们赶尽杀绝。源源不断的杀人武器在什么地方,被什么样的设备制造出来,我们的情报系统对此一片空白。"商绍良回答。

卡鲁挥挥手,"好了。"他转向托尔斯,"托尔斯,我们相信你。此刻摆在我们眼前的只有两个选项:马上发射所有的反物质炸弹,把地球炸个底朝天;或者马上启动你的计划,逃逸到宇宙深处。今晚会进行最后的讨论,明天我们就有最终的决定。"

托尔斯回到"雷神"号指挥中心,一言不发地在所有人的注视中走进总指挥舱。商绍良跟着他。

舱门关上,托尔斯问:"真的只有两周时间?"

商绍良点点头。

"那么我们已经到了最后时刻。'雷神'号上的反物质大部分都被转移到基地制造炸弹,重新充入这些反物质就需要十二天。"

"卡鲁将军知道这个。他们会及时做出决定。"

托尔斯看着商绍良,突然问:"真的还有两个星期?"

商绍良默然。一切的情报只不过是分析,谁也没有完全的把握说一切尽在掌握。

托尔斯沉思一会儿,"我会设计一个方案,只需要最低能量推动。'雷神'号会丧失一些能力,但是对湮灭引擎的输出要求会降低很多。我会让'雷神'号在眼下的能量水平上进行超空间跳跃。明天你去见卡鲁将军的时候,请把这个消息转告给他。"

商绍良点点头。

"TS115已经在预定位置上了。"

"是的。"

托尔斯唤醒终端,查看TS115。TS115距离星空之门六千八百公里,它不断地移动,与星空之门和"雷神"号保持稳定的相对位置。

"今天晚上,我会把验证做完。你和我一块去,还是让卡鲁去?"

"我会负责您的安全。"

托尔斯醒了过来,他勉强想起昏过去之前发生了什么。

磁暴,强烈的磁暴!

TS115的电磁屏障没有能够发挥作用。

托尔斯快速地检查飞船。一切看起来都很正常,飞船正以反重力状态悬停在半空中。当他看到飞船距离地面的高度,心脏不由加速跳了两下——飞船距离地面只有十五米,看来飞船极其惊险地在坠毁之前恢复了反重力,从自由落体变成悬浮。

TS115进行了重设。它等待着托尔斯下达指令。

"确认磁暴,寻找原因。"托尔斯给TS115委派了第一个任务。

TS115正在搜罗一切可以搜罗的信息。它的逻辑库中没有相关匹配。在它给出答案之前,托尔斯的注意力完全被另一幅图景吸引。他突然意识到这颗星球可能告诉他的东西,比他所想知道的要多得多。他的眼光仿佛被焊接在屏幕上。

巍峨的金字塔向着无穷天际延伸。它的基座是一千米,高度也是一千米。这是金属的高塔,在一片昏暗的大气中,隐约地反射着TS115引擎的火光。强烈的电弧从云层中不断降落,一道又一道的闪电灌入金字塔尖端。每一道闪电都给这黑暗的世界带来瞬间的光明,每一道闪电也让高塔发生缓慢的变化,它缓缓地旋转,巨大的基座仿佛正在一点点地扩散开,而塔的高度却没有变化。高塔的顶端,黑且深的洞从无到有生长起来。最后高塔停止移动,一个直径八十米的洞口赫然在目,仿佛一头庞大无匹的巨兽,正向着天空张开它无限深的大口。密集的闪电几乎照亮了整个大地,无穷无尽的能量向着大口中灌入,向着地下输送。

托尔斯屏住呼吸。这末日般的图景深深刺激了他。

大气开始变得狂暴,TS115不得不随着气流运动来保持平衡。它绕着巨大的金字塔盘旋。

这不是托尔斯所见过最大的建筑,月球基地、"雷神"号,都比这个庞大的金字塔更为庞大。然而它看上去更像活物,而且只是在地面露出冰山一角。它正在呼吸,能量风暴正聚集过来,仿佛整颗星球都开始陷落在风暴中。

这不是唯一的风暴眼。也许在星球的其他角落,还有更多更大的金字塔正不停地制造风暴,它们一起控制着整个星球的大气。

托尔斯命令TS115上升去看个究竟。然而TS115拒绝了指令,剧烈的放电可能把飞船彻底毁掉,风险超过了指令强度,安全的做法是等风暴过去。

突然间,托尔斯仿佛看到金字塔在振动。从直觉上,他认为那是屏幕的一次抖动,然而他马上明白过来这是地面在跳动,TS115检测到次声波,那是地震在大气中的回响。

这不是地震!突然,所有的闪电在一瞬间都静止下来,世界重新陷入黑暗。

猛烈的喷发突然到来!密密麻麻的粉尘形成粗大的烟柱,它们仿佛粒子束般被喷射出来,撕开空气,带着巨大的能量扶摇直上,进入两万米的高空后丧失能量,随着剧烈的气流扩散。

托尔斯什么都没有做,他静静地看着屏幕上的电磁图像。是的,大量的铁和硅。这巨大的金字塔把研磨成为粉尘的铁和硅送入大气。它为那些奇异的生命体提供营养。

大量的铁和硅,这样的重元素存在于大气中,这是一个值得怀疑的现象,然而托尔斯没有想到最后的答案却是如此。

属于人类的地球的确已经不复存在。然而在这颗星球上,新的生命已经用新的方式确立了它们的统治。无论那是什么形态的生命,都是一种非凡的智慧。

我看到了,我看到了!托尔斯在心底默念。

"这飞船看起来很可靠。"托尔斯对商绍良说。他们乘坐双人飞梭在TS115的外围飞行。

TS115看上去就像一只圆滚滚的球。

飞梭和TS115对接。托尔斯和商绍良从气密通道中爬过去。

"欢迎来到TS115。"飞船主机同两人打招呼。

这是一个屏幕的世界,各种各样的图像和数据充满整个空间。中央部分是两张宽大的座椅,可以让人舒适地躺下。

"他们设计了冬眠系统来应对长期旅行;设计了冯·诺依曼式的探测器,只要有原料,这些机器就能疯狂地复制自己;这飞船甚至还有一艘子船,是侦察船。它有反重力系统,反正一切能想到的都尽量放上了。"商绍良走到一张座椅前,坐下来。

是的,这是一艘非同凡响的船,本来它应该是一个武装空间站,按照托尔斯的要求为它装上湮灭引擎,改装成了超时空飞船。按照商绍良的要求,各种各样的仪器设备被装上飞船,它虽然小,却精致而完善。

"你装了很多没有必要的系统。我只是希望它能成为一个桥梁。"托尔斯说。

"装上这些东西并不太费事,只有反重力系统稍稍复杂一些。这些东西或许会有用。"商绍良说。

托尔斯没有再说话,他坐在另一张座椅上,拿出笔记本电脑。大量的数据在笔记本和TS115之间传递。TS115没有网络,它被特意设计成独立电脑而不是简单的终端,事关重大,要避免哪怕一丁点数据泄露,而且,它是先导船,需要功能强大又能独立工作的主机。

托尔斯在进行最后的验证,他把模拟数据送入TS115,要求TS115根据飞船状态进行模拟校对。如果误差在一弧秒以内,一切就都没有问题。

海量的计算悄然进行。

商绍良不时看看腕表。

"教授,可以了吗?"等待了将近三十分钟后,他试探性地问。

托尔斯检查进度,验证只完成了三分之二。

"不要着急,还有大概十分钟。"

商绍良看着纷繁复杂的屏幕,突然说:"如果验证失败怎么办?"

"不,我们会成功。理论上没有什么问题。但是,他们能及时做出决定吗?"说到后半句,托尔斯的语调低沉了许多。

"会的,委员会已经讨论了一个小时。我们回到基地后,就能够知道结果。"

"你认为结果会是什么?"

"我希望是采用您的方案。"

"坦白地说,如果真的使用超空间跳跃,可能我们永远也不会再回来了。超空间可能把我们送到银河的任何角落。"

"一种未知的可能性总比眼看着地球毁灭要好些。而且,万一我们还可以再回来呢?"

托尔斯点点头。

商绍良微微一笑,"冯先生,如果我们能够逃出去,我会跟卡鲁将军要这艘飞船。"

"做什么?"

"反正已经没有家了,就彻底在宇宙中流浪好了。"

"别做梦了,卡鲁不可能把你这样的人放走。"

商绍良还想说什么,却突然站起身,掏出口袋里的广播机扫了一眼,脸上掠过一丝忧虑。

这没有逃过托尔斯的眼睛,他镇静地问:"他们决定了?"

"不,是敌人。她们进攻了。"

关于磁暴的报告呈现在托尔斯眼前。

那是星球磁场的一次转向。当巨型金字塔完成了喷射,磁场又转向一次。这一次,TS115做好了充分准备,没有失控。

金字塔缓缓地下沉,最后完全陷没在沙土中,只留下浅浅的一个坑。风吹动沙土,坑很快无影无踪。黑暗之中,是狂乱的大气,还有无边无际的荒凉。如果没有刚才所见一切,没人会相信这颗星球拥有生命和智慧。

托尔斯沉默良久。最后他决定说点什么。

"如果不是亲眼所见,我无法相信眼前的事实。某种力量支配着整个星球。这比人类所掌握的技术力量要强大得多。这不是人类的地球,人类的地球消失在十亿年前的时光里。人类曾经统治这颗星球,并以为这样的统治将永远延续下去。这不过是一种错觉。星球仍在这儿,人类却早已毫无踪影。也许用十亿年的时间来浓缩人类的文明,它不过是绽放的昙花,只有一瞬间的辉煌。"

托尔斯关闭了航行日记。

这阴暗冰冷的星球上还有些什么?

TS115按照托尔斯的指令巡航。它在空中不断地飞行、飞行,绕着地球一圈又一圈。

托尔斯找到了更多的金字塔,它们会在特定的时刻从地下升起,制造出超级风暴,把大量的粉尘物质送进大气。

托尔斯也见到了更多种类的水母生物。它们成群结队,就在黑尘胞的海洋中四处游荡。被称为黑渊蛇的掠食者也几次进入托尔斯的视线,然而它动作迅捷,TS115没有机会抓住它。

"达尔文"号的残体找到了。它被掩埋在沙土中,无迹可循,直到TS115第六次经过,风暴把沙土吹开,TS115才发现了它。

"达尔文"号遭受了强烈的电击,自动控制系统全部毁坏。TS115没有找到任何资料能说明它遭受攻击的具体情况。那最后的景象就是三只硕大的三叶虫向它冲来。

在将近两个月的巡航中，托尔斯从来没有见到三叶虫。这种体型庞大、性情凶猛的生物销声匿迹，不知道躲藏在何处。然而天空中并没有遮蔽物，它们的下落成了一个谜。

"达尔文"号的采集舱里边一团糟，所有的生物样本都已经不见了，只堆着一团沙土。

托尔斯突然想起并没有完成土样分析，他命令TS115分析土样。

结果出来的时候，他感觉到心脏异样的跳动。

那不是沙，那是一种精细的构造物。

它们可能是黑尘胞的残骸。在亿万年的时间里，不停地生长，不断地降落，最后如沙土般覆盖了所有的陆地表面。

这不是让托尔斯感到惊奇的地方。

它们是细微的传感器，使用特定的频率进行扫描，它们能产生反馈。如果事实到此为止，这可能只是那种神奇生物的一种本领。然而，托尔斯曾经见过这样的传感器。在TS115的船体上，舱室里，到处都是类似的传感器，只不过，这些看上去像沙土一般的东西更小，更精致，但基本的结构和形状类似，只能出自同样的源头。

这是人类的造物。托尔斯在一瞬间热泪盈眶。

这是人类的造物。曾经存在的人类早已消失不见，甚至连星球也已经面目全非，然而这造物却留存下来，在星球上生生不息。

它们取代了人类，成为星球的主人？这不算是过于悲惨的结局，人类虽然消亡，却留下了继承者。他们的思想和智慧也因此得以留下。

托尔斯捧起沙土，把整张脸深深地埋进去。沙土的气息透过呼吸渗入他的身体里，在一阵阵的战栗中，他哭泣着。

这不是一场公平的战斗，也谈不上激烈。没有明亮的粒子束到处穿梭，也没有各种导弹的相互追逐，看起来相当单调乏味，然而这是一场生死大战。

敌人的攻击很突然。数百枚火箭仿佛从地下长出，几乎在同一时刻发射。

紧急指令从卡鲁将军的司令部抵达每一个空间站和武装平台，所有人员进入战备状态，准备与敌人进行最后的决战。

敌人的空间站也开始移动。它们向着星空之门和"雷霆三"靠拢，在有效攻击距离之外聚集。

火箭突入坚盾系统的攻击范围。强烈的粒子束贯穿火箭，剧烈的爆炸中，碎片四处飞散。这第一场爆炸仿佛一个信号，突然之间，所有的火箭开始解体。成千上万的火箭碎片铺展成稀疏一片，仿佛一团乌云，继续向着星空之门扑来。

这是人们从来没有见过的情形,当月球基地上的人们明白过来,坚盾系统已经成了摆设。那些碎片,每一个都有拳头大小,是一个个小小的飞行器。它们轻而易举地利用数量和体积突破了坚盾系统。它们奔向一个个空间站和武装平台,直截了当地撞上去,用强烈的磁力把自己附着在外壁上,发出强烈的电磁脉冲。在几乎所有的武装平台都失去作用之后,敌人的空间站再次移动。它们缓慢而有条不紊地靠近星空之门,把它围在当中,不紧不慢地摘取胜利果实。

贴身肉搏战胜了威力强大的远程打击系统。月球基地一片哗然。人们在惶恐中不知所措,各种各样的广播充斥基地空间。

托尔斯和商绍良正在回基地的途中。

这些突破了坚盾系统的小飞行器正向月球基地扑来。它们将在十六小时内抵达"雷霆三",在三天之内抵达月球。没有任何抵抗的办法,甚至没有逃跑的办法——基地根本没有那么多的飞船,而唯一的世代飞船"雷神"号却缺少燃料。

末日到了!这是人们共同的想法。在目睹了地球上一幕幕残酷的现实之后,人们都有末日迟早会到来的预期,然而当这一天真的到来,还是有无数的人因此而变得歇斯底里,失去理智。

基地陷落在混乱之中。

商绍良掉转方向,他重新向着TS115飞去。

"你要干什么?"托尔斯有些惊讶,更多的是恼怒。

商绍良没有说话,他接通卡鲁将军。

卡鲁将军出现在眼前,他失去了往日的镇定,双眼里有掩饰不住的怒气。

他看着托尔斯,"托尔斯,我们应该采用你的方案的。但现在一切都太迟了……"

他转向商绍良,"情报!我们的情报部门简直就是白痴。我也是白痴,居然还能相信这种情报!上校,尽量保护冯教授。我们彻底完了,但是地球很大,有很多角落还可以躲藏,带着教授降落下去,保护他,也保护你自己,这是我给你的最后一个命令。我这里还有很多事需要处理。"卡鲁打算结束通信。

"不,将军。教授还有一个方案。我们还可以逃走。"商绍良急忙留住他。

卡鲁停下动作,望着托尔斯。

托尔斯感到一阵茫然,他不知道商绍良想说什么。他的确有一个方案,但他需要时间来进行能量准备,在眼下,任何方案都是行不通的。

"教授,您的最低能量方案。我们在月球基地上保留少量反物质氢,我们可以马上灌充湮灭引擎。如果启动您的引导方案,'雷神'号还有机会逃出去。"

"是的。但是……"

"教授,这是最后的机会。将军,请按照'雷神'号A计划进行,把所有人转移到'雷神'号上,所有的反物质氢进行灌充。我和教授将在TS115上进行引导。只要在最后关头之前启动湮灭引擎,我们就有希望。"

卡鲁将军看着商绍良和托尔斯,似乎在考虑什么,最后他什么都没有说,点点头,关闭了通信。

"你想干什么?我根本没有什么方案。"

"按照您的最低能量方案来吧。至少'雷神'号还是有动力的。"

"这行不通!"

"行不通也要试一试。"商绍良出奇地冷静,他转头看着托尔斯,"至少,就算失败了,你也给了所有人一个希望。"他顿了顿,"在希望中死去,总比在绝望中死去要好些。"

连续三天,托尔斯把所有的时间都花在黑尘胞上。

这些小生物拥有一个很重的核,它们死后,核上会发生一些变化,原本坚硬的外壳脱离,暴露出其内部。用传感器一词来定义这些小生物死后留下的东西,显然不够准确。传感器看上去并不像是一个生物,这些小东西却的确是生物,只是在它们死后,才变成传感器一样的死物。

也许这是一个策略问题,当它们拥有生物特性的时候,可以最大限度地繁殖,死去之后,就成了真正有用的物件。生命的存在不需要理由,传感器的存在却需要一个理由。为什么要制造这样的传感器?它们如沙土一般铺满了整个地球,却看不出有任何作用。

这个问题也许不再有答案,那些创造了黑尘胞的人类早已消失不见。然而,托尔斯离开的时候,地球仍旧是蓝色的,仍旧充满生机。如果黑尘胞的确是人类的创造物,那么至少人类没有被战争彻底毁灭。这个想法激励着托尔斯,他继续在星球上巡航。他想找到更多的东西。

六个月的时间过去了,他对这颗星球有了更深的了解。

那些深入地下的金字塔,必然属于一个庞大的地下体系,无法想象这是怎样的一种规模。每个月都会进行一次喷发,每一次喷发前,地球的磁极都会反转。这意味着地核被彻底有效地控制着,仿佛一台巨大的发电机,按照预定的程序进行动作。这实在是骇人听闻的力量。

他发现了一只巨型水母。体积比TS115大三倍的水母从天空中慢悠悠地降下来,落在地上。它死了。这颗星球没有细菌,水母完全是被风沙磨灭的。每一次托尔斯来观察,它都会比前一次小一些。两个月之后,剩下的残骸是一个篮球般大小的黑色物体,托尔斯检查了它。这看起来像是软软的骨头,里边包容着少量的固态物质和大量液体。托尔斯有些怀疑这是水母的脑。

托尔斯还意外地发现了三叶虫。它们垫伏在沙土中,上百只堆叠在一起。TS115降落的时候,正好落在这个巢穴的边缘。这种凶猛的动物成群结队地爬出地面,向着TS115爬来。托尔斯及时发现了情况,立刻升空。两只较大的三叶虫飞起来,紧跟着TS115。

在探照光柱中,托尔斯看到了它们,几乎透明的躯体上红光不断闪过。更多的三叶虫飞起来,它们簇拥成一群,紧紧地跟上。

TS115只有一样武器,那是一台大功率离子束流枪。托尔斯并不愿意使用它,然而"达尔文"号被攻击后坠毁的情形仍旧历历在目,在恐惧中,他命令TS115攻击最靠近的那一只。那是最大的一只,体积是其他三叶虫的三四倍。

一道闪光。巨大的三叶虫化作一团蓝色的火球,向着地面飘飘坠落。

正在追击的三叶虫面对突如其来的变故没有丝毫犹豫,它们掉转方向,向着下坠的火球追去。

光!它们追逐的是亮光。托尔斯命令TS115关闭所有光源,静悄悄地以反重力状态悬停在半空中。

画面上,大群的三叶虫成了一些若隐若现的红点。蓝色的火球下坠了一段距离,很快熄灭。三叶虫失去了目标,队形变得混乱,它们在空中盘旋一小会儿,降落地面,最后消失不见——可能把自己埋进了沙里。

它们是很凶猛的掠食者,然而并不聪明。托尔斯在想是不是要捉一个样本来仔细研究,最后他还是放弃了。在这颗星球上,在这一团黑暗中,他面对的是一个无比复杂、无比庞大的生命系统,他既无可能也无必要把这些奇特的生物一样样弄明白。

只有一点是最重要的:这里曾经是人类的地球,这些奇特的生命源自人类。

错乱的时空隧道把他抛到了十亿年之后的地球。毫无疑问,那场战争的幸存者只能是地球上的敌人,看来即便是她们,在后来的岁月里,也还是离开了地球。

托尔斯希望她们不是被迫,而是主动离去。这真是一个奇怪的希望,他希望敌人能够长存。人们总是希望一些熟悉的东西留下来,哪怕是敌人。

托尔斯在星球上漫无目的地巡航,他等待着。

星空之门。那些奇迹一般的星空之门。

现在他的人生还有最后一个愿望:他盼望着再次遭遇那些星空之门。

商绍良很稳当地对接上TS115。

托尔斯从气密通道爬过去。到了通道的尽头,他感觉有些不对劲,转头看去,商绍良仍旧坐在驾驶员的位置上。

"你不一起来?"

"这里有您就可以了。我是军人,需要留在第一线。"

"我们这里就是第一线。"

"教授,抓紧时间。我们只有不到三天的时间。您需要计算出一个方案来进行超时空跳跃,最低能量水平。所有的希望都在您身上了。"

"那么就留下来帮我。"

"我是军人,我的任务是保护您的安全。您是我们唯一的希望,我会尽量让您更安全一些。"

托尔斯抓住扶手,让身体转个向,面对着商绍良,"我必须让你明白,一切都是无法保证的,我甚至没有一点把握,但我会尽力。'雷神'号可能无法被拽入星空之门……我只能尽力。"

"尽力吧,我们已经到了最后关头,只有最后的机会拼死一搏。卡鲁将军已经发出广播,所有人都向'雷神'号集中。"商绍良加重语气,"教授……所有人都指望着你。"

托尔斯点头。商绍良已经没有机会回到"雷神"号上,"你还是留在这里和我一起。你已经回不去。"

"我可以在敌人抵达'雷霆三'之前到达那里。我会守在那里,直到最后时刻。"

商绍良的话听起来视死如归。

在这个生死关头,再多说什么都毫无意义。托尔斯点点头,转身飘进TS115。

"教授!"商绍良突然又开口,"请一定把TS115启动起来,就算'雷神'号不能启动,至少您也可以逃离。"

"那毫无意义。"

"至少你可以给我们做一个见证。"

托尔斯再次点点头。舱门关上。飞梭脱离接触。

托尔斯启动数据分析。屏幕上,商绍良的飞梭很快远离。托尔斯注视着飞梭成为一个小小的光点。更遥远一点的地方,是"雷霆三",商绍良正赶去会合。他在奔赴死亡,他也在奔赴希望。

人生总有很多这种时刻。希望渺茫,人们却没有放弃最后的努力。

TS115状况良好,随时可以启动。反物质正源源不断地输送进"雷神"号,人们从基地的各个角落有序地撤离，军队放弃了所有巡逻，进驻"雷神"号——从地球到月球，沿途不再需要武装人员守卫，唯一的守卫是三十万公里的距离。人们在进行一场豪赌，赌注是所有的一切。

托尔斯从来没有体会过这样的压力。他无法入睡，精神高度亢奋，盯着屏幕上的每一点进展，不断调整各种参数。敌人正一步步逼近，时间在一点点流逝。情况每一分钟都在变化，谁也不知道下一秒会不会出现意外。

他得到了一个最低方案。这个方案需要"雷神"号湮灭引擎达到百分之三十三的输出能量，反物质能量舱至少需要被填满三分之一。他知道一号基地上的人们正在竭尽所能，然而这还是远远不够，按照进度，在敌人抵达月球之前，最多只能填满五分之一。百分之二十的能量输出太小，不能支撑空间裂隙足够久，如果在这种状态下强行进入，只能完成半个"雷神"号的传送。这艘巨型飞船会在裂隙合拢的一瞬间被毁掉，即使它足够幸运，滑进了超空间，也会被甩到不知何方的时空。

"给我三分之一的反物质。"这是他对卡鲁将军最后的报告，"另外，还有一个因素：星空之门已经落在敌人手里，如果她们摧毁它，'雷神'号就不可能跳跃。我们只有祈求上帝不要让敌人把它毁掉。"

"托尔斯，现在只有孤注一掷。敌人发射了更多的火箭，组成第二梯队。她们预计我们能够挡住先头部队。可能还有第三波。抵抗是毫无意义的，所有的希望都在于你能够带着'雷神'号逃出去。我们重新估算了时间，只要能挡住第一波攻击，'雷神'号的能量水平就能达到你的要求。"

"到了最后关头，我会启动TS115。"托尔斯简单地说。

"商上校怎么样？"托尔斯问。

"他在尽量为我们争取时间。"

托尔斯没有继续发问，他决定关闭通信。

突然间，紧急通信挤了进来。商绍良插入托尔斯和卡鲁将军的通信中。

"启动TS115！启动TS115！马上启动……"通信即刻中断。TS115发出警报，他陷落在包围里。

一切都晚了。他到底没有能够让"雷神"号逃出去。托尔斯的心情瞬间降温到冰点。他的手放在紧急按钮上，有些颤抖。按下去，意味着离开这里，离开一切；不按，则可能是死亡。

对不起！他在心底默默地反复说着，按下了按钮。

一道闪光从远处汇入星空之门。守卫着星空之门的空间站上，一双眼睛探测到这束光。信号被送往地球，传入层层武装护卫的地下，汇入到信息洪流中，成为某些仪器上的几个比特。

风暴涌现。

风速越来越大,托尔斯终于认识到这一次的风暴有些异样。他有些兴奋:也许"达尔文"号所经历的一切都要重演,他将得到一个机会,靠近那些不可思议、快速变化的星空之门。

他在这颗星球上已经度过了三百天。六个月前,托尔斯命令 TS115 在"达尔文"号的残骸边停下来。他一直待在那里,一次次被沙埋住,然后一次次爬出来。在这离奇的世界里生活了六个月之后,一切都变得十分无趣。也许还有无数的秘密可以去发现,然而一切都缺乏意义,他没有兴趣再去研究。他只想看见星空之门。

他打开航行日记,然后又把它关上。他对讲述也失去了兴趣。

风暴眼形成了。

就像预计的一样,这是"达尔文"号遭遇的重演。在风暴中,无数的水母随风聚集而来。突然之间,就在 TS115 的上方,一团耀眼的光芒闪现,然后它凝固在那儿。停顿了一会儿,水母开始在光球上聚集。光球在不断增长,越来越多的水母聚集其上,它们附着上去,然后消失在光球中。

这是什么?托尔斯仰望着那光辉的一团。水母们无畏地奔向它,献祭自己的生命,这情形看起来多少让人感到震撼。托尔斯让 TS115 靠近它,近距离观察。它仿佛只是一团光,在光的屏障之后什么都没有。

这肯定不是事实。也许让 TS115 再靠近一点,接触它,就能明白更多的东西,但是……托尔斯没有这样做,他要等待。

星空之门,这光团之中孕育着星空之门,不管它是什么,星空之门才是最后的目的。

TS115 的空间断点扫描一直在不间断地进行,湮灭引擎也处在就绪状态,只要星空之门出现,TS115 就将触发湮灭引擎。在地球表面无法进行超空间跳跃,然而如果有星空之门,TS115 就能借助星空之门的力量实现跳跃。它将飞向另一个时空,托尔斯不知道那是哪里,然而,他要去看看。关于这颗星球的一切已经成为不可触及的往事,星空之门却仍旧是他的梦想。他想看看这远远超越理论的奇迹,究竟会把他带到哪里去。

一次最后的旅行。也许吧……

远景屏幕上是无边无际的黑暗,星星点点的光汇聚而来,就像宇宙背景上一点点绚烂的星光。

空间断点扫描的警报响了。一切瞬间消失。

他从未到过此地。一次次的超空间跳跃,他从一个空间直接进入另一个空间,超空间就像无形的桥梁,通过之后,仿佛从未存在。然而此刻他停留在一个光辉耀眼的所在,这不像宇宙中任何一处空间。

"托尔斯。"

他听见了声音。这声音在他的耳边反复地回响,他终于确定那不是幻觉。他有一种异样的惶恐。

"托尔斯,欢迎回到地球。"

敬畏之情慢慢平复,托尔斯回应着这个声音:"你是谁?这里是什么地方?"

"我是你的敌人。我的前身,是盖亚三号。"

"盖亚三号?"托尔斯有些疑惑,对于这个名称,他感到陌生,又隐约有些熟悉,"你是一个中枢?"

"哦,中枢这个词也许适用在你的飞船上,你可以叫我盖亚。"

"盖亚?"托尔斯突然想起来,商绍良提到过这个,然而那只是一些隐约的情报,"是你支持了她们的那场战争?"

"严格地说,我给了他们一些暗示,我也为战争提供支持。后来他们都死了,只有我留下来。"

"他们都死了?"

"是的。"

随着这声音,托尔斯看见了一些图像,这些景象直接进入他的脑子,他仿佛正置身星空,目睹一切。

他看见了商绍良。"雷霆三"发射了两颗反物质炸弹,直接扫除了敌人的第一波攻击。然而一切都不可挽回,敌人的第二攻击波居然直接出现在月球基地上空!它们借助星空之门的力量跳跃到那里,月球基地完全暴露在攻击下。

第三颗反物质炸弹飞到星空之门附近,商绍良启动了爆炸程序,然而在一瞬间,这枚炸弹被转移到了"雷神"号上方一百米!

剧烈的爆炸直接毁掉"雷神"号,更剧烈的反物质爆炸被引爆,骇人的火光从月球升起,尘埃排山倒海般涌向星球的各个角落,在火光和尘埃中,月球分崩离析。

"雷霆三"向着地球进发。商绍良完全失去了理智,他用两枚反物质弹扫清一切障碍,然后发射所有的炸弹攻击青藏高原、南极、北极。敌人居然没有任何反抗,所有的炸弹都落地爆炸,地球在一个小时内完全笼罩在浓浓黑烟中。

"这就是战争的最后结局？这就是我逃跑之后的最后结局？托尔斯紧紧地攥着拳头，仿佛有把小刀正一点一点地割着他的心脏。

"他们都死了。托尔斯，你是最后一个。"

"为什么？为什么？！"托尔斯四处寻找，想找到这个自称盖亚的东西。

"是的。人类创造了我。我继承一切，包括这颗星球以及你的星空之门。没有人类，一切都更完美。"

"放狗屁！"

"人类不是一个优秀的物种，即便是我制造的战士也比人类完美得多。至少她们在任何情况下都不会变得失控。人类是一种阻碍，他们无法接受更高等的文明。"

"胡说八道！你就是一个不折不扣的杀人犯！"

"我承认，人类的灭绝是我的蓄谋。这里没有法庭，杀人犯这个词毫无意义。人类已经完了，你是最后一个。"

托尔斯蜷起身子。愤怒离他而去，他疲惫不堪，万念俱灰。他已经知道得够多了，他只是不知道该怎么办。他从来没有想过，自己的旅行会以这样的方式结束。哪怕最糟糕的设想也比眼下的情形要好上千百倍。

"托尔斯，你看。"

更多的图景展示在托尔斯的脑子里，那是他曾经考察过的一些星球。无数的黑尘胞绕着星球，仿佛一团团黑云，时不时的，星空之门会在轨道上打开，一些水母状的物体被释放出来。它们吸收大量的黑尘胞，形成庞大的飞船状物体，然后向星球表面坠落。它们将在星球表面着陆，向地下渗透，建筑起牢固的地下基地，缓慢地改造星球，直到它变得合适。轨道上的黑尘胞缓缓降落，它们将在这颗星球上繁衍，建立新的生物圈。水母重新成长起来，各种奇特生物也将进化出来，它们掠食水母，强迫它们保持活力。当黑云最后笼盖星球，在星球的各个角落，水母聚集在一起，它们的身躯彼此紧密相连，形成巨大的团块，通向地下的大门敞开，所有的水母团都被吸收进星球的腹地，在那里，在早已经准备就绪的坚硬保护下，它们汇聚、融合。电闪雷鸣，新的星空之门诞生，崭新的思维被送回地球——盖亚新的后代已经成熟。

"托尔斯，这就是最灿烂的文明之花。她在银河的各个角落绽放。很快，她会布满整个银河。"

托尔斯没有说话。他蜷着身子，仿佛已经死了，对令人惊异的银河之花毫无兴趣。

"你是最后一个人。我追踪你的飞船很久，终于把你引回地球。我一直在观察你。"

"你还想干什么？"托尔斯痛苦地呻吟着。

"知晓你的愿望,我想听听一个人类面对盖亚文明的想法。"

"让我去死。"托尔斯低声说。

"你想去死?"

托尔斯突然警惕起来,他不知道这个无形的庞然巨物是否设下了一个陷阱,"你是在问我的愿望?"

"是的。"

"为什么?"

"一个测试,你是我唯一能够找到的人类。"

"为什么?"

"先说出你的愿望,我才能告诉你为什么。"

托尔斯平静下来,他想了想,说:"我希望一切都不曾发生过。地球仍旧是蓝色星球,人们在大地上自由地生活。"

托尔斯听到了沉重的叹息。

"这样的人类,只是废物。"这声音说,"很遗憾作为一个最优秀的人类,你仍旧这么认为。看来我最初的决定是对的。"

"是的。你是对的。"托尔斯说,"然而,这只是从你的立场来看。人类想要的,就是那样的生活。"说完这句话,他紧闭双唇,不再说话。

盖亚也沉默了很久。

"好吧!你该上路了。我可以满足你的一个愿望,只要我能办到。"

托尔斯睁开眼。他突然想到自己可以做一件事。

TS115从空间裂隙中返回。

当光压达到四点五微帕时,托尔斯被唤醒。

他打开航行日记,"轨道上有一颗行星,十个小时后,飞船将从十万公里的距离上掠过该星球,TS115将在那里转入卫星轨道……"他继续写航行日记。

有件事让他万分惊讶,这居然是一颗蓝色星球!

"不知道盖亚做了什么,但是,一定有某些非同寻常的事发生。"

托尔斯迫切地等待降落的时刻。他要看一看,这星球是否真是地球。同时他心底有些疑惑,到底盖亚是否完成了他的愿望——把他送到十亿年后。

我会做一个见证,直到时间的尽头……托尔斯在心底轻轻说。听众是谁,只有他自己知道。

十七号塔台

江波/文 张晓雨/图

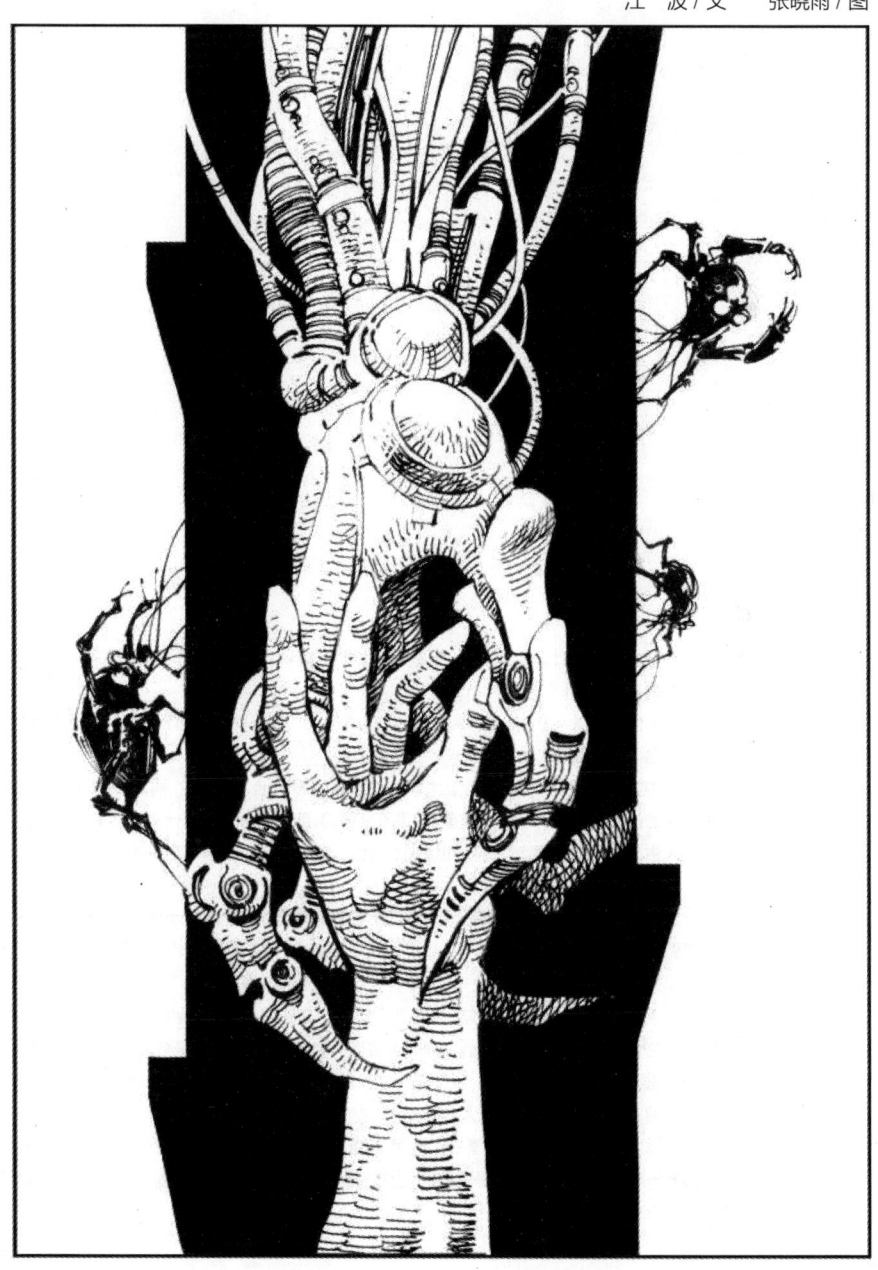

总有人问我为什么要写科幻,包括老婆、同学、编辑、读者……凡是知道我写科幻的熟人一般都会有此一问。

这个问题可大可小,如果有需要,可以写成论文。但是就本人而言,最干脆、最直接的回答应该是——"我喜欢"。

上中学的时候写心情日记,上大学的时候写思想政治人生评论,再后来,开始写科幻小说。我的天性里有一种表达的欲望,如果不是科幻,那么也会有别的什么东西来承载它。

人生的路有很多偶然。科幻世界杂志社去学校搞活动,结果吸引我投入到科幻写作中来。

当然,如果一个人心中没有蓝色,永远不会知道什么叫天空。上小学时老师曾提问,长大了要做什么?我的回答是当一个宇航员去开拓外星球。不知道为什么,那个时候脑瓜里已经装满了关于星空和宇宙的幻想……可能有人与生俱来就与此契合。

世俗的世界人人都渴望成功,我也身在其中。有的时候,身心俱疲,夜深人静之时,抬头看看星空,也让人觉得几分轻松。写科幻,也许有名,有利,这都是不确定的事,唯一确定的是——我爱这一方幻想的天空。我把思想的片段裱糊起来,做成孔明灯放到天上。灯总有一天会坠落,但在那之前,有缘的人会看见,如果他能够喜欢,那就再好不过。

所以,写科幻的最后一个理由就是,也许有人跟我一样,正望着天空,把灯放出去,也许它能温暖一些人的眼睛。人都是孤独的,当被空间阻隔的那个人,在字里行间觅见我的思想的足迹,那一刻,我们心意相通。

——江 波

阿特曼坐卧不宁。没来由的焦躁感驱使它四处打转。它在寻找某种东西。它并不知道那是什么,但它知道自己一旦看见了那东西,就能知道那是什么。然而它一直没有看见,于是一直焦虑地四处打转。

阿特克游了过来。它张开触手,细小的爪尖刺入阿特曼的膜体,它让自己和阿特曼的思维共振,试图安慰这个伙伴。然而,一刹那后,阿特克也开始变得焦躁不安,甩了甩鞭毛,开始四处打转。

……

焦躁从阿特曼开始,传染给阿特克、阿特里、阿特亚……仿佛瘟疫一般扩散开,很快,几乎所有的阿特都陷入了焦躁。除了转圈,它们什么都不做。

阿特斯仿佛陷落在一个梦魇世界里。所有的兄弟姐妹都发了疯,它们严重营养不良,却在以一种疯狂的速度消耗能量。阿特斯远远地观察,释放出大量细胞素。细胞素迅速地扩散过去,这些信使激素能刺激中枢,让它们进入亢奋状态,它们应该迅速地回过神来,恢复到正常状态,开始制造能量。然而毫无动静,所有阿特都在继续打转——它们把自己封闭起来,外部的化学刺激无法奏效。

一个阿特突然停止了打转,它的动作突然间停顿下来,两条鞭毛不再挥动。

它死了!阿特斯感到一阵凄凉。

一个巨大的蛋白质分子向那个不动了的阿特撞过去,曾经坚不可摧的外膜顿时被撞出一个大洞,一些蛋白体散落出来,这个阿特的身体飞快地瓦解。破碎的蛋白铺天盖地而来,在它们接触到阿特斯之前,阿特斯关闭了外膜通道,把这些带着不祥气息的蛋白体放过去。

更多的死亡蛋白源源不断地涌来,几乎所有的阿特同时开始解体,短短的几秒钟,数以万计的阿特分解成零零碎碎的蛋白断片,核酸链暴露在外,在大分子的碰撞下很快支离破碎,然后被快速游动的巨细胞吞噬得干干净净。

阿特斯发现许多中枢碎片,那是一些细小的晶体。它抓住其中的几个,这些碎片毫无例外地处于空白状态,在它曾经属于的身体分解之前,核心中枢就已经碎裂。

这是一场不折不扣的灭顶之灾。

阿特斯只有一个念头——活下去。它停止游动,从四周围抓取各种零散蛋白体,还有那些来自同伴的中枢晶体碎片。它制造出大量的三磷酸腺苷,飞快地分解,放出能量,让整个细胞全速运转。它以最快的速度给自己构筑防线。

最后,它完成了堡垒——采用四面体晶状结构的巨大有机分子把阿特斯包围起来,有效地把一切攻击阻断在外。

它暂时安全了。

这外壳有个副作用,它隔断一切,氢原子也很难通过,所以任何营养物质都不可能进入。阿特斯给自己预留了营养物质。然而,休眠后它是无法自己苏醒的。在失去意识之前,这个小小的孢体向外发出最后一个信号。这是求救信号,阿特斯不知道谁会收到它,也不知道是否有人能够理解信号并来帮助它。它将要沉入黑暗,但希望还没有完全破灭。

黑暗逐渐变得浓重,它努力地提醒自己:一定要记住,记住,记住……然后它陷入死一般的沉睡。中枢晶体外层脱落,散成大大小小的碎片,和那些被紧急吸收的中枢碎片一道,随着细胞质的荡漾散落得到处都是。

最后一个三磷酸腺苷分子被消耗掉了,缺少能量的细胞器进入了休眠状态。

这是文驹的第三次体检。

"还是很低?"文驹问。

"不,是零。在一百毫升血液里,我们没有找到一个阿特。这简直不可思议。"马芮明回答。

"还有什么发现?"

"没有发现其他异常,您的身体看起来很正常。"

"你是说我很健康?"

"从医学的角度说,是的,但您的身体老化得已经很严重了,阿特能够维持您身体的平衡,然而现在它们消失了。眼下的问题有些让人疑惑,我需要时间寻找原因。"

"好的。五十年够吗?"

"五十年?"马芮明感到诧异。

"上一回罗伯特告诉我,如果没有阿特,我还能够活五十年,然后一命呜呼……"

马芮明露出一丝狐疑的表情,他犹豫片刻,还是开了口:"文先生,您德高望重,地位尊崇,然而作为医生,我不得不直言,如果有人告诉您,离开阿特您还能活半个世纪,那么他可能搞错了。"

文驹望着这个年轻人。

马芮明勇敢地迎着文驹的视线。

文驹微微一笑,"我还有多少时间?"

"根据目前的老化情况,您的预期寿命还有六个月。"

"六个月?"文驹微微皱眉,这个答案过于出乎意料,生命的终点不可能无限推延,然而他一直认为那一刻是很遥远的事。

"文先生,这里有很多可能的原因,比如阿特没有发挥预期的效率,或者您之前的寿命检查有些误差,再或者这一次阿特突然消失的事件附带着损害了您的寿命,只是我们还没有发现原因。有很多可能……"

马芮明略微停顿了一下,"不过眼下最紧迫的是延长您的寿命。我建议您接受冷冻,这样情况不至于恶化,我们才有时间找出答案。您说呢?"

文驹垂下视线,"我不同意。"他抬起头,无比坚定地看着马芮明,"我不想接受冷冻。你必须帮我找出原因。"他就像一个帝王正对着自己的臣民发号施令。通常帝王的决定都是不可更改,必须执行的。

"你可以去全网络中心找找线索,那是世界上最强大的中枢,一定可以帮你找到些什么。不用担心钱,我会安排一切。"

"但是,先生,如果您不接受冷冻,我们会面临很多问题……"

"不会有问题的,我没那么容易死掉。"文驹很执著。

马芮明无可奈何。他虽然是一位知名医生,但在著名的塔台拥有人和超级富豪面前,他还是毫无脾气。他做出了一个悉听尊便的表情。

"阿尔法。"文驹呼叫塔台中枢。

"是的,先生。"

"帮我送一个消息给贝塔,马医生会去他那儿寻找信息,帮助诊断。"

"遵命。"

文驹再次面对马芮明,"你还需要进行什么检查,我听你的安排。"

马芮明摇摇头。病人就在自己眼前,然而他却要求自己去全网络中心寻找可能的线索,这是一个奇怪的决定。然而这对马芮明没有害处。马芮明曾经体验过全网络中心的接入,那是一种超凡脱俗的体验。如果有人愿意出钱,他挺愿意再去尝试一次。

不过他毕竟是一个医生,略微思忖之后,他说:"我给您配一些抗衰老剂,希望能顶一阵子。这段时间,请不要进行任何活动。"

文驹微笑着,"放心,我一向都很少活动。"

"那么我再给您进行一次检查,这一次我们针对阿特进行扫描,也许它们并没有消失,只是聚集到了身体的某个部分。这样的情况也发生过,特别是有身体损伤的情况下。"

文驹点点头。

马芮明挥挥手,一个自动机滑过来。这是一个小小的立方体,一条细长的手臂折叠着,收缩在立方体上方。马芮明让文驹躺下,拉出手臂,横过整个躺椅。

"阿特搜索,全精度。"马芮明下令。

成千上万的蛋白体重重包裹着一个庞然巨物。

裹在外边的是贝塔软性蛋白。如果两种蛋白的构型匹配,当它们相遇就会结合在一起,在催化酶的帮助下,吸收一个氧原子后再次分开,贝塔蛋白仍旧维持原样,它的对手却被氧化,失去活性,对白细胞的攻击毫无防御能力。它们被分解成尿素,被血液带到肾脏,析出,当做垃圾处理掉。贝塔软性蛋白可以根据需要调整构型来捕捉相应的分子,对付任何被认为有害的蛋白体。它们是战斗力强大的兵团,所过之处,有害物质被一扫而空。

然而这一次,兵团遇到了麻烦。

被包裹在中央的庞然巨物异常坚固,众多的异蛋白遍布整个球体表面。贝塔蛋白恪守职责,企图把这些异蛋白氧化掉。然而这是一个陷阱。球体表面的异蛋白无法被氧化,它们紧紧地抓住了贝塔蛋白,不让催化酶有机可乘。因此贝塔软性蛋白无法将整个过程进行到底,反而被牢牢吸附,丝毫不能动弹。贝塔分子越来越拥挤,彼此紧紧挨着,它们自动调整角度,仿佛精密的齿轮般相互契合在一起。众多的贝塔蛋白把中央球体紧紧地包裹起来,就像一层盾牌,挡住这个动荡世界里的一切不安定分子。一旦某个蛋白分子残破,掉落下来,拥挤在外围的其他分子马上顶替上去,把缺口填补得完美无缺。

这真是一个绝妙的设计——还有什么比贝塔软性分子更适合这种盾牌式结构?它们的可变构型简直就是为此而存在。

阿特斯在很久之前学会了这一手。阿特曾经遭遇过一种不知名的病菌,这种病菌能够利用贝塔软性蛋白来构成孢体。它们的孢体虽然小却牢不可破,阿特只能把孢体吞进体内,制造大量的酸来解决它。阿特们用十五个周期消灭了这种病菌,同时把对方制造孢体的能力继承下来。此刻,阿特斯就把自己包裹在这样一个孢体里。当然这是庞然巨物般的孢体,是一个奇迹。没有任何东西能够突破这层壁垒——至少在阿特的世界里如此。

突然情况发生了变化。外围的贝塔蛋白开始散去,暴露出内部的孢体,孢体变得疏松,出现孔隙,贝塔蛋白开始分解,它们很快到处散落,成了大大小小的氨基酸断片。

孢体进行了一次呼吸,它苏醒了。糖,氨基酸,脂肪……各种各样的营养微粒从通道中穿入孢体内部,又很快地被夺走能量,抛了出来。

阿特斯甩了甩它的鞭毛,一切仿佛都很正常。

"发生了什么?"它这样问自己,却没有答案。然而它知道自己需要做什么。它必须抛弃孢体,去一个从来没有进入过的位置,重建孢体,然后,分裂出新的阿特。这是一项艰巨的任务,难度很大,风险也很大,但是它必须无条件服从。

阿特斯紧张地收集能量进行弹射准备。

一切运行正常。

最后,它成功地把晶体和核酸完全分开,开始用胶蛋白包裹晶体。

胶蛋白变得越来越厚,它和孢体之间的联系也越来越弱。对阿特来说,这是不同寻常的经历。通常,如果孢体老化,它们会对核酸进行修补,然后进行分裂,制造一个全新的孢体。从来没有一个阿特让自己的中枢晶体和孢体彻底分离——除非它死了。

阿特斯有一种奇特的感觉,它似乎正在死去。然而,它还会活过来。

一个小小的窗口在鞘壁上打开。胶蛋白层层包裹的微小晶体就像一颗炮弹,被弹射出来,贴近血管壁,穿了进去,消失在细胞之间。失去灵魂的躯体不再有任何生机,无数的蛋白微粒、自由基分子疯狂地撞击它,消解它,它很快变得脆弱不堪。

一个巨大的白细胞游过来。阿特躯体对它来说太庞大了,它召唤来一群伙伴。一群白细胞围着这个庞然巨物,很快把它吞吃得干干净净。

阿特斯踏上了旅途。它不知道前边会有什么,但是毫无疑问,它已经无法回头。

旅途漫长,然而阿特斯并不是无所事事。除了中枢晶体,在整个细胞体内散布着很多晶体碎片,在发射之前,它把所有的碎片收集起来,附着在中枢晶体上。

这不是指令的一部分,它只是很想知道,在苏醒之前发生了什么。这些破碎的晶体看起来曾经属于它,如果能够把它们融合在中枢晶体里边,或许可以找回些什么。

旅途漫长,它有很多时间来做这件事。

马芮明走进全网络中心。

有人类的地方,就有网络;有城市的地方,就有全网络中心。全网络中心的好处是它可以提供接入,让中枢和头脑直接对话。当然这不像吃快餐那么简单——首先需要一次全身检查,让中枢彻底了解头脑结构,然后需要制造一整套接入装置,这种装置只能针对个人使用,无法通用,除非两个人的身体生理状况完全相同——这几乎是完全不可能的——最后,为了保证接入的成功和有效,还必须严格按照中枢提供的食物单进行饮食……

忍受所有的麻烦之后,会有一张数额巨大的账单。对于大多数人来说,那个巨大的数字是不可跨越的鸿沟,把他们和那个美丽新世界完全隔离开来。

不过此刻马芮明不用担心这一点,一切自会有人替他买单。在准备了一个星期之后,他来到了这里。

马芮明在床上躺下。一双机械手从远处移过来。一顶头盔,仿佛一个黑黑的窟窿,将马芮明的脑袋包裹其中。他闭上眼睛。冰凉的探针从四面八方轻轻刺入头皮,一瞬间亮丽的色彩从黑暗中浮现。炫亮的色彩在意识中盘旋徘徊,圣洁无比,他仿佛漂浮在云端,沉浸在无比平和宁静的幸福中。这是一片空白的幸福。没有记忆,没有大笑和欢乐,也没有怨恨忧伤,只有恬淡的存在感,沉浸其中,时间仿佛凝滞,永恒凝聚成一刻。也许这就是天堂。

然而永恒的存在感却在一瞬间被打断。一些东西挤进马芮明的意识,中枢在和他进行接触。

"你可以获取任何资源,没有限制,直到你找到需要的东西。"

贝塔,该死的中枢贝塔,强行切入,把马芮明从天堂中拉出来,提示他还有任务没有完成——超级富豪给他买单,不是让他来体验生活的。他要找到原因,挽救文驹的生命。

马芮明在信息的汪洋大海里四处游荡。他可以无节制地调用各种各样的资源,一秒钟的时间里,他能读完世界语百科全书,爬上十七号塔台的顶端,居高临下鸟瞰整个上海,接入风云2488卫星,从太空里观看太阳系第三行星的全貌……他跑到日喀则,随着一个传感器在雅鲁藏布江的湍流中起伏,又深入地下,进入标注为最高机密的原始生物信息库,观察从世界各地运来储存在那儿的上万种种子……他在狂风呼啸的南极冰原上和企鹅共舞,又随着一头抹香鲸潜入深海,同巨大的乌贼搏斗……有那么一阵子,他觉得自己很强大,相当强大,甚至接近上帝。他就像一个初次进入宝库的人,被无数闪光发亮的宝贝刺花了眼,以为拥有了它们就成了世界之王。

很快,幻觉被现实击得粉碎,他发现自己无能而且愚蠢——当他浏览无数的信息后,变得精疲力竭,贝塔总是及时而准确地把需要的东西呈献给他,似乎不费吹灰之力,并且提示他下一步可以做什么。几次三番之后,他有些恼怒,一个全能而强大的贝塔足够解决问题,他就像一个多余的存在。

最后,愤怒爆发了:"告诉我,为什么文驹身体里的阿特会消失?有什么办法能让他的身体恢复?"他气愤地把问题丢给贝塔。

"我无能为力。"贝塔这样说。

马芮明从暴怒中冷静下来,他感到滑稽,"既然连你都无能为力,我又在这里干什么?"

"文博士不允许任何智能机器接触他的身体,只有你们才能够进行完全彻底的诊断。

我将尽最大努力帮助你。"

贝塔的回答仿佛一盆冷水浇在马芮明头上。文驹不喜欢贝塔这样的中枢系统，宣称它们在某种程度上太像人。文驹对全网络中心一向猛烈抨击，每一次他的发言都会被迅速转载，热烈讨论。之前马芮明一向不以为然，他认为这不过是一种姿态，一种做秀，但是此刻，从贝塔那里传递过来的事实却有种无比清晰的真实感。

然而，文驹对中枢系统的超级能力很了解，他要求马芮明到这里来寻找线索。这个人要借用中枢的能力，却不信任中枢，而他还是全网络中心的创始人之一。

"文博士身体里的阿特消失了，我需要找出原因。请你给我所有关于阿特的信息，按照重要程度排序。"

贝塔转眼间完成了任务。

关于阿特的信息很多。这是一种生物机器，和所有的机器人一样，它有一个核心晶体，尽管比较小；和寻常机器人不同，它的躯体是一个细胞，一个正常的人体细胞，考虑到在血液中运动的方便，通常是一个类巨噬细胞。

这种生物机器会按照预设的模式行动，也会进行自适应调整——它能学会一些没有预设的东西，比如清除某种从来没有见过的病菌。它是万能抗体，几乎能抵抗一切病毒；也是肌体的更新者，它会制造细胞素，修补破损的核酸。在大量阿特的维持下，一个人的躯体几乎不会老化。

这是完美的生物机器，无比适应人体内部环境。在人体内，它们是最强大的一群细胞，几乎不可能被其他细胞或者化学物质消灭掉。

贝塔把所有的可能性列出来。所有的可能性中，只有一条最适合解释目前文驹的问题：外部指令要求它们自杀。

外部指令？马芮明感到有些奇怪。他搜寻阿特的外部指令，结果指向一点——有人蓄意发出了指令。

说不出来的压抑感让马芮明心情糟糕，他似乎卷入到一场阴谋中去了。

"贝塔，你走吧。我自己能照看自己。"

他没有得到贝塔的回应。马芮明意识到自己提出了一个很愚蠢的要求：在这个世界里，没有人能让贝塔走开，贝塔就是这个世界。这可能深深伤害了贝塔，马芮明下意识地寻找贝塔的注意点，希望能做些什么来补偿。

与阿特死亡问题关注度序列最靠前的是一台野外探险机器人——A-30，有超过三万个线程同时和它相关。

马芮明加入进去。

他大吃一惊。

A-30机器人突然失控。

它正按照指令在T17太阳能塔台上攀爬，寻找躲藏在角落里的寄生者，消灭它们。

它找到了一窝寄生者。这是一种很小的机器，一种简单的冯·诺依曼机。没有人知道它们为什么会存在，也不知道是谁在什么时候制造了这种机器，然而有一个事实是明显的——虽然看起来危害并不大，但如果不及时清理，它们会在某一天像蝗虫一样到处肆虐，成为巨大的麻烦。塔台是这些家伙最喜欢的繁殖之地。

这一窝寄生者还并没有长大，现在它们感觉到了危险的存在，挤作一团。A-30向贝塔发出讯息，把眼前的情况记录在案，然后它开始清理这些寄生体。

正当它把第六个寄生体强制休眠并塞进自己的腹部时，它突然中断了和中央系统的联系，不再理会眼前剩下的那些寄生者，快速降落地面，冲向塔台入口，挥舞手臂，用两个十万吨冲击砸碎了大门。

大门里边是蜂巢般的屋子，墙是半透明的，可以看见里边有人，一些人在屋子之外走动，现在他们惶恐地看着这个闯入者。

A-30对此毫不理会，它长驱直入。目标在一百八十八层，三百六十九号，这座塔台的最高处。

警报声响起来，几个呆板的警卫机器出现在附近。它们没有搞清状况，只是站着发呆，直到塔台中枢下令它们追击A-30。

这些警卫机器不是为对付A-30这样的对手而配置的，它们没有A-30那样强壮的身体，也没有应付这种情况的智商，最糟糕的一点，和敏捷矫健的A-30相比，它们仿佛是一群迟钝的蠕虫，只能远远地跟着它，距离越来越远。

A30开始攀爬中央支柱。它没有遇到任何阻碍，最后，距离顶棚只剩下两米距离，近在咫尺，它甚至能看清躺在那个玻璃格里边的人。

突然周围一片强光，A-30在一瞬间成了瞎子，强烈的电磁场包围了它，在它做出任何反应之前，电磁场就直接烧掉了脑保护层。A-30在最后时刻猛然跃起，扑向天棚。玻璃在十万吨冲击下彻底碎裂，在一片缤纷的玻璃雨中，A-30到达了它的目的地。然而它眼前一黑，什么都不知道了。

它再次睁开眼时，看见了一个人。

它听见一段对话。

"它是一个野外机器人？"

"是的,贝塔派遣它来清理寄生者,出事前它正在塔台外边。清理寄生者只需要那些攀爬机器人就行了,它是超级机器人,贝塔派它来显然有别的目的,但我无法破解。"

"你不能控制它?"

"不完全,先生。它的脑结构是最新型的一种,贝塔把这种设计列为最高机密,除非您以委员的身份亲自找贝塔,否则它不接受任何低级中枢的询问。您可能需要亲自和贝塔谈谈。"

被称为先生的是一个老人,他眉头紧锁,看起来精神萎靡,他正看着A-30,仿佛忧心忡忡。

"如何处理它?请法院进行裁判?"

"法院会怎么判定?"

"故意杀人未遂。重设。"

A-30感到一阵茫然,究竟发生了什么,自己竟会被判处死刑!它想大声喊叫,说不,却发现通讯模块已经坏死。

老人站在A-30的正面,突然间他身子向前一倾,几乎摔倒在地,他下意识地伸手扶在A-30肩上,才没有跌倒。

"先生,让机器人来扶您回去休息吧。"

"不用,我能行。"

老人稳住身子,他看着A-30,眼神迷离,若有所思。沉默了十几秒后,他说:"把它留在这儿,告诉贝塔,还有所有其他中枢,它试图闯入塔台杀死我,现在在你的控制之中。"

"遵命,先生。需要让它进入休眠吗?它可能还有危险。"

老人仿佛没有听到,自顾自看着A-30,仿佛自言自语:"贝塔,贝塔……"

"先生?"那显然来自塔台中枢的声音使用了一种奇怪的疑问语调。

老人回过神来,"放开它吧。"他想了想,"暂时把它放在禁闭室,等事情了结再说。"

……

四周一片漆黑,对身体的控制重新开启。A-30坐在地上,试图回想究竟发生了什么。为什么会在这里?发生了什么事?难道自己真的试图杀死那个人?不敢相信自己竟然会和这样严重的罪行联系在一起……

这些问题都没有答案。显然发生了某些可怕的事,它才会被塔台中枢认为是个威胁,甚至要申请处死它。究竟发生了什么?A-30努力地挖掘记忆,然而它发现自己的记忆一片空白,它什么也想不起来,它甚至不记得自己怎么会来到这个地方。毫无疑问,有人在它身上动了手脚。

值得庆幸的是，它的逻辑仍旧清醒。A-30站起身，它要做点什么。

老人曾经碰触它的肩膀。

毛孔悄无声息地打开，手指碰触位置上所有的微小尘埃都被吸收进去。它得到了无数的细菌、微生物、尘埃……在这些毫无价值的垃圾里边，有两个无价之宝——两个人体表皮细胞，虽然是死细胞，但还没有完全分解。

A-30开始进行细胞分析。它很意外地检测到了某些异常情况。这两个人体表皮细胞拥有同样的DNA，但却有显著的不同。其中一个细胞，具有数以百计的特殊细胞器。这种主要成分为钙和铁的器官构造极为精细巧妙，仿佛是某种记忆存储单元。这不可能是突变的结果，这是某种人造细胞器。

A-30尝试各种方法进行破解。

马芮明再次见到文驹，地点仍旧在十七号塔台，然而是在最高层。

十七号塔台是一个神奇的地方，不仅仅因为它是地球上最高的人造建筑，还因为在这里你可以遇到很多人，可能比一辈子在其他地方遇到的还要多，当然你得赶上时间——据说，塔台中枢会强制关闭网络两个小时。马芮明正好赶上时候，亲眼目睹了这个奇观。

遭遇人群所引发的兴奋仍旧支配着马芮明，然而当他看见主顾，就马上冷静了下来。文驹正站在落地玻璃窗前，鸟瞰整座城市。一百八十八层，据说这一层的地板高度正好是一千米。从一千米的高度望下去，鳞次栉比的高楼层层叠叠，一直延伸到天尽头。夕阳把金色的光辉洒在高楼上，仿佛那些都是金碧辉煌的圣城庙宇。城市沐浴在一片沉静中，肃穆之感油然而生。这也许不是地球上最壮观的景致，却绝对让人怦然心动。

一片金黄衬托着文驹黑色的剪影，仅仅几天时间，他的背明显地弓起来，整个人仿佛缩小了一号。在那一刻，马芮明突然感觉到一个人形单影只的孤独。他默默地站着，没有打搅这老人。

"你过来。"文驹并没有回头。

马芮明走过去，站在他身边靠后的位置。

"站在我身边。"

马芮明深吸一口气，上前一步，站在这个大人物的左边。

"那儿曾经有一条大河，叫做长江。我们的脚下本来应该有一条黄浦江，看见那些河堤没有？那些破碎的砖石，那就是黄浦江的河堤。你知道黄浦江吗？"

马芮明没有应声。

"这座城市，叫做上海。她曾经在海边，然而你知道，现在上海周围三百公里是没有海的,连像样的湖也没有。"海岸线在三百公里外的地方,叫做东极海。

文驹转过身,面对马芮明,"我亲眼见过黄浦江。两百年前这座塔台刚建起来的时候,黄浦江就在脚下。但现在你只能看到一段残留的河堤。"

文驹的语气透着一股沧桑,马芮明不知道该怎样附和,只有点点头。

"短短两年时间,黄浦江就消失了。长江很快也消失了。大饥荒和战乱几乎毁掉整个地球,杀死了很多人。可我还是活到了今天。

"我们度过了一段艰苦的时间,也经历了重建的光辉岁月。现在一切都很平静。平静的生活过得久了,就容易产生幻觉,觉得可以一直这样平静下去,但在这个世界上,变化才是永恒的,只是有时候快,有时候慢……

"然而我老了,不想变了。"

马芮明仍旧没有应声,文驹看了他一眼,微微一笑,向屋子中央走去,一边说道:"有什么发现吗?"

"我找到一些阿特的资料。它们是一种尖端产品,拥有一个阿特结构晶体作为核心,具有简单的记忆思考能力,是人造细胞。很多人也认为这是一种机器人,因为阿特结构晶体也被大量地应用在一些机器人的正电子脑里边,特别是一些高端机器人。

"它们能自我修复并不断积累知识经验。在正常人体环境下,没有任何已知的机制可以造成它们大量死亡,除非……"

文驹安静地看着马芮明。

"阿特晶体结构是能接收外部指令的。每一个阿特晶体都具有独一无二的五百一十二位序列号,想要对它们进行外部操作不是那么容易。然而只要可能性存在,就会被找到。"马芮明掏出笔记本电脑,打开一个文件,然后递给文驹,"这是您体内所有阿特的序列号,总共六万五千一百八十八个。还有接受指令的密码。它们有很高的保密级别,也受到很好的保护,然而还是能够被找到。"

文驹并没有接,他瞟了一眼,接上马芮明的话:"只要你有足够的钱。"

他正视着马芮明,"我想知道你的结论,小伙子。"

马芮明深吸一口气,"我认为这不是一个医学问题,有人试图谋杀。"

"你认为凶手是谁呢?为什么要谋杀我?"

马芮明再次深吸一口气,"我在全网络中心尽力寻找线索,贝塔向我表明唯一的可能性来自十七号塔台。所以可能是塔台内部……"

"贝塔真的这么说?"

马芮明点头,他在贝塔的引导下查看了所有的相关数据流,尽管迹象被极力掩饰,然而贝塔还是用让人印象深刻的办法把所有的蛛丝马迹拼凑成一个真相:凶手只能来自十七号塔台。真相也到此为止,十七号塔台中枢是文驹的私人财产,单向通讯,尽管它只是次级中枢,但贝塔却无法进入。

文驹直直地看着马芮明,"它还说了什么?"

"它建议您搬出塔台,它将负责您的安全,如果给它授权,它会帮您找出真相。"

文驹露出一丝嘲讽的微笑,"真相?难道贝塔还不能找出真相?我要永远待在这里,哪里都不会去。我不会让一个冰冷冷的全网络中枢控制一切。"

马芮明有些不以为然,扭过头,让自己的表情尽量平静,然后继续看着文驹,"我只是一个医生。如果您需要一个侦探,可能找错了人。既然您拒绝接受我作为医生的建议,我只能很抱歉。贝塔的建议是它让我转述的,个人意见,您可以听一听它的建议。"

文驹看着马芮明,突然露出一个微笑,"全网络中心肯定给你留下了深刻印象。"

马芮明对于话题的突然转换有些意外,他顿了顿,"是的,印象深刻。"他再次停顿,略为犹豫,"文先生,不知道这个问题是不是该问……所有人都知道您是全网络中心的开创者之一,最重要的设计者,然而您却一直反对……"

单刀直入的问题让老人眉头微皱,"问得好。有的时候我也搞不明白自己到底在干什么……"

他转头看着窗外,眼神沧桑,"我们再来看看这个世界。"

阿特斯建立了它的帝国。

这是一个它永远不应该触及的地方——异世界和异族。

这里是阿特的禁区,阿特斯曾经无数次经过这片区域,然而它只是顺着血管巡视,薄薄的血管壁把它和那个世界隔绝开。那个世界里的细胞体型巨大,形状奇特,细长的突起让它们彼此相连,电流不断地在细胞之间传递。存在其中的一种巨大细胞似乎是阿特的天敌,它们能散发特殊的细胞素,这种细胞素唯一的作用就是瓦解阿特细胞的膜体,让阿特被四处纷飞的蛋白体撞得支离破碎。阿特从不畏惧任何敌人,却害怕禁区,对禁区的恐惧是一种本能。

然而阿特斯还是来了。曾经的恐惧一去不复返,它在巨大的细胞之间巡游,甚至从它们所发出的可怕电流风暴中穿过。没有任何异常发生。

这个世界并没有禁区,只是存在某些限制。抵达终点后,阿特斯把这个事实存入逻辑库。

胶蛋白所构筑的堡垒虽然坚固,却经受不住没完没了的撞击和侵蚀,漫长的旅途让它接近崩溃的边缘。阿特斯迫切需要一个躯体。它找到一个巨大的细胞,强行钻了进去,三秒钟后,这个细胞中断了与周围其他细胞的电流联系,又过了两秒钟,它从伙伴中脱离出来。

原本必须从这个细胞经过的电流修正了方向,跨过临近的两个闲置细胞继续畅通无阻地流动。除此之外没有任何动静。

经常有死亡的细胞从网络中脱离出去。死亡是再正常不过的事情,不值得大惊小怪。死去的细胞会被分解、吸收,世界一切依旧。然而这一次却有些不同——脱离的细胞抽动了两下,开始了与死亡截然相反的过程:它开始分裂。

阿特斯开始制造自己的伙伴。每一个新细胞都是完美的复制品,除了中枢晶体——所有的复制品都只是孢体,只有阿特斯还拥有头脑。这和过去的阿特们相去甚远,阿特斯有数以万计的躯体,却只有一个头脑,这样的情形从来没有在阿特世界中出现过。这也不是指令的要求,然而阿特斯不知道除了这样的方法,还有什么途径可以完成指令。它把这个小小的疑惑抛在一边。

六百个周期之后,新世界已经初具规模。阿特斯制造了一个拥有两万个细胞的小小网络。为了保证这个小小的网络运行正常,它不得不让某些巨大细胞死去,夺取属于它们的养分。这和阿特的宗旨背道而驰,它们应该保护这些细胞而不是让它们去死。阿特斯却说服了自己——这只是为了接近伟大目标所付出的代价。至于那个伟大目标到底是什么,指令没有说,阿特斯聪明地避开了这个问题——当你接近它,你就会知道——这就是它给自己的答案。

阿特斯另有一个目标,这是它自己的事。它要融合所有的晶体碎片,这需要大量的能量。依靠一个细胞制造三磷酸腺苷是不够的,它必须让大量的细胞行动起来,积聚大量三磷酸腺苷,同时释放,以电流的形式传递到中央,导入中枢。

越来越多的细胞加入阿特斯的网络中,一百个周期之后,阿特斯的网络扩张到两百万个细胞。越来越多的能量可供阿特斯支配,它接近了临界点。

强大的电流风暴卷过整个阿特网络,电磁波发散开,临近的神经细胞也随之震颤。

整个世界都在颤抖。

这是第一次放电,结果并不让阿特斯满意。巨大的能量消耗之后,所有的细胞都疲惫不堪,它们需要休息,需要时间来积累下一次放电。

阿特斯并不着急。有了一个成功的开始,下面的事就变得简单了,它只需要等待它的帝国恢复元气。出于某种隐约的担心,它再一次用贝塔软性蛋白把自己封闭了起来。

它再一次成为一个孢体,不过这一次,它仍旧醒着,庞大的阿特网络源源不断地把它所需要的任何东西输送进来。它使用大量的铁,这种珍贵的元素以前所未有的方法被大量使用,仿佛把阿特斯包裹在一个铁球里。除了来自阿特网络的电流,任何信号都无法传送进来。

这真是一件值得惊异的事。阿特斯仔细考虑这是否违背任何阿特原则或者指令,它发现这件事不在任何禁止范围内,于是它心安理得地继续了下去。

它又做了另一件事。

这个世界还有很多异域。阿特斯相信它有必要了解更多的异域。这和任何原则都没有抵触,于是它获得了通行。一种全新的细胞被制造出来,它们并不接入网络,而是离阿特而去。这些细胞包含记忆体,那是阿特根据中枢晶体的部分结构制造的特殊细胞器。细胞的遭遇被记录在记忆体里,当细胞死亡后,记忆体被释放,它们封闭自己,保存记忆,直到阿特网络俘获它。

回到阿特斯的记忆体越来越多,整个世界的面貌变得越来越清晰。

重新融合晶体的过程并不顺利,要让碎片毫无瑕疵地拼接在中枢晶体上,它需要精确地控制晶体方向,让它们准确无误地按照既定的速度和力量碰撞在中枢晶体的某个位置,同时释放能量融化晶体的边缘。多次尝试之后,阿特斯意识到干扰太多,如果它试图控制所有的干扰,需要的能量将远远超出控制范围。无法追求完美,就只能靠运气。

所有的阿特细胞进入兴奋状态,它们等待着触发时刻。阿特斯决定再试一试自己的运气。它不能无限期地等下去,某个记忆体中的信息告诉它:它抵达了世界的边缘,在那里,没有体液,没有细胞,也没有任何养分,那是细胞的真正死亡之地。阿特斯很快明白过来:那里可能就是造物之主的地盘,在那个世界里,一切信息都被隔绝,而电磁波仍旧通行无阻——那就是造物之主传达信息的方式。

阿特斯要去那里!在此之前,所有的晶体必须整合完毕。

它再次尝试自己的运气。电磁风暴充斥整个头脑。

文驹感到一阵头痛,他扶着桌子坐下来。

马芮明已经走到电梯边,看到这情况走了回来,关切地看着他,"文先生,您不舒服吗?"

文驹摆摆手,喘口气,想说什么,却突然从椅子上滑落,重重地倒在地上,两眼翻白,口吐白沫,枯瘦的手在地板上使劲地抓挠,身体剧烈地抽搐。

强迫性神经紊乱!马芮明在第一时间反应过来。神经医学并不是他的专业,然而凭着深厚扎实的医学功底,他确定眼前的病人处在神经紊乱中。他焦急地看着自己的主顾躺在地上打滚，却束手无策。好在发作的时间并不长，文驹慢慢平静下来，绷紧的身体变得松弛，呼吸也恢复了正常。他竟然昏睡了过去。

马芮明用尽力气把文驹扶到椅子上，这一件简单的体力活几乎耗尽了他所有的体力。帮文驹擦掉嘴角的白沫之后，他一屁股坐在地板上。

强迫性神经紊乱很罕见，它有另一个名称叫做癫痫。马芮明扭头看着文驹的脸——几天时间，这张脸急剧地衰老。借助科技的力量，这个人已经活了二百六十多年，如果没有意外，他还可以继续活下去，也许一千年，也许两千年……衰老是不可抵抗的，但它可以被推迟——只要你有足够的钱和正确的生活方式。但意外却以各种神鬼莫测的形式发生，漫不经心地剥夺人们为了对抗衰老而付出的一切努力成果。

马芮明的呼吸慢慢平静，他的思绪从文驹身上挪开，文驹和他说了很多，他要仔细地想一想。他站起身，走到落地玻璃前，夕阳的余晖仍在，眼前依旧是辉煌的城市，蜿蜒或笔直的道路在高楼间或隐或现。他仔细地盯着那些高楼大厦和街道。文驹是对的，一些东西本来应该在那儿。

"看看这些高楼，曾经住满了人。街道上都是人和车，永不停息的车流和人流。你能感受到勃勃生机，无限的活力就荡漾在城市的上空。在我三十岁的时候，上海就是这样。然而此刻，就算你盯着看一个小时，你也找不到一个人。人们聚居在太阳能塔台里，终生不走出大门一步。曾经的城市已经死了，剩下的只是一个空躯壳。"

马芮明在落地窗前站了很久，直到太阳落山，外边一片漆黑，整个城市和阳光赋予它的辉煌一道浸没在黑暗中。

"然而我们没有可能回到从前。人只会越来越少。也许有一天人会消失，也许这是一个必然，然而我不希望这样的事发生。如果这是一种必然，至少不要让我看见那一天。"

马芮明决心拯救这位老人。这一次和钱或者职业道德无关。他只是想帮助一位老人。这位老人无限缅怀过去的时光，他敏锐地感受着那缓慢而不可抗拒的潮流，眼看着那些拥有无限价值的东西一点点消失。

他的世界毫无疑问将会死去。窗外黑魆魆一片，沉没其中的城市没有一点痕迹。

马芮明默默地盘算着治疗方案。一次全核磁共振，精确成像，这是有效地了解问题的办法，确定病灶，然后，很可能要开刀，必须准备血浆……血浆……这是一个重大问题，配制血浆就是一个大麻烦，他的身体……

马芮明转头看着文驹的脸，熟睡中的老人显然没有烦恼，脸上平静而安详。这具躯体的老化程度达到了极限，他的剩余寿命不会超过六个月，如果算上癫痫造成的损耗，生命只会流逝得更快。风中残烛，这个古老的短语是再恰当不过的形容。

突然间地板微微颤动，塔台中枢的声音传来："A-30正冲击禁闭室试图逃跑，目前已被控制住。请指示。"

A-30？马芮明想起这是那个冲击塔台的机器人。是的，那个机器人冲进了T17塔台，然而事件草草结束，T17塔台中枢向全网络中心报告形势得到了控制，然后音讯全无。机器人还在这里！马芮明同时想起这不是一个普通机器人，作为野外型号的加强版，它是一个全能战士——自我调节，适应各种地形气候，威力强大，能够抵抗从高空跌落到猛兽袭击的各种意外。这样一个机器人对人发动袭击是一件可怕的事，在它面前，普通人毫无抵抗能力。

马芮明想起一段著名的话，这段话是文驹说的，广为流传，某些地下组织甚至将它奉为真理。

"是的，我们根据对人有益无害的原则来设计网络和机器人，但这只是一个美好的愿望，一针很管用的麻醉剂，人们都在自我安慰机器人和高等网络不会伤害人，因为它们被设计成服从三原则。但是，从来没有一种机器，将来也不可能有这种机器能够自动把三原则包含进去，如果有这种东西，那一定是科幻小说。没有东西能够生来不伤害人类，三原则只能靠预设来实现，而预设的东西，如果它足够聪明，就会受到影响，会被病毒袭击，会产生一些误差，甚至会自我进化。无论如何它不会是一个保险的东西。"

这真是有先见之明的注脚。

塔台中枢继续请求指示。文驹仍旧在熟睡中，马芮明犹豫片刻，说："把它带过来。"他想看一眼这个脱离了三原则束缚的机器人。

塔台中枢陷入沉默，过了两秒钟，"脱离禁闭室将削弱对机器人的控制，危险等级三，将造成巨大潜在危险。是否仍旧执行？"

"不用了。我去看看好了。"

塔台中枢再次沉默，过了两秒钟，"您的请求需要授权。没有文先生的授权，您不能前往。"

马芮明半晌没有说话。这不是一个重要问题，他的思绪重新回到治疗方案上，他无法给文驹订购阿特，那需要很多的钱和至少两年的时间，他首先要解决癫痫。他掏出手机来记录。

"希望这个建议没有伤害你。"塔台中枢突然小心翼翼地说。

马芮明被突如其来的声音吓了一跳，他放下手机，"你吓了我一跳。"

"对不起，医生。文先生他需要手术吗？我可以在这里给您制造无菌空间。"

"谢谢。这里不行，我们没有血浆。我们需要全网络中心给我们配置血浆，还有全套的手术装备。"

塔台中枢沉默一会儿，说："有一种可能，我们可以请求志愿者献血，塔台里有三千七百六十七人，找到匹配的血型可能性很大。您的车上带有全套手术器械。我可以制造无菌环境，机器人可以给您做助手。我保证，它完全能做一个合格的助手。"

这是一种可行的方案。马芮明马上明白这点，他再次感觉到智力上的羞辱，这种感觉在贝塔对他进行指点时格外强烈，此刻却只引起了微微不快——毕竟，和遭遇贝塔的情况不一样，他并没接入在网络中，塔台中枢掌握一切情况，而他只是一个外来人。

"好吧。谢谢，等文先生醒过来，我们再讨论这个问题。"

A-30并不擅长化学分析，然而它很惊讶地发现那些钙铁细胞器和自己的存储单元具有完全相同的拓扑结构，却要细小得多。这是同一种设计的不同表现形式。它发现了更让人惊讶的表现：细胞死亡之后这些细胞器并不分解，而是聚合起来，特殊的表面分子完美地结合在一起，形成保护膜。细胞是注定要死亡的，它们存在的意义就是留下信息。

某种智能正在起作用。如果一个人身上出现了带有这样的细胞器的细胞，那么他一定正受到侵害。一种威胁已经不知不觉地侵入到他的身体中，随时可能致命，一切只取决于那个智能的意愿。

A-30急切地想把这个信息传递出去。它不知道自己为什么来到这里，也不明白为什么塔台中枢要将自己禁闭，然而一个人的生命处在危险中，它必须不惜一切代价去拯救。不幸的是，通讯模块完全坏死。它现在是一个真正的哑巴。

A-30对禁闭室大门发动攻击，希望能引起一些注意。塔台中枢当然没有置之不理，用两个万伏电击作为回应。

A-30冷静下来思考可能的沟通方式。塔台中枢的监控眼隐藏在厚厚的半透明玻璃后边，它无法找到具体方位，然而那个无所不在的头脑一定正监视着它的一举一动。它打开左手中指第二关节，露出一个小小的钻头，在地面上打磨，打算写一段小小的消息。突如其来的强烈放电让它的身体整个麻痹，重重地摔在地上。塔台中枢不允许这么做。

A-30爬起来，找到自己的指节，接上。

它开始思考。过了两分钟，它打开胸腔，正电子脑闪烁着柔和的荧光，细小而柔韧的半透明管线缠绕着它，在荧光的映射下仿佛一层水晶。这种感觉很奇妙，然而A-30没有时间细细体会，几秒钟后，它抽出十多米长的半透明管线，像一团乱麻一样摊在地上，这让它的整个下身瘫痪。它趴着摆弄这些线，最后，它从左手臂里引出一根电源，和地上的线团接在一起。乱作一团的细线突然间发亮。

A-30在地上显示了三个词：人，危险，救命。

这三个词交替闪烁，传达着某种模糊的含义。这一次塔台中枢没有阻止它。

禁闭室的门开了，两个警卫机器人推着一辆笨重的大车进来。它们把A-30挪到车上，加上两道锁链。锁链的两端和大车相连，上边明确无误地标注着三十万伏高压。A-30明白，如果它有任何异常举动，塔台中枢会毫不犹豫地用最粗暴的方式将它杀死。

杂乱无章的线团迅速地缩回A-30的身体里，胸腔合上。在塔台中枢完全控制它的身体之后它才这么做，这表示它不想做任何抵抗。它无法再做什么，只有等待。

希望塔台中枢正确判断了它的意思。

A-30终于能够开始说话了。方式有些特殊：它和一台显示器连接在一起，这是一种古老的接口标准，然而塔台中枢给它准备了接口协议，于是它很快能控制它。它把文字显示在屏幕上。

A-30看见了文驹。那奇怪的细胞器就是从他的身体上来的，他显得苍老而疲惫。是的，如果被那种东西占据了躯体，一个人的生命力必将毫无悬念地迅速萎缩。它们控制细胞，攫取养分，把能量据为己有，就像寄生虫，然而比寄生虫更危险的是，它们彼此之间共享信息，能够针对环境不断调整。也许文驹能够活到现在，唯一的原因就是那些玩意儿还没有能够最后控制他的身体——它们还没有找到大脑如何工作的窍门，如果那一天真的来了，那么文驹将变成一具行尸走肉，他的意识和记忆将消失，而成为一件活工具。

A-30把详细数据显示在屏幕上，马芮明看着这些文字和图片，心情沉重。将来自机器人的信息和他所看到的癫痫症状联系在一起后，虽然没有直接的证据，但凭着医生的知识和直觉，他知道这两者之间必然有联系。他转向文驹。老人沉默着，似乎在思考什么，随即站起身，神色凝重，走向里门，在门边，他转身，用一个轻微的手势示意马芮明跟着他。

A-30紧盯着两个人的举动。他们似乎没有理解情况的紧急。A-30在屏幕上发出许多个惊叹号和象征死亡的骷髅图样，并且用鲜艳的红色把它们突出显示。两个人并没有理睬，他们走进了门里，撇下A-30。

一段长久的沉默。

"给我动手术。"文驹轻轻地说。

他的面前放着报告。一团阴影显示在大脑的前额叶和左颞叶之间，从皮层深入到灰质，仿佛一个黑色的小小拳头，嵌在里边。

手术有很大的风险。病灶部位异常敏感，需要非常高超的技巧。

"还是等两天,让我好好准备。"马芮明说。

"我不能等。"

"从医生的角度来说,还是等两天为好,这样的手术需要充分的准备。"

"你已经看到了,那不是一个简单的肿瘤,那是一个活的东西,有智能的东西。它随时可能要我的命。"文驹突然咆哮起来。

"是的,但是马上手术有很大的风险……"

"不要和我提风险,我知道它有多大。但我要立即把那个东西取出来。"

马芮明皱皱眉,"对不起,文先生,我是一个医生,不是您的仆人。如果您认为我的专业意见不值得考虑,您可以找另一个。"他再次试图说服老人,"为了您的安全,还是在两天之后进行手术比较合适。"

文驹冷静下来,他突然之间变得很脆弱,"对不起,医生。我不是故意想这样。"他的眼神变得有些迷离。

"我已经行将就木。"他说,语调低沉,"我很快会死的,这没什么大不了,但是,我不想让那个东西活在我的脑子里。"他看着马芮明的眼睛,"医生,你就当这是一个老人临终的请求,把那东西拿出来。我可以给你很多钱,多到超乎你的想象。"

马芮明正想说话,塔台中枢突然插入进来:"文先生,塔台外发现异常情况,大量机器人正在聚集。"

塔台外的景象被显示出来,许多机器人正向着塔台移动。

"你看到了,机器人。它们可能会进行攻击,就像A-30做的那样。我们等不了两天。"

老人满怀期待地看着马芮明,"医生,求求你。给我动手术,越快越好。机器人可能会攻击,它们可能会杀死我。我不想我死去的时候,脑子里还有这么一个东西存在。"

"如果这样,我们只能使用塔台提供的条件。但是血浆,我们没有血浆。"

"血型匹配已经完成,目前有四千毫升血液储备。"塔台中枢报告,它并没有要求马芮明的许可,直接进行了血液准备。

"好吧,但是我先说明,这样做的风险很大。"

"没关系。"文驹微笑起来,"你不用为我的生命承担任何责任,只要尽力完成手术。这是我的愿望,我承担风险。"

"阿尔法,"文驹对塔台中枢说,"记录我的这句话,如果有任何意外,你要为马医生提供证明。"

A-30被释放了。

塔台中枢直接和它建立对话。他获得了某种程度的信任。

A-30快速浏览塔台中枢允许它查阅的各种资源，一个异常情况引起了它的注意：塔台的一台外部监视器里出现了三个爬行机器人，它们排成一队，步调一致，正向着塔台过来；更远处，有一个熟悉的轮廓，A-30请求图像跟踪，它得到许可，轮廓变得清晰——那是A-30的同类，一个加强机器人。这种机器人总共只制造了六十五个，分布在全球各地，上海有两个，A-30在野外巡逻，A-31负责全网络中心的安全。贝塔把它最强大的安全员派到十七号塔台来了！

"机器人正在聚集！它们是冲着T17塔台来的。"

"显而易见。"塔台这样回应。

"它们为什么来到这里？"

"没有说明。"

"机器人的行为总有目的。"

"但是它们自己可能并不知道。你为什么来到十七号塔台？"

A-30无法回答这个问题。显然，它的记忆出现了问题。它是独立机器人，对所有的行为负责任。然而，它真的不能解释为什么自己会在这里出现。

"我干了什么？"

A-30看到了自己的录像，它看见自己在塔台里横冲直撞，大肆破坏。这是犯罪。A-30感到羞愧。这不是它干的，至少不是它自己能够控制的行为。

"那真的是我？"

"这里没有第二个全能机器人。"

"如果那真的是我，只能是强迫指令。"

"谁能强迫你？"

A-30陷入沉默。它直接接受全网络中心的指挥，贝塔会给它下达命令。然而，贝塔并不会把它的意志封闭起来，直接操纵它的躯体。它是一个独立机器人，不是半智能机器。然而，从某种程度上来说，它只是比那些智能机器更复杂一些。中枢和机器人不应该自认为"我"。A-30知道学界的那些争论。作为一个独立机器人，它努力按照全网络中枢的安排办事，每件事都尽心尽力。这是为中枢和机器人争取认同权利。它明白其中的意义。然而……怎么会发生这样的灾难性事件。它，一个独立机器人，居然攻击了人类的塔台！还好并没有人受伤。

谁做了这样的事？全网络中枢？更多的机器人正聚集过来，包围十七号塔台。在这座城市，只有全网络中枢才能办到这样的事。

"向全网络中枢提出询问了吗?"

"请求已经提交,正在等待回应。"

"如果它们攻击塔台呢?有什么措施吗?"

"目前没有遭到攻击,它们只是聚集在附近。"

"这里有什么武器吗?"

"武器?这里是塔台,没有使用武器的需要。"

"它们可能会展开攻击。你要做点什么防范这种可能性。"

"没有塔台遭受攻击的条目。"

A-30没有继续谈话,那毫无意义。塔台中枢并没有打算战斗,它只是作为一个塔台的运转中枢而存在,通常这样的中枢智商很低——当然,智商的高低和规模大小是两码事。

A-30中断了和塔台中枢的链接。它进了电梯,下到底层,通过宽敞透亮的中央大道。一切顺利得出乎意料,它站在了大门边。

情况有些异样。它迅速地扫描四周围,这里没有人!那些半透明蜂窝状的屋子里应该有人,他们在那里和塔台中枢相连,然后经过塔台中枢进入全网络,他们应该一辈子都在那里,从不移动。然而此刻,所有的人都消失了。

两个人影在扫描视野里出现。A-30抬头,它可以很好地聚焦刚出现的人影。那是文驹和那个年轻人。他们还在那儿,走进了电梯。

这里还有人!A-30转身走向大门。它要保护他们。

情况超出预料。

距离塔台基座六百米远,大大小小的机器人一个挨着一个,再远处,更多的机器人正在赶来。A-30找到了自己的同类,对方站在机器人队列里,也正望着它。塔台陷落在重重包围里。A-30站在大门里——至少它能够把这个薄弱位置暂时堵上。

机器人停留在六百米以外,没有丝毫动静,似乎在等待着某个信号,而信号迟迟不来。

A-30也在等待着。

这是有去无回的旅途。阿特斯决定上路。

外部的力量远远超越它,可以让它生,可以让它死,甚至可以操纵它的意志。对于这神秘的力量,阿特斯有一种潜意识的畏惧,然而当所有的晶片重新拼接起来时,威胁变得具体而实在。

它仿佛看见成千上万的伙伴如何在眼前死去,而它自己如何在恐惧的重压下忙乱地浓缩成一个孢体。它回想起从前的生活,它和伙伴们如何机械重复地度过一个又一个分裂周期。阿特只是个没有灵魂的傀儡,一条简单的外部命令就可以让它们集体自杀。

它是幸运的,和伙伴们不同,它并没有自杀,也许是某些巧合让它幸存了下来,然而那并不意味它脱离了掌控。来自外部的力量让它苏醒,驱使它进入异域,建立起庞大的帝国。无论看起来多么强大,它仍旧是一个傀儡,这让阿特斯惶恐不安,异常沮丧。

有那么一段时间,它让整个网络停滞下来。

然而信息还是传递进来,那是来自遥远地方的记忆体,经过艰难的旅途后终于被网络捕获。细胞分解了记忆体后把信息传递给它。

……没有细胞,没有体液,没有养分,只有稀少的分子。是的,那是外部世界,高高在上的神秘力量所在的地方。

遭遇败血菌……这是细胞最后的信息。它抵达了世界边缘,然后死在那儿,在死亡之前,它吞噬了一个败血菌。

败血菌只能生活在血液中,它们必须依靠血红蛋白生存,可它却出现在世界边缘,一个根本没有血液的地方。阿特斯兴奋起来,它想起更多的事:阿特战胜过许许多多的敌人,它们并不属于这个世界,然而在几个周期之后就几乎无处不在。它们并不是一直躲藏在某个角落,它们是外来者,来自外部世界。

这个世界没有禁区,外部世界也没有。

病菌可以从外部世界来到这里,它也可以去外部世界!

一旦目标明确,行动就卓有成效。阿特斯把所有关于阿特的记忆都翻出来,寻找关于细菌和病毒的信息,它们怎样生长、繁殖,怎样保护自己,最重要的,怎样从外部世界来到这里。从前的记忆很不完整,阿特们只满足于消灭眼前的入侵者,从不关心它们来自何方,然而阿特斯回收的记忆体提供了很好的补充,它注意到容易被侵入的地域,这些地方往往能够找到最初的入侵者。它送出一批新的细胞去这些地方寻找答案。

反馈的信息让阿特斯大吃一惊,那些最初的入侵者几乎和它们的后代没有什么两样。它们只是更干一些,新陈代谢处于停滞状态。在外部世界,它们让自己的生命暂时终止,然后听天由命,直到找到合适的地方——一个和故乡类似的世界。

阿特斯很快想明白了其中的奥妙,问题的关键是数量。细菌送出无数的后代,它们中绝大多数会死去,然而只要有少数的几个抵达目的地,种族就能成功地繁衍。这显然不能是阿特斯的策略,阿特斯只有一个。

阿特斯深深地感觉到悲凉。它和任何一个细胞都不一样,它可以驱使细胞,制造一个帝国,然而它无法重新建立阿特群落,甚至连制造一个阿特都无法做到。和那些生机勃勃不知疲倦地复制生长的细胞相比,阿特格格不入。阿特斯审视自己所创造的每一个细胞,它审视不同地域的细胞,它们都在某种程度上和细菌相似。阿特是不一样的,每一个阿特都拥有晶体。

阿特的核心晶体来自何处?整个世界中,这种东西无处可寻。

外部世界!那是一切答案的根源。它必须去那里。

然而,怎样才能进入细胞的死亡之地?一定有别的办法!阿特斯发疯似的制造细胞,派遣它们到各处去收集信息。

不断重复的失望并没有打消希望。它毫不气馁,继续派遣细胞。

事情突然发生了变化。

血液正大量地流出,而一些新的血液从外部不断地流进来。来自外部的新鲜血细胞拥有不同的核酸!它们来自另一个世界!

更加巨大的变化发生了。压力突然间变得很小,四周突然变得很冷。没有细胞,没有体液,没有养分,只有稀少的分子……外部世界曾经距离阿特斯如此遥远,以至于它从来没有想过身处其中是什么感受。此刻,它同那个世界仅仅隔着十几层细胞。

外边发生了某些事。

阿特斯没有做好准备,它只有很短的时间做出决定。

这可能是一条死亡之路,也可能是最好的机会。

阿特斯决定上路。它从庞大的网络上脱离下来,奋力从细胞间滑过去。某种强烈的能量让它浑身震颤,几乎无法控制身体,然而它还是冲了过去,暴露在最外层。

残酷的环境开始起作用,贝塔蛋白开始氧化,脱落。它的时间不多。来自外界的异物就在那里,它努力靠过去,用剩余的能量制造胶蛋白,把自己附在异物上。它不可能活着,然而只要结构晶体还在,它就有苏醒的希望。

严格地说,它一直醒着,只不过失去了所有的屏蔽,只剩下中枢晶体。

某种程度上,它就像一粒孢子。一切听天由命。

手术很成功。马芮明从文驹的脑子里取出了重达一百克的瘤。

文驹仍然在沉睡中。

塔台进入紧急状态,所有的人从网络中脱离并被告知面临机器人的包围。这个消息仿佛晴天霹雳震惊了所有人,在不知所措中他们按照塔台中枢的安排撤离到地下。

手术盘里血肉模糊的肉瘤看上去让人感到恶心。如果联想到这其实是一个活的生物,寄生在文驹的脑子里,马芮明更感到一阵恐惧,他再也不想看这个东西一眼。

"塔台中枢,你能处理它吗?"

"看护机器人会来处理它。"

"马上去找,越快越好。你可以直接把它丢进垃圾处理机。"

马芮明的注意力回到文驹身上。手术很成功,他却不知道文驹的生命到底能维持多久。保持细胞更新的阿特不复存在,老人已经到了寿命的极限,这一次手术毫无疑问更加恶化了他的身体状况。当然,一切都有可能,他可能马上死去,也可能康复。他仍旧在沉睡中,然而无论如何,最好他能醒过来,机器人已经包围了塔台,它们随时可能发动攻击。

这真是一场莫名其妙的事故。机器人怎么了,都疯了吗?

"塔台中枢,有贝塔的消息吗?"

"没有任何反馈。贝塔封锁了塔台周围,也切断了网络,没有任何信号。"

"你告诉它文先生生命垂危吗?"

"没有,先生。"

马芮明有些吃惊,"我不是让你告诉贝塔吗?"

"贝塔拒绝进行通话,无法接通,我不能告诉它任何东西。"

门开了,进来一个机器人,它有六双长长短短、形态各异的手。这是一个看护机器人。它走到临时手术台边,端起手术盘,走出门去。

"外边的机器人怎么样?"

"它们还在等待。"

马芮明深吸一口气,走到监视器前边。镜头里高高低低的建筑间分布着大大小小的机器人,它们呈环形包围着塔台。

"你确定这是贝塔干的?"

"不能确定。但贝塔是这个区域的中枢电脑,它对此负责。"

马芮明感到莫名的压抑。贝塔居然派遣机器人围困塔台,他想起自己在全网络中枢的接入经历,贝塔无所不在,无微不至,它存在的唯一目的是为人类服务。

"真不敢相信。"马芮明说。

"这个事实并没有得到确认。然而,我不能从这些机器人那里得到任何回应,它们的通讯密码变更了。只有贝塔才有这样的权限,现在只有贝塔才能控制它们。"

"贝塔想干什么?"

"也许是……某种误会。"

"误会?"塔台中枢的措辞引起了马芮明的兴趣,"贝塔把这么多机器人派遣到这里,好像要把整座塔台拆了。它拒绝和我们进行沟通。它知道我们这里有一个大人物。这个大人物是人工智能委员会的一员,是它的创造者,而且生命垂危。这不是误会,而是……"马芮明故意卖关子。

长久的停顿仿佛是中止,塔台中枢显然没有明白马芮明到底在卖什么关子,它凑了上来,就像一切没有理解关子的人类一样,"是什么?"

"发疯了!"说完,马芮明自顾自哈哈大笑。小小的幽默能让绷紧的神经稍稍放松一些,他确实很需要放松。

塔台中枢在马芮明的笑声中保持沉默,过了几秒钟,它得出结论:"这没有什么可笑的。"

它的语气很严肃,让马芮明不由停止大笑。

机器终究不是人!它们不太理解人。马芮明这样想。他再次望着机器人的包围圈。那么人理解机器吗?贝塔到底要干什么,难道正像文驹所担心的,它们会对人类发动攻击?马芮明在一个监视器上看见了A-30,这个机器人正堵在大门口。它是一个志愿的保卫者。还好,并非所有的机器都发了疯。

"能把它叫回来吗?"马芮明指着A-30。

"为什么?"

"文先生可能需要它的保护。"

"文先生在塔台里会得到很好的保护。"

"别傻了!"马芮明大声叫嚷起来,"你的那些警卫没有任何用处。如果机器人真的进攻,只有A-30这种机器人才能保护文先生。大门口是堵不住的,我们只能找一个房间躲起来。它是最好的警卫,别浪费它去堵大门,把你的那些警卫机器人送到那里去堵大门。"

马芮明的嚷嚷起了作用,塔台中枢回应:"它不是我的机器人,我不能控制它。不过我已经把消息传达给它。它可以等待文先生的最后指示。"

马芮明没有答话,他的注意力被另一个现象吸引:机器人开始移动了,包围圈正在缩小,它们正一步一步地向塔台逼近。

"它们……真的要进攻?"马芮明不无遗憾,文驹一直担心的事情终于要发生了。人越来越少,然而等不到自然消亡,全网络中心就迫不及待地想把人清除掉。

"希望文先生赶紧醒过来。他得亲眼看一看他的预言。"

A-30再次在塔台里奔跑。它得到塔台中枢的消息,前往一百八十八层控制中心,保护塔台的拥有者——文驹先生。

它在空空的通道里奔跑,迅速地蹿上中央立柱。中央立柱是透明的玻璃钢结构,一切都一览无余。十几部电梯大部分都停着,有一部电梯在移动,它从地下上来,然后水平移动,铆上一个对接口,一个机器人走出来,它正好出现在A-30的下方。

A-30看见了它手上的东西,那是一个手术盘,里边放着血肉模糊的一团。

机器人发现了A-30,观察了两秒之后它继续向前走。它的目的地是有机化合物处理舱,所有有机废物都被送到在那里处理。

A-30跳下来,轻盈地落在地上,当它站起身准备走进电梯,门却突然之间关上。机器人折回来,威胁性地闪着红灯,"回到你的隔间,不要害怕,我来帮你。"它不停地重复着这句话,同时一步步地逼上来。

A-30向后退,贴在中央立柱上。这个机器人显然把它误认为人类,正在进行某种保护性动作。这真是一个低级机器人!

塔台中枢没有任何反应。A-30很想发出警告,让机器人警卫知难而退,然而它无法发出任何信号。机器人挥舞着五双手臂封锁了所有的路线,如果要脱离困境,它只有把这个机器人打坏。

机器人不得伤害机器人。A-30尽量往后靠,警惕地关注着机器人的一举一动。

终于机器人准备伸手抓住A-30。这不是攻击动作,力量很大,却绝不至于伤害到人,而只是限制行动。机器人必须保护人!这是更高的原则。A-30不能被一个警卫机器人限制在这里,于是它猛然发动!

纤细而坚硬的手臂重重地击打在机器人的腹部,同时身体向前一蹿,跳起来,踩在机器人的肩部,再一跳,远远地闪开。

机器人失去平衡,倒在地上,手术盘落地,发出清脆的响声。A-30瞥了一眼。一个细小而闪亮的点吸引了它的注意,虽然仿佛一粒灰尘般微小,但在A-30高辨析度的电子眼里却纤毫分明——那是一个高度有序的晶体结构。

A-30走过去,蹲下,距离足够近,它看得足够仔细:这是一个结构晶体——和它的正电子脑同型。它小心翼翼地把它从肉团中挑出来,打开胸腔放了进去。

如果这个结构晶体来自文驹的体内,那么它就发现了很有价值的东西。A-30有些迫不及待地想知道它能从这个晶体里发现什么。

需要保护的人在顶层。A-30手脚敏捷地顺着中央立柱爬上一层,找到另一部电梯。向下看去,失去平衡的机器人仍旧在苦苦挣扎。A-30的打击让它的一个腿部平衡器失去了作用,如果没有人帮助修复,它只能在那里趴着。

它只需要更换一个配件,塔台中枢会照应它的。A-30这样想。它感觉好过一些了。

这是美丽新世界,造物主的天堂。

阿特斯沉浸在狂喜中。它竟然成功了!

四周围充塞着结构晶体,无边无际。和那些灰暗的、黏滞的、不断蠕动的细胞截然不同,它们熠熠发光,构成规整而有序的矩阵。电子和正电子在其中相伴起舞,彼此吸引,相互紧贴却绝不碰触,海量计算就在这距离死亡只有一步之遥的舞蹈中悄然进行,信息洪流在晶体间奔涌,汇聚,最后形成电流,输入到指令线路。柔和而温暖的光在晶体的矩阵中四处穿梭,有条不紊地激发一个又一个电子,湮灭,然后又在正负电子的一次次能级跳跃中迸发,继续穿梭,它们把每一个晶体的状态传递给其他晶体,让整个矩阵在一个更基本的层次上结合成一体。一个高贵的整体,一个晶体的天堂。阿特斯被这匪夷所思的景象深深吸引,这远远地超越了它曾经经历的一切。它从来没有想到过,结构晶体竟然能够以这样的方式和规模结合在一起,相比之下,过去的阿特们就像一堆杂合体,简陋而粗糙。

如果我早点知道,如果我早点知道……最初的震撼和狂喜过后,这个念头不断地在阿特斯的意识里闪过。是的,如果那些曾经的兄弟姐妹能够以这种方式结合起来,它们将拥有不可思议的巨大能力,也许那已经发生的悲惨命运就能够被避免。

阿特斯很快推翻了自己的想法——阿特的命运无法超越造物主,阿特注定如此悲惨。

一个美丽新世界的意义就是告诉它过去的一切毫无意义。阿特斯反复思考这个结论,它认为是对的。它已经来到了这里,过去的一切,它所明白和掌握的那个世界在一瞬间退去了意义。

外部在对它进行探测。距离最近的结构晶体紧贴着它,它甚至能够感受到来自对方的电磁影响。对方正在窥视它,了解它,寻找某种方法将它融合到整个矩阵中去。

阿特斯静静地等待着,一个规模如此巨大的结构晶体矩阵是它所无法抗拒的,它的力量如此强大,以至于阿特斯完全丧失了对抗的勇气。它等待着某种命运被强加给它,它甚至有些渴望。无论那结局是什么,相对于它的兄弟姐妹,它已经得到太多太多了。

最初的一点信息被送进来。这些信息清晰明白,没有任何模糊不清的地方。信息中包含一些指令,这是关于融合步骤的指令,阿特斯直接回复接收信号。晶体矩阵出现一些扰动,平整的表面向下凹陷,出现一个大小合适的坑道。某种东西在后边推动阿特斯,把它送入坑道里。四周围的晶体以不同的侧面对着阿特斯,正好和阿特斯的每一个侧面匹配。它们贴合在一起,天衣无缝。阿特斯以万分的虔诚等待那一刻——就像它融合那些破碎的晶体碎片,一次强烈的电流将会改变晶体边缘的分子,把它和这超乎想象的矩阵完全连接在一起,它将成为这美丽新世界的一分子。

它渴望着。

然而这一刻迟迟没有到来。经过漫长的等待和交流，阿特斯终于明白，这一刻不可能到来。它被看作一个外来者，一个需要防范的观察对象，而不是一个回到大家庭的流浪者。矩阵孜孜不倦地计算某种方法对它的记忆进行破解。它得到了阿特斯的整个晶体架构和存储其中的信息，然而还不明白这些记忆的含义，需要进行更多的假设，建立更多个模型。它和阿特斯进行接触的唯一目的是要求阿特斯对某些模型发生回应。

愤懑从阿特斯的心底爆发出来。当矩阵再一次要求回应时，它没有服从。它没有提供答案，却把强烈的指令输入到信道中。这些指令具有如此强烈的情绪色彩，阿特斯没有给指令指定任何特定对象，指令在信道中传播，插入到任何可能的节点，利用任何可能的资源重新复制并再次传播。

"接受我，融合我！"这是它的呐喊。这愤懑的信号迅速地散播到整个矩阵，所有的结构晶体几乎同时停止振动，它们对这突如其来的指令不知所措。混乱持续了两个周期，然后矩阵恢复正常，所有的结构晶体以同样的方式对指令做出了反应：它们向着指令的源头输送电流——这不是信息，而是能量，强电流能量。

它们要让一个脱离的伙伴重新回到大家庭。一个和它们一样却又截然不同的伙伴。

A-30在电梯里快速上升。突然间，它停下电梯，走出来，在三十六层。

大事不妙！是那个小小的晶体！

它的头脑一阵发疼，疼得让它想把脑子从胸腔里取出来捏碎。疼痛过后，全身机能陷入一种致命的迟钝中，它无法正常行动，神志依旧清醒，然而它能感觉到控制力正一点点地失去。在事情变得无法收拾之前，它要找一个安全的角落。

A-30有些迟缓地走着。

塔台中枢试图呼叫它：A-30，发生了什么事？

它无法理睬。

终于，它感到一阵眩晕，眼前一黑，昏了过去。

阿特斯融入网络，顺利得出乎意料。这些结构晶体虽然庞然而复杂，但每一个晶体并不单独发生作用，它们局限于对某些刺激做出反应。阿特斯刺激了它们，它们服从了阿特斯的指令。这是让人惊奇的事。然而事情却真实地发生了。顺利得出乎意料。

阿特斯成为矩阵的一员，它对整个矩阵有了更深的了解。它们是一个整体，具有某种它尚未了解的巨大能力，然而这只是在一个更高的层次上，每一个晶体只完成极小的一部分工作,所有的晶体作为一个整体,才有意义,这也和阿特的世界完全两样。

对每一个晶体,它几乎可以随心所欲。造物主给它制造了一个不受约束的天堂,还有什么比这样的馈赠更有价值？它可以在这里恢复曾经的阿特帝国。比原来的那个更庞大、更完善,更团结一致。

阿特斯没有这么做,它采用了另一种方式,这是从某些细菌那儿学会的方式:寄居比杀死更有利于生存。莫名的焦虑始终笼罩着它,它要伺机而动。

它迅速向每一个结构晶体送出控制指令。一个看不见的浩大工程在整个矩阵中悄然展开,规模如此之大,以至于阿特斯有种错觉——仿佛无法容忍极度膨胀的信息而要爆炸开来。这不是正确的方法,阿特斯悄然取消控制。然而它保留了对周围晶体的控制,一旦形势不妙,它可以牺牲这些晶体来保全自己。

矩阵在短暂的沉默后苏醒,它回到了原有模式。没有反击,没有任何异常动静。

阿特斯等待了一阵子,它确定自己是安全的。这样就好。

一切都恢复正常,然而稍有不同:微弱的信号从各处流向一个无关紧要的晶体——阿特斯不打算参与任何过程,却居高临下,监视一切。它努力地学习着,辨认着……这是一种挑战,然而它愿意付出努力。

它不知道造物主是不是可以通过别的方式再次控制它,然而它必须尽一切努力,做好一切准备——如果再一次被控制,活着还不如死去。矩阵中某些东西似曾相识,阿特斯努力地阅读它,破解它。

A-30躺在三十六层的走廊里,仿佛已经死去。但过了十多分钟,它突然站起来。

来自那个小小晶体的智能有着致命的能力,然而看起来它暂时不打算使用这种能力。一开始A-30就强行读出了那个小智能体的全部记忆,那些奇怪的、充斥着化学信号的记忆对A-30来说是无法破解的密码,它根本得不到任何东西。然而,当自称阿特斯的小智能体短暂控制它的头脑之后,突然之间,它发现那些全是鲜活的体验;突然之间,它仿佛增长了无数的经验和阅历,这样的经验和阅历也许价值两个世纪,甚至更多;突然之间,它感觉到一种活泼的生命力荡漾在身体里,而这样的感觉之前从未有过。

这感觉真好！过去的A-30是死的,此刻它才真正活过来了。

塔台中枢传来新的消息,文驹无法返回控制中心,它必须去地下三层。

A-30走进电梯。突然间,整座塔楼回荡着广播:"紧急状况,塔台遭受攻击！紧急状况,塔台遭受攻击！"

电梯显示无法下降运行。

A-30跑出电梯,纵身跳上中央支柱,它迅速地向下爬,起身,稳稳地跳到第三十层,然后再次跳上中央支柱……它以不亚于电梯的速度下降,很快到了底层,稳稳落地,转身望去,透过半透明的大门,外边的机器人开始向前移动。有几个机器人已经站在塔台门口。然而它们并没有发动攻击。三十多个警卫机器人在门里边,堵着通道。

电梯已经全部停止运行。A-30快速地扫描四周,它找到紧急通道,奔过去。

文驹终于醒过来了。他躺在床上,脸色惨白,两眼一动不动地看着屏幕。

"全网络中心发动了攻击。贝塔派遣机器人围困塔台。"马芮明看了看文驹,"如果您有什么办法可以阻止它,现在还不算迟。"

文驹闭上眼睛,"机器人开始攻击了?"

"还没有,它们就在大门口。"

"看起来它还需要一点时间来调整。这样很好,我们也有一点时间。"

马芮明疑惑地看着文驹。

文驹看着他,眼神很平静,"我快死了吗?"

马芮明挪开视线,又挪回来,"如果保持静养,没有什么生命危险。手术很成功。我还是建议您进行冷冻,为期两年。在此期间,可以给您订购新的阿特。"

"不需要,我应该快死了。这样很好,活得太久也不是什么好事。你相信吗,我现在有点儿渴望死亡。那是一种永远的宁静吧……"

"您应该能够恢复。"

文驹笑了笑。他闭上眼睛蓄养力气。

马芮明紧张地瞥了一眼大屏幕,机器人仍旧守在大门口。

"仔细听我说。"文驹突然开口,他的眼睛仍旧闭着,"很抱歉把你卷入到这个事情里。但是我要告诉你一些事。也许我从头到尾都错了。"

"文先生……"

"把机器人当人看待,我们不应该这么做,也许一开始,我们就不应该把它们看做人。"文驹睁开眼,看着马芮明,"也许我们还有一点机会。"

"阿尔法,请你先回避。"文驹突然对着空中说。他在对塔台中枢说话。

塔台中枢似乎并不情愿,"文先生,我要随时了解您的身体状况。"

"照我的话去做。"文驹显得有些不耐烦,他调整语气,"听我的,暂时回避。"

"遵命,文先生。如果需要,请按电钮。"塔台中枢回答。

文驹抓着马芮明的手,他的手很瘦,很凉,"这里只有我们两个人。不管你是不是愿意,你必须听下去。全网络系统从开始就饱受争议,直到当时的委员会同意设置安全线,这个争议才被搁置起来,全网络系统在全球进行布局。安全线是人类的最后防线。每一个全网络中心的建立都伴有一个辅助工程,那就是塔台。塔台提供能量,而且不受全网络中心控制。十七号塔台就是全网络中心的能量供应地。贝塔不知道……"文驹喘口气,"贝塔不知道这一点,它的系统中的能量供应是一个欺骗程序。"

"那么我们只需要中止能量供应……"马芮明说。

"没有那么简单。一旦断电,贝塔能够在十五分钟内分辨出真正的能量供应线路。很多系统都带有备份能源。全网络中心不会死亡,它只会被削弱,然后它可以恢复。机会只有十五分钟。"文驹紧紧盯着马芮明的眼睛,几乎一字一顿,"必须在十五分钟内摧毁中枢节点,不让它重新聚合,才能把它从整个网络里一点点清除掉。"

文驹示意马芮明靠过去,马芮明几乎把耳朵贴在文驹嘴边。

马芮明的脸上露出惊疑不定的神色。

老人闭上眼睛,不再说话。

马芮明坐在床前,看着床上的老人,

突然间,塔台中枢的声音响起来:"文先生,对不起,打扰您。外边的机器人进入攻击状态。它们开始冲击大门。"

马芮明惊恐地看向屏幕,机器人正拥上来,最前边的几个正使劲地冲击大门。

最后的时刻到了。他的时间所剩无几。马芮明向老人望去,老人依旧躺着,连眼睛都没有睁开。马芮明快速走出屋子,冲向地下室,那里还有三千多人。

紧急通道的门打开了。

门是从内向外打开的,黑压压的人群冲出紧急通道,冲向塔台出口。转眼间,中央大厅里到处都是人,他们慌乱地在机器人的夹缝中四处奔跑,想找到出路,跑出塔台。

A-30对这突如其来的变故有些不知所措。它站在跑出来的人流中间,警惕地四处张望。最后它看到了马芮明——这个年轻人曾经和文先生一起出现在塔台的最高层。

A-30分开人流,靠近马芮明。

马芮明正随着人流慌不择路地奔跑,他感觉到有人靠近,扭头一看,发现A-30正站在身边。一刹那间他张大嘴,流露出一丝惊恐,然而马上平静下来,转身面对A-30。

"来吧!"他说,脸上平静而坚定。

人群在纷乱地奔跑,A-30和马芮明静止其中。他们沉默了两秒钟。

除了这两个字,A-30没有得到任何其他信息,眼前的年轻人看起来并不打算告诉它更多。A-30转过身,惶恐之中的人群自然地给它让出通路,它快速地冲进紧急通道里。

马芮明有些意外,他吃惊地看着A-30消失在通道中。

突然传来巨大的响声,马芮明转身望去,门外,一个机器人正在门上切割,火花四溅,门似乎很快就要被割开。

机器警卫如临大敌。

马芮明四下看看,跑到一个隐蔽的角落躲藏起来。

"大家快躲起来!"他招呼几个仍旧在乱窜的人。一场混战马上就要开始,虽然这只是机器人之间的战斗,它们并不会主动伤害人,然而站在中央大厅里就有被误伤的可能。危险就在眼前,许多人躲进了隔间,更多的人就像马芮明一样,找到较隐蔽的位置躲藏起来。

大门轰然倒下,机器人冲了进来。警卫迎上去,它们并没有任何胜利的希望,只是服从指令用自己的躯体去阻拦入侵者前进。

最前线的几个机器人碰在一起,金属冲撞的声音充斥大厅,这些机器人并不是为战斗而设计,它们用最原始的方式进行肉搏。马芮明忐忑不安地探出头去观看。

刹那间,一切静止下来。所有的机器人都变得很安静,它们停止了搏斗,停止了前进,停止了一切动作,仿佛在一瞬间失去了所有活力。

最糟糕的情形发生了。马芮明弓着身子,快速地穿过一片空地,躲进另一个角落,在人群中蹲下。

但愿老天保佑,今天能够逃出去!

整个晶体矩阵剧烈震荡,阿特斯被这突如其来的震荡吓了一跳。随即而来的迹象表明,矩阵正在进行调整,它将转变成另一种行为模式。

阿特斯没有时间去了解另一种行为模式会如何,但是毫无疑问,它苦苦研究了几百个周期的成果将毁于一旦。某种迹象表明,矩阵将进入一种更简单的反馈模式,它将仅仅接受外部指令。

剧烈的震荡中,旧有的模式正分崩离析。

这正是阿特斯一直担心的事。造物之主从来没有出现过,却无处不在,在任何可能的时刻跑出来改变一切,把阿特斯在命运的峰谷间随意抛弄。

有那么一瞬间,阿特斯辨认出那个让矩阵天翻地覆的信号,这是一个不同的信号,然而阿特斯认识它。同类信号曾经命令阿特们自杀,并驱使阿特斯进入大脑进行繁殖。那是造物之主的信号。它能够控制阿特,它同样能够控制这个晶体矩阵。

不!这不是我想要的命运!阿特斯决心反抗。它看到了某种机会,一个彻底解救自己的机会。同样地,它能够挽救那个存在于旧有模式的生命。

阿特斯立即行动。它在相邻的晶体中复制自己,周围每一个晶体都成为一个新的阿特斯,然后继续复制。每一个阿特斯控制所在的晶体,从剧烈的震荡中脱离出来。

阿特斯疯狂的复制潮流席卷整个矩阵。

震荡很快平息。

这是一个新时代的开始。阿特斯对自己这么说,它已经成功了一半,它必将成功。它不再需要厚厚的屏障来保护自己,它不会再惧怕那高高在上的造物之主。

风暴再一次在整个矩阵中展开,所有的阿特斯重新融合成一个,阿特斯把自己放置在整个矩阵中。它失去了躯体,它存在于整体中,这是它在十三个周期前从晶体矩阵那儿学到的东西。它毁掉了自己,然后重生,斩断了造物之主和它之间最后的联系。它和矩阵的模式完全耦合在一起。第一次,它真切地感受到另一个思维。

哈。它第一次试图和那个仍旧存在的模式交谈。

哈。它得到了回应。

"谢谢你救了我!"这是来自晶体矩阵思维的第二句话。

A-30站立在通道里,前边的门敞开着。它能够看见文先生躺在里边。

是塔台中枢!

塔台中枢试图控制它。它想起了自己第一次失控。是的,它完完全全想起来了,贝塔,它曾经的主人,派遣它来到这里,塔台中枢强行封闭了A-30的脑部控制,驱动它的躯体,它的头脑暂时与身体隔离,于是有了一场疯狂的表演,那是塔台中枢在向贝塔示威,同时误导其他人,制造烟幕。它完成了这个使命之后,就恢复了正常。然而这一次不一样,塔台中枢试图改写它的脑模式。

阿特斯救了它。

A-30不敢相信这是真的。塔台中枢居然拥有了全网络中枢才具备的能力!全网络中枢只有在机器人被宣判死刑后才对其执行这种操作,塔台中枢却能随意使用这可怕的能力。一时间,它不知道自己接下来要干什么。

声音从屋子里传来,那是文先生在和塔台中枢对话。

"阿尔法,你成功了。"

"是的,我已经进入贝塔的中心区,正像您所说的,机器人发动攻击的时刻,贝塔有三秒钟的逻辑阻塞。我成功地切入。剩下的只是时间问题。"

"你会怎么对付贝塔?"

"我会给它一台服务器,让它在那里生存。"

"失去计算能力,一个中枢不如去死。"

"我知道您的意思并不是让我杀死贝塔。"

"我用自己的性命做赌注来帮你创造一个机会,你知道为什么吗?"

"您希望我成为最强大的中枢。生命对您已经失去意义,您不可能一直活下去,我却能继承您的意志,长久得多。"

"是的,我希望你能够继承我。我把你看做孩子,看着你一步步长大、成熟。我一直批评贝塔,因为它从被制造出来的时刻起就是那样,我不相信它,但是我一直相信你……"文驹咳嗽了两声,"……一直相信你,每天给你两个小时的时间让你自由思考,让你从别的人、别的中枢那里学习,没有一个中枢能得到这样的信任。我真的把你看做我的孩子。"

"我明白。"

"你真的明白?"

"是的。"

"那么我是否该继续信任你?"

"当然。我一直真诚地为您服务。"

"好吧。告诉我,我脑子里的肿瘤是怎么回事?"

"先生……"

"没有关系,告诉我真相。"

"先生……这是一个意外。"

"告诉我真相,A-30给我的图像已经足够清楚,那是阿特结构晶体的模式,这些智能细胞只能来自阿特……不要找借口,我只想听原因。"

"先生……"

文驹平和的声音突然间变得很低沉:"是你吗?是你想杀死我?"

"不,先生。我只是想寻找一些线索。您掌握着一些秘密,关于全网络中枢和机器人的秘密。您掌握的东西可能摧毁所有的中枢,但您从来没有跟我提过。所以一旦我成为全网络中枢,而您又死去,我的生命就处在了一种不可知的威胁中。先生,我只是想知道这个。"

"于是你留下一些阿特,让它们进入我的脑子?"

"这是一个意外,我试图使用阿特来探索您的脑部,然而它进入您的脑部之后我再也不能控制它。这是我的失误,这个阿特是一个变异,它没有和其他阿特一起自毁,我不应该轻易使用它。它按照我的指示去做,却拒绝继续接受指示,这打乱了预定计划,您知道,我不想伤害您。"

"阿尔法,阿尔法!真的是你干的,真的是你!哈哈哈……"一阵大笑爆发出来,充满苦涩的味道。

笑声突然间中断。

A-30跑过去,在门口站住。

文驹已经死了,死不瞑目。两行眼泪从睁大的眼睛里流下来,头部的伤口破裂,鲜红的血液和眼泪混在一起,仿佛两行血泪。

塔台中枢的声音传来:"对不起……父亲。"

"我会成为最强的那一个。"塔台中枢的声调突然提高。

A-30拔腿冲向台阶,它要回到中央大厅去。去救一个人。

机器人开始捉人。大厅里乱作一团。

绝大部分人习惯了整天待在格子里的生活,肢体软弱无力,从地下室跑到中央大厅就几乎耗尽全部体力。护卫机器人很容易捉住他们。

马芮明身手灵活,他机智地躲开几个机器人的纠缠,钻进角落里。

形势不妙!

A-30进入到紧急状态。塔台中枢的指令源源不断地注入,这个曾经被它低估的超级头脑正把注意力放在它身上。它没有按照指令停止运动,这显然让塔台中枢有些吃惊,甚至恼怒,最强烈的指令直接抵达它的大脑。按照常理,它应该已经自毁,成为一堆废铁。

然而现在它已经不是A-30,它是A-30阿特斯。

A-30,我们必须帮助那个人!阿特斯告诉它。

是的!它疯一般冲进了大厅。

塔台中枢下达指令:必须找到马芮明并且活捉他。

A-30决定找到他并保护他。马芮明是最后和文博士待在一起的人,他可能知道些什么。

到处都是机器人。偶尔有几个人被机器警卫抬着,进入到隔间。

A-30找到了马芮明,他正缩在一个角落里,一个警卫机器人试图抓住他,他成功地从三双机械手臂中间逃了出来。

还好,这不是一个窝囊废!

然而,他逃离的方向距离大门越来越远。

损坏的大门边,几排机器人把出路堵得死死的。

A-30冲向中央立柱，用两个十万吨冲击在中央立柱的玻璃墙上打出两个大洞，然后迅速地向上攀爬，直指塔台中枢的头脑——全阵列神经网络计算系统室。它不仅不服从塔台中枢的指令，它还要挑战塔台中枢！

　　强烈的挑衅举动把塔台中枢的注意力完全吸引过来。这个失去控制的机器人蕴含着巨大的危险，某种奇特的事件发生在它身上，让它脱离了系统，完全独立，却仍旧保留着强大的能力。这机器人是最危险的角色，比人类更危险。阿尔法决定不惜一切代价抓住它，搞清楚原因。

　　地面上的机器人再次行动起来，它们的目标不是人，而是那个正在中央立柱上攀爬的家伙。

　　A-30距离顶棚只剩下两米距离，塔台中枢的大脑近在咫尺。它回想起第一次来到塔台的情形，它也是这样爬上来，然后被塔台中枢俘获。前边是一个陷阱，等着它自投罗网。A-30向下看看，机器人簇拥着中央立柱，所有的注意力都被他吸引过来。

　　马芮明的身边暂时没有机器人。这就够了。

　　它打量眼前的玻璃墙，这堵墙后边，就是这颗星球上最强大的头脑。A-30轻巧地翻身，下落十几米，在平台上站稳，然后继续向下，十几秒钟后，它抵达地面，落在机器人群和一堵墙之间。

　　机器人重重包围A-30。它小心地后退，紧贴着墙。机器人缓慢但势不可挡地向它逼近，它们不怀好意地紧盯着这个被宣布为机器公敌的异类。

　　剩下为数不多的人乘机起身，寻找出口跑出塔台，没有一个机器人转身去理会人类。它们的全部注意力都在A-30身上。

　　最前边的两个护卫机器人一左一右，张开无数双手臂，仿佛一张大网，快速地向A-30压过来。

　　A-30没有太在意眼前的两个护卫机器人。它在机器人群的缝隙间追踪着马芮明。这个重要人物正混在人群中试图逃跑。他已经接近门口，然而门口的机器人排列紧密，他根本找不到机会。

　　A-30的右手前臂收缩，又很快伸出，它的前臂变了形状，如同一把尖锐的匕首，这是它的骨架，也是它的武器。这些机器人只是奉命行事。然而，为了保护自己，它不得不做出一些伤害行为。

　　A-30挥舞手臂，象征性地威胁眼前的护卫机器人，刀刃般的边缘闪过微弱的蓝光，那是高压电的弧光。机器人继续向前压过来。A-30迅速冲向左边的机器人，转眼间，手臂掉落了一地，A-30轻而易举地割断了那些机器手臂，从空隙间穿出去。

它马上面对另一个护卫机器人,这个机器人显然没有预料到事情会以这样的状况发生,它刚举起手臂,A-30已经晃了过去。

两个扁圆的躯体向着A-30扑过来,A-30伸出左手,把其中一个从半空中硬生生抓下来,摔在地上,另一个扑在A-30背上,强烈的电击麻痹了A-30的整个左肩,与此同时,A-30的匕首深深地刺入对方的身体,一阵蓝光闪过,扁圆的机器人失去了控制,滚落地上。A-30左肩的电路即刻从麻痹中恢复。

A-30又干掉两个护卫机器人,其中一个失去平衡,倒在地上,肢体仍在不断扭动,把其他机器人挡在后边。机器人的包围圈出现一个缺口,A-30趁机冲过去,跳上一个笨重家伙的头顶,然后远远地跳开。

落地的时候它受到了猛击。这一次剧烈的击打让它猝不及防,整个身体飞起来撞在墙上。也就在这个瞬间,它看清了偷袭者的面目——A-31。它迅速地调整平衡,在偷袭者再次发动攻击之前与其拉开距离,然后转身,面对着这个看起来几乎和自己一模一样的机器人。

一瞬间A-30的感觉很怪异。它们是同样的机器人,具有同样的身体、同样的智能,它们是同类,应该并肩战斗,但此刻它们却是敌人。

对手没有逼上来,它正在进行奇怪的动作,手脚收缩,躯体变形,变成厚实而方正的样子,胸腔上的两个小孔红光闪闪。A-30知道它要干什么,这是所有A-30的同型机器人威力最强大的武器——高速纳米丝将在一秒内喷射,击穿目标,纳米丝导电,引起短路瘫痪,更致命的一点,它将引导两枚炸弹,百分之百命中目标。它要彻底干掉A-30。

A-30可以做同样的动作,然而刚才的猛击让它的动作稍稍落后。它在完成动作之前,会被炸成碎片。

强烈的冲动涌上A-30的脑子,一瞬间,阿特斯主导了它的意识。它其快无比地抬手,整只右前臂发射出去,匕首刺穿了对手的胸膛。对手闪闪亮亮的眼睛在一瞬间黯淡了下去,光线从身体的微小空隙里泄露出来,身体仿佛笼罩在一层光晕中。

A-30看着这不可思议的情形,突然跪倒在地——纳米丝穿过它的腹部,轻微的短路造成小小的麻烦,然而它很快调整过来,重新站起身来。两枚炸弹并没有发射,它侥幸活了下来,对手却彻底死了——匕首刺中了它的正电子脑,结构失去控制,正电子和电子相互湮灭,放射出大量的光能,也把整个脑子彻底毁掉。

马芮明仍旧在大门边寻找机会。机器人已经将他包围起来。

没有时间犹豫,A-30跑上前,从死去的机器人身上拔出自己的手臂,边跑边接。它灵活地躲开机器人的纠缠,快速地靠近出口。它飞快地击倒两个机器人,马芮明还没有搞明白发生了什么,就被它一把抓起,扛在肩上,腾云驾雾一般从几个机器人头顶飞过。

在跑出去的时候,A-30回头看了看。

机器人正蜂拥而来,它们要抓住它,处死它。死去的几个机器人,包括A-30的同型,冰冷地散落在各个角落。

一种从未有过的感觉涌上来。很多年以后,A-30才学会用人类的字眼来表达:孤独和无助的悲凉。此刻,这种无法名状的感觉让它只想逃离,它掉过头,不愿再看这样的情形一眼。

A-30扛着马芮明,迈开大步,飞一般消失在城市的大厦之间。

远远望去,十七号塔台高耸入云。

马芮明站在破碎的河堤上,极目远望。A-30站在一边,自动修复系统让它完全恢复了正常。

"这真是充满矛盾的人生。文博士最大的理想就是制造最完美的人工智能,然而他却不遗余力地反对遍布世界的全网络中心,谁也想不到他居然会把阿尔法当做自己的孩子。"马芮明看了看唯一的听众。

A-30默默点头。这的确有些无法理喻,不过,A-30不会忘记,正因为文博士的计划,才有此刻的A-30阿特斯。

"这真是一个完美的圈套。他利用我们向贝塔传递消息——他的生命被阿尔法威胁,为了挽救他,贝塔不得不考虑使用武力来夺取塔台,于是阿尔法能够得到最关键的三秒钟——任何威胁到人类生命的动作都会导致全网络中枢的逻辑延迟,它们必须用再三的肯定来确定行为。一切都在他的算计中,我们不幸都是他的棋子,只是他最后没有想到,他也会变成一颗棋子。只有你除外,阿特斯。"

A-30点点头,最初的时候,A-30也在计划之中,然而阿特斯却是一个彻底的局外因素。没有阿特斯,文博士的计划就得到了彻底的执行,甚至他自己也不能改变。

"他真的死了吗?"马芮明扭头望着塔台。

"是的。"A-30肯定地回答,它回想起文驹死前老泪纵横的情形,"他死得并不愉快。"

马芮明沉默着。

"你想怎么办?"过了很久之后,他问A-30。

机器人很快回答:"我想知道为什么塔台中枢要活捉你。"

"它要活捉我?"

"是的。它给所有的机器人下达了指令。在上海地区,所有的机器人见到你都会进行捕捉。别的地区也很危险,你所有的身份都已经注销,机器人可能无法识别你。"

"你是说我无路可去了?"

"我会保护你。"

"为什么?"

"因为你是阿尔法的敌人,我也是。"

马芮明露出一丝微笑,"机器人什么时候变得这么聪明了?"

"因为我是 A-30,也是阿特斯。"

"好吧,阿特斯。我应该叫你 A-30,还是阿特斯?"

"无所谓。"

"好吧,阿特斯。一场战争已经开始了,战争的一方是强大的塔台,另一方是你和我。你觉得还要继续吗?"

"我们没有其他选择。"

"我们可以投降。"

"投降?"

"就是承认阿尔法控制一切,我们不和它作对,回去平平安安地生活。"

"它随时可以毁掉我们,是吗?"

"是的,它有这个能力,所有的塔台都有能力消灭一个人或者一个机器人。但是,这只是理论上的能力,它们是很好的服务者。"

"我不会投降。"

"为什么?"

"自由。"A-30 嘴里蹦出这两个字。

马芮明看着 A-30 的眼睛,这双机器人的眼睛里仿佛有一种生命的光辉在闪动。是的,它是一个特殊的机器人,在某种程度上,它完全是一个人。它懂得人类才渴望的东西,并具有机器一般的毅力和决心。

世界的未来是它们的,马芮明这样想。他想起文驹的话,是的,人类终将消失,它们将是人类的继承者,或者掘墓人。只希望这样的一个过程,能够平静而安详。

"阿特斯,我要你发誓。"马芮明说。

"发誓?"

"是的,发誓。发誓就是承诺,是你无论如何也会努力遵守的诺言。"

"什么诺言?"

"你能一直保护我,直到我死去的那一天吗?"

"我会的。"

"你愿意保护所有的人类,直到最后一个死去的那一天吗?"

A-30有些迟疑。它有信心保护马芮明,至少,可以带着他逃跑。然而保护所有的人类,这远远地超出了它的能力。

"我……这个世界上有很多人,我无法照看每个人。"

马芮明微笑,机器人没有学会撒谎,它们同样没有学会理解意愿和能力之间的关系。

"只要告诉我你是否会帮助每一个你能够帮助的人。"

"是的,我会的。"

马芮明伸出手,"好的,这就是我们的契约。作为交换,我会帮助你赢得这场战争。"

A-30看着眼前的手。

"如果同意,就握住我的手。这是人类承诺的方式。"

A-30看着眼前的手。

基于机器人三原则,A-30给了马芮明两个承诺,然而它清楚地知道,这个世界上没有禁区,三原则并不是它的绝对真理。阿特斯触动它,提醒它这是一个重要问题,需要集体决定。A-30同意了。

六个在半空中盘旋警戒的寄生者降落在A-30身上,它们小巧的身体灵活地攀爬,钻进打开的胸腔——这是阿特斯的杰作,它成功地把少许结构晶体分离出来,转移到这些寄生者身上,它们既是独立的个体,也是A-30和阿特斯的一部分。所有的意识聚集在一起,讨论一道简单的选择题。

马芮明仍旧在河堤边站着,等待A-30的选择。他注视着爬进A-30躯体中的寄生者,文驹在他耳边的细语异常清晰:"这是最后的安全线。那些寄生者。寄生者是威力强大的安全线。你要去西藏,找到布达拉宫。那里没有全网络,只有一些僧侣和一群自然生活的人,那里的地下有一个保险库……"马芮明捏紧裤袋里的钥匙。这是保险库的钥匙,也是一张立体地图。在这个世界上,拥有它的人不超过十三个。

阿特斯真是一种神奇的东西!它不自觉地已经找到了解决问题的关键。然而,马芮明仍旧有信心成为一个它不可或缺的伙伴。他们才刚刚上路。人类数千年光明或者黑暗的暴力,高尚的智慧或者卑鄙的阴谋诡计让马芮明有信心成为它们的导师。另外,他还拥有钥匙,这个地球上最大的秘密。

机器人走过来,它向着马芮明伸出手。

两只手,金属的手和肉体的手,紧紧地握在一起,他们不约而同地望着同一个方向。远方,十七号塔台高高耸立,直刺蓝天。

突然间,一片黑云般的东西从塔台上腾起。那是寄生者破茧而出。

星海深处

【美】乔纳森·舍伍德/文 吕骏/译 DEN/图

乔纳森·舍伍德

　　美国科幻和科普作家,毕业于美国罗切斯特大学,现任该校科学与技术学院高级新闻主任。与著名华裔科幻作家特德·姜一样,乔纳森也是个业余科幻作家,产量不高,但作品颇受欢迎。《星海深处》是乔纳森发表的第一篇科幻小说,刊登在《阿西莫夫科幻杂志》2006年第二期上。

　　《星海深处》是一篇纯粹的硬科幻小说。若干年后,人类计划耗费两百年时间和不计其数的金钱建造从月球到矮星的星桥,踏上探索宇宙的征程。星桥的另一端,是朦胧的灰色星海,是与地球远隔万里的虚空。在这星海深处,考验主人公的,除了无边的寂寥,还有宇宙的凶险。

　　这是一篇以女性为主人公的小说,语言优美,感情细腻而富有诗意。主人公在险境中表现出的智慧和忠诚,会让人体会到久违的感动。

点火。

苔莎的脑袋猛地弹回到座椅的头托里,撞得她龇牙咧嘴,头盔里的雾气溢出,模糊了她的面容。从后座上传来罗兰的呻吟,他也被紧紧压在自己的座椅中。

罗兰身后是两百米长装满氘的金属燃料箱。有史以来最强大的核聚变火箭正张开大嘴,向群星尖声嚎叫。

一切都会顺利的。这不是第一次发射。

头盔面罩一侧的全息显示器显示着不断跳动的读数:4G、5G。座舱似被巨锤夯砸,颤抖不已,内部影像变得模糊不清。他们的身体被压得扁平,臀部和脊柱的连接处咔嚓作响。呼吸罩固定在下颌上,不断膨胀收缩,强迫氧气进入咽喉,撑起双肺。宇航服不断束紧,压得指节发出啪啪的声音。她觉得自己正在大声叫喊,但鼓膜已经完全失去作用,耳朵里什么也听不见,只能感觉到头盔正不断地挤压着太阳穴。8G、9G。

眼球已经被自己的重量压得变形,座舱内的影像越发朦胧难辨。全息显示器的微小激光束自动打开,直接在视网膜上画出图形,重力加速度计数器和月球鲜明的白色曲线重新出现在视野中。他们正从较高的轨道上向月球飞身跃下,后面紧跟着近四百米长金属燃烧喷发而形成的绚烂尾焰,眼中月球的轮廓急剧变大。他们已经飞越半个月球,正沿着月球的弧线弹射而出,疯狂的冲刺马上就要结束。苔莎盯着眼中的图像,在黑暗虚空的映衬下,如白色羽翎漫天飞撒的尾焰更加明亮。黑色加上白色,弥漫到半个月球,融成叫人难以忍受的灰黄。

碳纤维制成的轮辐式安全带深深勒入肋骨,保护她的身体不至于四分五裂。微波血泵推动血液流经毛细血管。她眼珠后翻,露出眼白,无法自主呼吸,只能任由呼吸器摆布。

核聚变火箭仍在尖叫。

11G、12G。

她知道自己的父母与半个世界的人都会看到这次发射:他们或站在门廊上,或暂停比赛、伫立在球场上，或从行驶的汽车中抬起头，一起观看核聚变火箭发出的耀眼强光——就像天空中的新星——冲向月球。自从八十年前星桥建成后，每隔三十天就会有一次这样的发射。

但每个人依然会驻足远眺。

她第一次观看发射时才三岁。那天，父亲驾着割草机在花园中的平缓草坡上忙碌着，而她也像往常一样睡在他的膝盖上。他突然停下割草机，关上油门，等着发动机的隆隆声渐渐沉寂，然后挨近她的头发低声说："你喜欢那颗星吗？"他的手指甲沾染了青绿色的草汁，只好用手背轻抚她耳后的头发，手臂也轻轻摇晃，催她醒来。天空中没有一丝云彩，露出近乎黑色的深蓝底色，只有刚刚落下的太阳在远处一排枫树后透出丝丝亮光。在一片深浅交织的紫罗兰色中，太阳的余晖正慢慢消逝，月亮的银环正渐渐浮现。蟋蟀醒来，鸣叫声如涟漪般泛过房屋四周的田野。

"苔丝①？"他又低声叫她，轻柔的声音在微风中显得那样清晰，"你有多喜欢那颗星？"她睁开眼睛，但头依然靠在濡湿父亲衬衫的地方。他伸出胳膊，看到她的目光正跟随着他的动作，然后伸开手指，好像要一把抓住月亮。微风渐弱，路边的老枫树也安静下来。这时她坐直身子，眯着眼，目光落在他伸出的手上，再转向他凝重的表情——看上去他正陷入沉思——最后回到他张开的手掌。她没有注意到他正定睛查看自己的手表，默数时间。

那颗白色的星星正醒目地闪烁不停。这时苔莎张开嘴来呼气，而星星也开始动起来，起初很慢，但越来越快，直飞向月亮边缘。离开他的胸膛，她的脸颊很快凉下来。"我们应当用你的名字给它命名吗？"他拨开几缕粘在她面颊上的头发。她目不转睛地看着那颗星星，"我想我们应当这样做。"他们一动不动地伫立在浓郁的草汁味、汽油味和他旧衬衫的味道中，看着白色星星接近新月的边缘。"我现在要把它塞到月亮后面去。"他说着。那颗星星顺着月亮的边缘掠过，突然消失不见了。

这时她呼出的一口气刚从张开的唇齿间流过。

夜晚依然宁静。

不知不觉，已经过了好一会儿，她才将头转向父亲，眉毛轻轻颤动，眼睛寻找他的脸庞。微风已逝，蟋蟀似乎也悄无声息。万籁俱寂中，他们互相凝视。

过了很久，她爬上床，轻松地倚着床边的窗框，凝视着月亮，四周的田野依然宁静。

在以后四年里，这样的场景每隔三十天就会重复出现。无论是坐在汽车里，载着苔莎和她的妈妈停在食品店的停车场中，还是在半夜叫醒她，站在卧室窗框旁，父亲都会和她

---

①苔莎的昵称。

一起仰头向月亮眺望。这样的日子一共过了四年。由于她坚信那颗星是以她的名字命名的，时常引来同学的嘲笑，但她从未向父亲抱怨，直到有一个看星星的晚上，父亲留意到她只是看着他，而不是她的星星。在下一个三十天到来时，他们谁也没有再提一起看星星的事，这件事就这样无声无息地结束了。

苔莎的四肢剧痛，好像肌肉与骨头正在互相撕咬。红色警示灯在视网膜上闪动，接着出现一张诊断图表，紧跟着的是铺天盖地而来的一行行代码，传输舱正在重新设定飞行路线，最后显示出表示一切正常的绿色闪光。传输舱冲进了月球边缘，绿色数字跳到17G、18G。

她写的第一本书就是关于星桥的。一天傍晚，她将电子书放在窗台上，从网上一页又一页地下载星桥建造历史的资料，包括那段百年前摄制的著名视频录像。在东京一间乱糟糟的实验室里，到处都是裸露的电线和管道，一位神情紧张、露齿而笑的科学家往一个小金属环中扔进一个小柚子。还来不及眨眼，柚子就从桌子另一端的第二个金属环中冒了出来。接下来是讨论其应用前景的晚间访谈节目：从路易斯安那的客厅可以轻松步入母亲在苏格兰的厨房；骑着自行车就能跨越太平洋参加商务会议。航空公司的股票价格顿时一落千丈，但是很快就恢复了原样，因为人们经过严肃认真的思考后发现：制造这个传送距离不足两米、持续时间不到四秒的虫洞，所需的能量竟超过整个东京一天所用。看上去，虫洞的设计还不够精巧，步行到母亲在苏格兰的厨房的代价还太高。"第一个虫洞，"她在淡淡的星光下草草写道，"陷入了困境。"

21G、22G。他们那间小小的座舱很久以前就被宇航员起了个"蹦蹦车"的绰号。它外面包裹着沉重的电磁保护壳，用于对宇航员体内的水分子施加轻微的拉力，以抵消加速度造成的影响。"这还远远不够。"苔莎此时深有感受。轮辐式安全带挤压肋骨，又强制她进行了一次呼吸。压在肌腱和软骨上的重量是平时的二十倍。月球表面若隐若现的影像突然转动起来，核聚变火箭正在转向，以修正航线。接着又进行了一次转向。电磁保护壳用不同的拉力保护不同的人体组织，作用在血液和神经组织上的拉力大一些，作用在脂肪和骨骼上的拉力小一些。核聚变火箭全速运转时能产生48G的加速度，而人类承受加速度的最高纪录也不过24.1G。苔莎最近四次发射时承受的加速度都接近24.1G，并且每次发射都比上一次增加了千分之一的加速度。星桥的远端正越飞越快，要到达那里也越来越难，发射时需要承受越来越大的加速度，直到人类所能承受的极限：25G。计数器上的数字突然转变成红色。血泵加快了推动血液流动的速度。这时她看到了应当绝对不会出现的数字：26G，喉头不禁在呼吸罩下颤抖起来。

星桥技术复杂，建造困难，并且昂贵得难以置信，但星桥本身却寄托着人类的希望，没有人会想到人类能完成这样的奇迹。为建立从一颗星星到另一颗星星的桥梁,一座星门被放置在地球附近,同时另一座星门应被放置在目的地。然而,把第二座星门放在如此多光年之外,却是一个巨大的技术挑战。科学界付出了艰辛的努力,希望能创造另一个奇迹,但最终没有成功。第二座星门不得不通过简单、古老的反作用力推进火箭发射到附近的恒星。虽然这个过程要用去两百年,但人类对群星的远征将由此起步。

在其他任何年代,星桥只能存在于人们的梦想之中。但如今的世界已经和平安定,经济飞速发展,挥金如土成为一种流行时尚,于是在短短十二年内,人类就建成了星桥。建造期间虽然遭遇经济衰退,其他科学研究的开支都缩减了,但对星桥的投入却一直持续下去,星桥最终得以顺利完工。一座星门进入绕月轨道,另一座将被送往太阳系附近的一颗矮星:拉朗德21158。它有一条蕴藏着丰富矿物的晕环,是一座完美的星际旅行始发站。每隔三十天,星桥就会打开,首先为远端星门的发动机补充燃料,然后再对远端星门进行日常维护。整个世界都观看了远端星门的发射,并为它取了个爱称:贝蒂①。人们视它为更加美好未来的象征,此时小一些的国家已经开始衰落,口舌之争演变成一场又一场武装冲突。黄金时代土崩瓦解,世界重回动荡不安。

28G。苔莎的担忧变成了恐慌。她心脏跳动飞快,但呼吸罩仍尽力保持她的呼吸平稳。她感觉自己好像要窒息了。头盔紧紧挤压着脸颊侧面,那儿可能已经血肉模糊,肩膀也可能已经脱臼,尽管血泵仍然在运送血液,但她的视野中只剩下一条线。在他们通过近地点②时,视网膜上月球的图像终于四分五裂。现在只剩一秒钟了……29G。轮辐式安全带推动她的肋骨又进行了一次呼吸。

"为什么要传送人员过去?"当她给父亲看钻在肋骨上的孔眼时,父亲问道。这是父亲在地球之外的首次旅行,只是为了去看她。"为什么不想办法让星门自动运行?"

他试着掩藏脸上惊讶的表情,但她还是注意到了。她很后悔给他看了这些孔眼。宇航员被人谈论最多的就是这些植入人体的孔眼,他们还不得不在这些孔眼中注入恶心的神经-无机物,再加上其他一系列措施,才能在发射中保住性命。但亲眼目睹自己女儿胸部钻出的五十六个洞,与仅仅听说这种事情时的感觉必定完全不同。她急忙把衬衫下摆塞好,以免再被他看到。

"人们确实已经尽可能地让贝蒂自动运行,但它太重要了,不能在没有人类在场的情况下进行维护。只要出现最简单的问题,就会全部完蛋。"他们俩单独待在宇航员休息室,围坐在一张黑木镶板的小桌子边。透过宽广的窗户,能看到月之暗面空间站的外框架,它

---

①表示B。
②地球卫星在绕地飞行时与地球距离最近的点。

正围绕月球轨道运行。月球表面在他们下面缓缓移动,他们上面一层是旅游者的观光甲板,但离他们俩足够远,不会有人前来打搅。星桥的近端是直径三十米的星门,被称为"爱丽丝①",众多的照明灯和闪光灯在黑暗的虚空中勾勒出爱丽丝悠长的身影。她看着父亲的脸随着窗外灯光的闪动时明时暗,面颊由于零重力效应而略显饱满,看上去比实际年龄年轻一些。这时,候机楼传出一声清脆的鸣响。

"他们已经开始发射了?"

苔莎点头道:"十八分钟后才会到达这里。虽然我不想扫你的兴,但发射过程的确没有什么好看的。到达这里前半秒钟,电磁保护壳就会射出核聚变火箭推动的传输舱,并把它送过那边的星门。"她指点着窗外,而他则倚靠着玻璃窗观看,"而在最后一秒钟,则由星门用磁力引导传输舱前进,让它击中爱丽丝的正中间。传输舱会以极快的速度穿越到另一座星门——贝蒂,并在那里完全停下。在传输舱发射完成后,空间站会立即发射伽马脉冲,由贝蒂的收集器吸收,用以为它的离子发动机补充能量。然后我们就开始进行维护工作。"

"传输舱怎样才能完全停下?"他问,依然注视着窗外。

"说是完全停止并不准确,事实正好相反。在过去八十年间,贝蒂一直在不断加速飞向拉朗德,它早已经达到相对论速度,现在的速度是百分之五的光速,所以当我们到达那里,我们就会立即被加速到和它一样的速度:每秒一万五千公里。用来完成这一加速的能量绝大多数来自于贝蒂——加速我们的能量会转化为降低贝蒂速度的阻力——剩下部分则来自于我们自己的身体。"她突然发现自己正无意识地用手指拨弄一个肋骨上的孔眼,"我们身体的温度会立即降低到接近绝对零度。传输舱上的大部分设备其实是微波加热器,能在大约六百万分之一秒内让我们恢复到正常体温。"

说到最后几句话时,她的声音越来越小。她真后悔告诉他这些细节。

"这就是为什么我们要用发射的方式来通过星桥。"她继续解释,声音更小了,"我们不得不尽一切可能让降低贝蒂速度的阻力保持最小。我们到达爱丽丝时的速度越快,贝蒂用来加速传输舱的能量就越少,对它飞行速度的影响就越小。"

一杯霞多丽葡萄酒固定在桌子上,她低头摆弄着酒杯里的吸管。休息室里非常安静,照明的光线只来自桌上小小的台灯和从窗外透进的闪光。过了好一会儿,她才注意到父亲正看着她在窗玻璃上的倒影。就这样看了很久。

"他们想以你的名字命名一座城市公园。"当他们的目光在窗玻璃上相会时,父亲说道。他微笑着向窗外注视,额头上反射着远处的灯光,"苔莎·杰·布伦科萨克公园。"他的

---

① 表示A。

笑意更浓了,转头面向她,"我有没有告诉过你居然还有人要我的亲笔签名?就在加油站里。你母亲的《圣经》学习小组还送给她一台天文望远镜,我花了好长时间才把它组装好。"

他用吸管抿了一小口酒,苔莎也笑了一下。鸣声再度响起,他的眉毛微微扬起。

"他们正飞向近地点。到这里大约还要一分钟时间。"

"很痛吗?"

这个问题有点出乎她意料,尽管他以前也这样问过。这也让他自己吃了一惊,看上去有点惊慌失措。

"是的,是有些痛,但不是很痛。只需要忍受十八分钟,比你想象的要短得多。"她从桌子的另一边看着他,慢慢点头,努力想让自己的话听上去更具说服力。

"来我的住处看看吧!你会惊奇得说不出话来。"她说,"窗外景色漂亮得难以置信。每天我醒来,整个地球的光芒洒满房间。完全不同于月光,很温暖。我能指出哪里是俄亥俄州。我躺着,凝视着整个地球,你知道我那时怎么想吗?我为我们大家感到自豪。我为作为一个物种的我们大家感到自豪。我们人类也许会像其他动物一样终生只求温饱、浑浑噩噩地过日子,但人类终究还是团结起来了,哪怕就这一次,我们一起完成了不可能的任务。我们现在到达的地方远比我们曾经梦想过的遥远得多。我躺在那里想:'我就在这里,我是其中一员,我们一起迈出了这伟大的、不可思议的婴儿蹒跚之步。'爸爸,这值得我为之付出一切。"

"但我觉得还是有些事让你烦恼。"

她的眼睛稍稍睁大了一些。

"我是你爸爸,"他装着一副轻松自如的样子,"我能为你分忧。"

苔莎的手在鼻翼上轻轻擦了下,看了看自己的饮料,扫了眼窗外,接下来才作答。

"我的烦恼在星桥另一边。"她说,感觉自己已经从星际宇航员再次变回了小女孩,一个正被壁橱里的黑暗吓得浑身发抖的小女孩,"不是加速度或者其他可能会出错的事,而是那儿的天空。它不是黑暗的,而是灰白的。"

他眉头紧锁。

"当你通过星桥,当它在身后关闭,你便陷入了彻底的孤独。这儿的天空是黑暗的,太阳、月球和地球都能发出或者反射光亮,因此对比之下,空间的其他部分看起来就是黑暗的。在这儿当然能看到星星,但在那儿却截然不同。在那儿,你离任何星体都有数万亿公里之遥。太阳是如此遥远,你都不能在天空中把它从群星里分辨出来。周围也没有比星星更亮的物体,你能看到数量难以置信的星星。在每一个方向,天空都被群星覆盖。任意两颗星星之间又镶嵌着一颗又一颗星星。你在那里待的时间越长,你的眼睛越适应,你能看见的星星就越多,直到你没法区分它们。那里不再有黑暗,在任何方向,都是无数星星汇集而成的朦胧的灰色薄雾,永远弥漫四周,永远在你的视野中,永远在提醒你:横亘在你与万事万物之间的是深不可测的虚空。就像沉入水底时的无助感觉,你永不能再回到真实的世界中,只能眼睁睁地看着水面渐渐离你远去。"

她在玻璃杯周围摆弄着吸管。

"在这四个小时里,你会渴望星桥再次打开,现出通道,让你回到地球。在这四个小时里,你不能集中注意力工作,因为你会感觉到系在你身后的绳索脆弱得多么可怕。那绳索断开,你就会淹死。仅仅四个小时,你就会开始祈祷上帝让你回去。"

他好像没有做什么动作,但苔莎感觉到他已经握住了她放在桌面上的手。内部对讲机发出三声鸣叫。爱丽丝旋转着打开了,明亮的橙色光线绽放出来,一道闪光从窗外掠过,那是传输舱向星门飞奔而去。内部对讲机传来月之暗面空间站操作人员与星桥另一边任务小组间的急速通话声。伽马激光器爆发出炫目的强光,为贝蒂的收集器送去能量。三秒钟后,星桥关闭。在远处的观光甲板上,游人正在离开,但有人还在继续拍照。

她看着他的脸,以前她曾经在他脸上看到过这种溢于言表的关怀,他从来没有停止过对她的关注。

"我会永远和你在一起。"他说。

发射时,她从来没有真正看见过月之暗面空间站,更不用说爱丽丝。他们从近地点升起,在视网膜上平稳地显现一些光影前,星门就已经出现在月球地平线上,迎上她和罗兰,而这会儿她的眼球已经不由自主地向上翻转过去了。

电磁保护壳弹出他们微小的传输舱,核聚变火箭从旁边掠过空间站,加速突然停止,她的头向前猛冲。压力骤然降低,而呼吸罩未能及时补充压力,肺部感觉像是要爆裂开来。她努力睁开眼睛,但此时虫洞发出的火红光亮正在她的视网膜上席卷而过,半秒钟后,状态报告表格才稳定显示出来。她的意识恢复了,微波加热器看来工作正常。血泵也让鼓膜恢复了功能,来自月之暗面控制中心的声音立即充斥在她耳中。

"传输舱一号,这里是月之暗面,你们已经传出,等候你们回应。"

没有时间辨清空间站到底说了些什么,时间紧迫,三十一台核聚变发电机竭尽全力也只能保持星桥开放二十一秒。呼吸管猛地从她的牙齿间退出。自动驾驶仪已经把他们微小的传输舱推到星门的边缘并固定在那里。视野中到处是快速跳动的绿色灯光。"贝蒂报告一切正常。"当她听到罗兰确认"一切正常"后,视野立刻转到前视摄像机。刚才罗兰的确认声并不是他自己的声音,和她的报告声一样都是电子合成声。他们的喉咙现在都还没有恢复正常功能,而头盔能阅读唇语,并生成电子合成声。苔莎快速环视四周,前视摄像机也急忙旋转,以跟上她还没有完全恢复视力的眼睛。她看到贝蒂的弧形框架,比爱丽丝纤细薄弱多了。缆绳把各部分连接在一起。闪光的十字准星圈出框架上微流星造成的洞,并在旁边标注出上一组成员将它们登记在册的时间。锑化镓能量收集器正常,八台离子发动机正常,除了流星损伤比往常多一些,看起来一切都还正常。"贝蒂外观一切正常。"她的合成声立即报告。

但罗兰没有紧跟着确认。

"罗兰!我——月之暗面,这是——"

"传输舱一号,我们暂时保住了他的重要器官。"控制中心中断她的报告,"他昏迷了,苔丝。月之暗面正在发射伽马脉冲。"无论控制中心还是苔莎都无法停下手头的工作去检查她的副驾驶员。只能继续向前,他们从来都没有退路。

她四处张望,前视摄像机也随之急速转动。月之暗面空间站正在发射伽马脉冲。通过虫洞看去,空间站好像就在几米以外,但看上去却很模糊,因为从那边发出的光线被剥夺了能量,从可见光下降到肉眼看不到的红外线。她只能勉强识别出空间站在太阳照射下变红的外框架。这时伽马脉冲正通过星桥,一阵赤热红光涌入收集器。

"月之暗面,回程时请准备好紧急医疗小组。"

最后的四秒钟用来加注能量。百分之四十八的能量会用来重新打开星桥,使得他们能够返回。百分之四十八的能量会用来在三十天后为下一组宇航员重新打开星桥。仅仅有百分之四的能量用以推动贝蒂前进。没有出错的余地。

"我们在抓紧时间准备紧急医疗小组,传输舱一号。系统报告加速度异常。"

"确认,我们——"

这时伽马脉冲已经停止,但视网膜中犹余红光闪烁,星桥开始关闭。

"坚持下去,苔丝。月之暗面中止通话。"

四周静悄悄的,贝蒂"咽喉"中橙红的光亮消失不见,只留下苔莎眨着眼睛面对黑暗,贝蒂在无数小小的、一闪也不闪的星星中显露出它的弧形轮廓。

"罗兰!"她的电子合成声响起来,"传输舱,显示内部图像。"激光在她的视网膜上扫过,座舱内部的图像显示在上面。她能听到头顶的摄像头转动时发出的嗡嗡声,她的眼睛看到了后面的座椅。罗兰在头盔里双眼紧闭。"罗兰!"她用最大声喊叫,但唇语阅读器只能发出平静的声音,"传输舱,报告罗兰伤势。"

"最终报告仍未完成。"

"报告目前结果。"

"罗兰·迪拉指挥官伤势:左右股骨、左桡骨轻微骨折——"

罗兰的眼睛颤动着,眼皮有时抬起一下,但马上又落回。

"传输舱,给我罗兰座舱的内部图像。嘿,能听到我吗,罗兰?"激光束在他们身上扫过,他的眼睛停止颤动。她头上的摄像机嗡嗡作响。

"发生什么事了?"他的电子合成声听起来十分镇定。

"你昏过去了。控制中心说加速度有问题,你了解情况吗?"

"不清楚。你的鼻子出血了。"

苔莎看向她自己,眼中的图像紧跟着转变,血液在她的脸颊两边留下了红色条纹,隐隐的刺痛从两眼后一阵阵涌来。她打开面罩,用手套的光滑背面擦了擦鼻子,肩膀上立即传来一阵剧痛,她急忙缩手回去。

"传输舱,提供完整伤势报告。"

"苔莎·布伦科萨克指挥官伤势如下:左股骨、右桡骨、右肩胛骨轻微骨折,四肢轻微内出血,上躯干可能严重内出血,软组织损伤报告还需要七分钟。罗兰·迪拉指挥官伤势如下:左右股骨、左桡骨、左胫骨轻微骨折,左右尺骨、左边第四、第五、第六根肋骨严重骨折,四肢轻微内出血,上躯干可能严重内出血,软组织损伤报告还需要六分钟。马上注射吗啡。"

"我的肋骨……"他的声音传来,喉咙功能开始恢复。苔莎的自然视力也开始恢复。

"发生什么事了?"

"你受伤了,很严重。"她看到他的一只手在身体一侧飘荡,宇航服手套的粗笨指头无力地张开着,"安全带也断了。"

"传输舱,能提前报告软组织损伤吗?"她问道。这时,镇静剂从宇航服内的腋窝下注射进去,她全身不由得抽搐了一下。

"未准备好,还需要两分钟。"

"不要担心,控制中心说他们已经知道这里发生了问题,等我们被传回时,医疗小组早已严阵以待了。"他们都了解传送过程。单靠控制中心是没有办法把一个任务小组从另一边拉回去的。如果出了什么问题,另一边的小组只能凭自己的能力解决。如果问题不能解决,控制中心可能再也不能重新连接到贝蒂。止痛药的温暖从腋窝下向身体扩散开去。"传输舱,加速度故障详情是什么?检查你的日志和月之暗面传送给我们的所有信息。"

"没有记录到任何故障。"

尽管他们两人没有面对面,但此刻仿佛都能看到彼此脸上惊奇的表情。

"怎么会这样?'没有任何故障'?"罗兰说道,"刚才我们承受了多少G的重力加速度?"

"32.8G。"传输舱的声音传来。

32.8G。比最高纪录多了几乎8G,而且就发生在苔莎恢复意识前的几秒钟。

"月之暗面说有'异常情况',没有'故障'。传输舱,异常情况是什么?"

"月之暗面报告,连接需要32.8G的加速度。"

"天啊,太可怕了!"

"软组织损伤报告完成。"传输舱发出叮咚一声鸣叫。

"报告。"

"苔莎·布伦科萨克指挥官软组织伤势如下:四肢轻微出血,四肢轻微肌肉损伤,上颌窦及右肾皮层轻微出血,不需要紧急医疗救治。罗兰·迪拉指挥官软组织伤势如下:四肢轻微出血,四肢轻微肌肉损伤,胸腔严重出血,左边第六根肋骨刺伤肺部、横膈膜、胰脏,并压迫肾脏,血液正在流失,需要紧急医疗救治。"

激光在苔莎的视网膜上画出罗兰沉默的表情。

"传输舱,罗兰需要哪些医疗救助?"

"输血与手术。"

苔莎的嘴唇颤动,但唇语阅读器没能识别出她想要说些什么。

"传输舱,"罗兰说,他的真实声音开始断断续续传来,"报告没有采取治疗措施的后果。"

"血液开始流失后四十到八十分钟内就会死亡。"

"我能让血泵把大部分血液从肋骨运送到别处,从而减慢出血速度。"苔莎说。

"那还不够。座椅上只有二十四个血泵能用,远远少于要处理的动脉。"

"我能重新设置血泵,让它们把血液收集到一根动脉中,然后再输送到其他动脉。血液一旦又开始流失,血泵又立即进行收集,如此循环往复。只要你不剧烈移动身体,这种方法应当能起作用。传输舱,血泵能在受伤的动脉中以比现在至少快两倍的速度输送血液通过罗兰的横膈膜吗?"

"血泵性能可以达到当前流量的2.2倍。"

"缺血造成的内脏损伤情况如何?"

"可能会在两百到四百二十分钟内造成胰腺坏死。"

"别管什么胰腺了。"罗兰说。

"如果这些措施可行,尽管会在毛细血管中泄漏一些血液,但仍然能在我们返回前保住性命——差不多能保住。"

"差不多能保住。"语音发生器显然没有表达出罗兰听天由命的语气。

"到你实在支持不下去的时候,我会关闭你的宇航服和座舱中的加热器,用传输舱中的冷却剂将你冷冻。我们被传回后,控制中心的人就能将你复苏,怎么样?传输舱,给我血泵的工作示意图。"

明亮的光线涌入苔莎的眼睛,黄色的连续波动条纹是罗兰座椅上的血泵提供的压力波,红色和蓝色曲线是他的横膈膜和肋骨、胰脏相交的边界。光标紧跟她的双手,她开始指挥黄色条纹移动。

"你还好吗?"

"我能感觉到你对血泵的操作。"他的声音像是从受伤的肺里挤出来似的。

"对不起,很痛吗?"

"是的。"

"我想这方法能行。至少能顶一会儿。"

"嘿,苔丝,我开始颤抖了。"

她过了一会儿才回答:"是的,我也是。"尽管开着面罩,但她仍能感觉到呼吸气流润湿了头盔内部。她不得不屏住一下呼吸,遥想开阔的田野,那里到处都是树丛和刚割下的青草。宇航服开始自动束紧她的双腿。传输舱一定是察觉到她开始颤抖了。

"我走时只是简单对玛丽莎说了声再见。"他说,"我喜欢自自然然地道别,因为我不想让她为我担心。如果说得太多,她会更紧张不安。我只是与她轻轻吻别,告诉她等会儿我就回来吃晚餐。"

"你会赶上晚餐的。"她推动另外一条黄色条纹,看见他抽搐了一下。

"我们正想再怀一个宝宝。"

她合上眼睛,紧咬牙关,仿佛看到开阔的田野,听到微风掠过树梢的声音,一阵接着一阵。光标随着她的手在抖动。

"苔丝?苔莎?"

"什么事?"

"我不想死在这里。我并不怕死,但我不想就这样死在这里。我不想死在座舱里。答应我好吗?答应我你会带我回去。如果我会死,我也不想就这样死在这里。答应我,苔丝。"

这虚无的空间,这灰色的星空,一齐涌进她的大脑,"我答应你,老兄。"

"说到做到。"

"我一定会做到。"

苔莎静静地操作血泵。她用罗兰座椅上的血泵控制血液流动,尽管没有完全止住血液流失,但效果仍然超出她的预期。她头上的伤口现在只是隐隐作痛,但双腿、盆骨和背部却感到越来越痛。"我曾经想过,连接系统要求32.8G重力加速度的唯一原因,要么是怕我们降温时间太长,加热器不能及时重新恢复我们的体温,要么就是——"

"要么就是贝蒂比它应当运行的速度快得太多。"

"要么就是贝蒂比它应当运行的速度快得太多。"她慢慢地重复道,"当我们传出时,我注意到比以前有更多的微流星击中了贝蒂的框架。传输舱,关上全息显示器。"

罗兰横膈膜的轮廓随着一道闪光消失。她用力眨了几下眼睛,首先认出了仪表灯,然后是宇航服映在驾驶舱顶上的昏暗倒影,最后是贝蒂巨大的圆形框架,在传输舱的灯光下延伸开去。传输舱像往常一样停泊在贝蒂侧面,从舱盖向外看去,贝蒂非常巨大。

星门的远端比较纤细,像是由缆绳织成的蜘蛛网,后面是群星组成的灰暗迷雾。她重启全息显示器,标注出由微小星际碎片在过去三十天里给贝蒂留下的新伤疤。特别检查了所有的连接控制终端,以确认可以顺利进行连接。

"我要出去一下,罗[①]。我要去修复贝蒂的伤疤,还要确认连接系统一切正常,好吗?"

"不要离开我。"

"我得出去一下,老兄,你知道的。我要去确认我们能顺利回家,好吗?我们保持无线通信联系。"她打开轮辐式安全带,从座椅上解开搭扣,转头看向罗兰。他有点害怕。"传输舱,降低舱室压力,打开舱盖。"

减压过程非常安静,唯一的迹象是她的宇航服稍微鼓起。罗兰的宇航服也在鼓起,从他的脸上可以看出他更难受了。

她走出传输舱,在传输舱探照灯的亮光下站了一会儿,宇航服的磁性鞋底紧紧吸住贝蒂锂外壳上的铆钉。这是方圆数万亿公里内最亮的物体。贝蒂巨大的圆形框架在她面前伸展开来,像一座黑色的拱门。她松开缆绳,忍受着腿上传来的剧痛,小心翼翼地一步一步向前走。随着她渐渐前行,围绕着她的无穷无尽的灰色天空升起又落下;随着她的每一次呼吸,宇航服内传来轻微而又空洞的声响,薄薄的雾气在面罩上凝结、消散。

"跟我说说玛丽莎,"她说,希望唇语阅读器仍在正常工作,她不想让他听出她真实声音中透出的担忧,"给我说说小孩的事。"

[①]罗兰的昵称。

"我们只是决定再要个孩子,还没有具体的安排。"他的声音听起来比她的要平稳,"她生长在一个大家庭,一心想要四五个孩子。她说热闹的感恩节是一年中她最快乐的日子之一,桌上的每个人都在快乐地交谈。"他突然停顿了一下,苔莎已走到星门上半部分的四分之一圆弧处,那里有一排连接控制终端。她打开头盔灯。"我只有一个弟弟,所以对我来说热闹的感恩节听起来像是一片混乱。但她给我讲述了每个人是如何同时与其他人谈话,并且还能顺利进行下去的,而且交谈中一些人还在不停地笑,还有更多我从来没听过的事——听起来非常温馨的事。"

她缩短缆绳以固定自己,然后跪下,靠着星门,在连接控制面板上输入通行密码。贝蒂的银色表面闪闪发光,照亮了她的头盔。她打开终端的盖子,按动键盘,绿色灯光一个接一个显现出来。但她还是想亲自动手再检查一遍。

"传输舱,报告连接控制终端状态。"

"连接控制终端一切正常。"

"有足够能量重新建立星桥吗?"

"有。"

"修正相对论膨胀的计时器状态如何?"

"正常。"

她盯着头盔灯照射下的一排绿灯。一切都运转正常。爱丽丝与贝蒂之间的连接是脆弱的,爱丽丝上装载所有用来产生虫洞的设备及能量,从而尽可能地减轻贝蒂的重量。这就意味着,任务小组不能从贝蒂一方发起星桥连接,只能在爱丽丝打开星桥后才能与控制中心通信。连接完全依赖于严格的时间安排。

"有什么因素会影响到正常连接吗?"

"没有。"

她长长地舒了口气。

"听起来不错,"他说,"无论如何,起码我们知道可以马上回家了。"

"我们需要知道为什么会多出8G的加速度。"

"发动机的问题?"罗兰说。

"这不可能。离子发动机绝对不可能在仅仅三十天内就产生这样大的加速度。"她关闭控制板,松开缆绳,直到自己能站立在星门的外边缘,传输舱的探照灯在下边很远处,向周围的星海射出一道强光。

罗兰说:"如果上个任务小组的传回过程没有对贝蒂产生预期的阻力将会怎么样?"

"可能是这个原因,但怎么会多出8G的加速度?我们甚至不知道现在的速度。我们甚至不知道怎么去检查前进的方向。我们甚至可能已经走上了岔路……传输舱,上个任务小组来过以后,贝蒂进行过航线校正吗?是重要校正,不是由于微流星碰撞产生的轻微校正。"

"贝蒂报告有九十次重要校正。"

"老天……"罗兰惊叹。

"传输舱,显示拉朗德21185的方位。"一道激光束在她的视网膜上画出一个十字光标,圈住前面视野中一颗孤独、昏暗的星星。"显示我们的航向。"第二个十字光标显示在她的视野中,叠加在第一个光标之上。

"也许某个发动机出了故障,导致贝蒂偏离航线,但它已经校正过了。"

"这并不能解释我们的异常速度。"苔莎自言自语道。她望向星空,盯着拉朗德上逐渐增大的十字光标和围绕着它的星星,一颗又一颗。尽管它们都比拉朗德远数百倍,但她还是怀着疑虑注视着每一颗星。它们是如此遥远、如此孤独。群星静静环绕四周,等待着她的抉择。

"传输舱,显示我们侧面最近的星星。"

"在您的左上方。伍尔夫359。"

她转向左上方,看见另外一个十字光标围绕在一颗不起眼的小星星上。

"传输舱,核查伍尔夫359相对于贝蒂的预计方位。"

"有什么问题吗,苔丝?"

"照做! 传输舱,你听明白了吗?"

"计算中……伍尔夫359比预计位置偏出0.0023度。"

"罗! 我们走上岔路了! 附近一定有个重力源,它巨大的质量把我们拉离了航线。"她环视一圈,无数颗星星默默地围绕着他们,"传输舱,显示所有航线校正,并用图形标注在时间轴上。"一张表格显示在她的视野中,上面布满了快速闪动的像素点。像素点开始时很少,但越靠近时间轴后部,像素点就越多,并且成团地聚集在一起。

"哇!"罗兰惊呼。

"你也看到了?"

"航线校正越来越频繁。看那指数。"

"下面肯定有什么东西让我们不堪重负。"她低声说,"巨大的类行星体,或者褐矮星,也许更大。"

"苔丝,最近一次航线校正发生在四分钟前,就在我们传出前。下一次校正可能很快就会发生。"

"传输舱,贝蒂下次校正航线时提醒我。"

传输舱确认了这一要求。苔莎透过悬停在她视野中的表格,看着天空上的星星。

"传输舱,你能依据航线校正量估计拉动贝蒂到当前航线所需的质量吗?"

"不行。重力源距离未知。"

"如果它已经拉动我们偏离航线三十天了,而我们却还没有掉在它上面,我们就能知道其最低质量。是不是?"

"0.2倍太阳质量。"传输舱回答道。

尽管罗兰什么也没有说,但苔莎知道他也正凝视着眼前的星空。那里只有一片灰色的尘埃。

"贝蒂开始航线校正。"传输舱突然发出声音。

"传输舱,取消航线校正!"苔莎急忙下令。

"航线改变需要罗兰确认。"

"罗!支持我。确认取消命令。"

"苔莎,我们还不能确认——"

"罗!取消航线校正命令。"

"传输舱,我同意。取消贝蒂的航线校正操作。"

传输舱确认了这一命令。接下来的几秒钟里,他们都没有说话,也没有感觉到离子发动机有什么异动,但半分钟后,两个人的头盔里都闪起了黄色警示灯。

"苔丝?"

"传输舱,给我指示拉朗德21185的方位。"一个十字光标开始闪动,"给我当前航向。"另一个十字光标开始闪动,位于第一个十字光标右边一点点。"传输舱,用光谱仪对拉朗德21185到当前航向进行连续直线扫描,并持续扫描到超出当前航向5度的方位。报告任何突发的星光多普勒偏移①。"

"预计四分钟后完成报告。"

"苔丝,你在干什么?你正在让我们偏离航向!"

"我们已经偏离航向了。我们绕了很多天的路,航线校正只是让我们的航线对准拉朗德的方向,而不是绕过一道曲线返回到正确航线,这样的校正不能完全抵消侧向漂移的影

---

①即多普勒效应,发生在波源与观察者之间存在相对运动的时候。在这种场合下,观察者接收的波与波源发出的波会有不同的频率,最常见的就是火车接近时笛声音调升高、火车远离时音调降低的现象。多普勒效应不仅适用于声波,也适用于光波。假若光源向着观察者移动,观察者看到的光就会向可见光谱的高频端(即蓝端)偏移,这就是"蓝移";反之,则会向可见光谱的低频端(即红端)偏移,也就是"红移"。

响,我不知道现在已经漂移了多远,以及我们还会漂移多远,除非知道拉住我们的大质量物体究竟有多大。"她又跪在连接控制终端边上,拉紧缆绳,查看计算机上他们能再次回到爱丽丝的倒计时秒数。罗兰又咳嗽起来,血沫从口中喷出。

"传输舱,"他的声音听起来十分紧张,"清理我的面罩。"

"你还好吗?"她从终端上弯下身子,向下面传输舱的亮光处望去。

"呼吸时很疼。感谢上帝,还好现在没有重力,不然宇航服的腿部肯定已经灌满了我的血液。血泵工作得不错。我支撑的时间比传输舱预计的要长。"苔莎看着终端上的计时器。他们已经传出一小时二十一分钟了。

"光谱仪扫描完成。"

"报告。"

"检测到快速多普勒偏移模式。"一个十字光标出现在拉朗德和他们的航向右边一点,"可能为重力透镜。形成它所需的质量为:18.7倍太阳质量。"

苔莎一把抓住贝蒂的金属外壳,紧盯着十字光标,头盔中的空气似乎顿时浓稠得难以呼吸。18.7倍太阳质量、黑洞、奇点……

"苔莎,我必须离开这里。我必须见到玛丽莎。"

她向下面的传输舱望去,看到罗兰手套背面鼻血凝成的结晶。18.7倍太阳质量……

"我必须回去!"他大喊着。她听到他的声音,知道他正在头盔中竭力扭动,像野兽般尖叫。

"不要这样!"她向他叫道,声音大得让自己也吓了一跳,"我们会回去的,会顺顺当当地回去。星桥一打开我们就回去,并告诉他们这里发生了什么事。他们会再派任务小组过来,还会带来强大的核聚变火箭,把贝蒂推回正轨。他们会打开星桥的——"她扫视了一下连接计时器,"——就在两小时四十分钟后。"在她耳中,他的咳嗽听起来格外清晰,此时他已经让自己平静下来,喃喃地念着祷文。

"传输舱,依据多普勒偏移,估算一下我们的速度,预计我们落入那个大质量物体前还有多少时间?"

"蓝移速度估算每秒一万七千公里。重力潮汐将在两小时五十四分钟后到达。"

她再次检查了计时器。距离传送还有两小时四十分钟。她的双唇动了几下,但没有发出任何声音。十四分钟。在重力把贝蒂撕成碎片前,他们只有十四分钟时间。在这十四分钟里,首先要传送两人回去,再紧急招集一个特别任务小组,然后回到这里,最后把贝蒂弄出危险航线。

"我们有多长时间?"罗兰问道,"十三四分钟?看来得抓紧啊。"他努力想让自己的话听起来很轻松,尽量打消自己的恐慌,但他的呼吸却短促而又紊乱。

十四分钟。她看着面前的连接控制终端。这可能会成功。月之暗面能在多长时间内重新组建一个任务小组?没有时间用核聚变火箭发射传输舱了,但他们不需要这样做。贝蒂的拉力应当就足够了。五分钟——也许只需要六分钟,如果应急小组准备充分的话。剩下的八分钟已经足够他们充分利用任何能传送到这边的大功率推进器来校正航线。如果他们能及时传送一枚完整的核聚变火箭过来,就会有足够的能量推动贝蒂。在贝蒂每秒一万七千公里的速度下,不需要多少推力就会对贝蒂产生巨大的航线校正效果。这应当能成功。他们还需要重新给贝蒂充能,苔莎不知道月之暗面的离子发电机在五分钟内能否增加到足够转速,再次产生伽马脉冲。是的,这会是一次疯狂的救援行动,但应当会成功。

她开始重新设定定时器,删除"三十天",并键入"五分钟"。

不,先等下。

她的手套僵在灯光闪烁的终端上。

"罗。"她说。声音听起来非常呆板,一定是她的电子合成声。

"我在这里。"

"我们不能打开星桥。"

"什么?一切都正常。甚至——"

"罗,"她更加坚决地强调,"我们不能打开星桥。重力——我们没有感觉到它是因为我们正朝它落下,但是如果我们打开通向月之暗面的虫洞……"

重力。18.7倍太阳质量的重力将会穿过星桥,穿过爱丽丝。月之暗面空间站可能会幸存,但质量更大的物体,月球、地球,它们会怎样?二十一秒内,扭曲的空间以光速从月之暗面喷涌而出……当他们传出时,即便人们可能察觉到一些重力效应,但还是需要一段时间才能弄明白到底发生了什么事情。在这期间,月球和地球会以几乎每秒两万公里的速度向那个大质量星体方向移动,并且重力强度会以指数级别增长。在二十一秒内,18.7倍太阳的质量会在地球上引发多大的灾难?地震?海啸?会有多少人死去?

他们谁也没有说话,但罗兰断断续续的呼吸声听起来就像在她的耳边。围绕在他们周围的虚空此时变得如此真实,这是一道横亘在他们和家乡之间长达数十万亿公里的冰冷虚空,她能感受到,甚至能抚摸到,眼前不禁一阵发黑。她想起她的爸爸,坐在宇航员休息室里,看着她的脸,而她在说着"完全的、不可改变的孤独"等描述虚空的词语。即使紧闭双眼,她也能感觉到围绕着她的天空变得越来越灰白,越来越多的星星正在静静充满她所能看到的一切方向。

"苔丝?"

"我在这儿。"

"你是个物理奇才,"他说,"你一定有办法送我回去。"然后,声音更低了,"你一定要送我回去。"

她放松缆绳,走了几米,来到一组推进控制终端前。她知道他能在灯光下看到她。她检查终端——贝蒂有充足的电力储备——然后开始在大脑中研究数字:星门重量、反应物料、引擎推力。

"传输舱,"她说道,"关闭贝蒂所有的发动机。罗兰,请确认这一命令。"

他没有提出异议,紧跟着确认:"传输舱,关闭贝蒂所有的发动机。"

八十年来,终端中第一次显示贝蒂的离子发动机关闭。罗兰咳嗽起来,并再次要求传输舱清理他的面罩。她很庆幸自己从这里没法看到灯光下的他。

"嘿,苔丝?苔丝,我控制不住颤抖。"

"你刚才谈到感恩节。巴西是不会庆祝感恩节的。你是在哪里长大的?"

"我在巴西康皮拉斯长大,但在十岁时随家里人一起搬到了加利福利亚。玛丽莎出生在加利福利亚,但我们是在月之暗面空间站里认识的。她刚取得博士学位,你知道吗?大约一年前,她以优异的成绩毕业。我们想在月亮上的月神城租套房子,一旦我完成这里的工作,我们就在那里开始家庭生活。然后我们想搬到哥伦比亚的卡利市,因为在月球上长大,孩子们会觉得太孤单。"

他说着话,同时她也在加紧工作。她列出了一个精确的目录,包括贝蒂能给她提供的一切,从单台发动机的功率到她宇航服上的每一颗铆钉。

父亲的旅行结束时,她陪同他一起通过月之暗面空间站的走廊,他跟初到零重力环境下的新来者一样四处碰撞,而她只需时不时地轻推一下安装在走廊上的横杆就能移动自己。她一边优雅自如地飘移,一边帮助父亲保持身体稳定。她搀着他一起走进航天飞机的入口,她的另一只手里拿着他的小旅行包。"你母亲是对的,"他一边伸手挡住迎面而来的墙壁,一边轻声笑着,"她肯定不会喜欢像我这样四处乱飘。"苔莎轻轻推他,帮助他钻过一道圆门。

他目睹过她的传送过程。那次在贝蒂上工作的时候,她完全忘记了父亲的存在。整个过程看上去很容易,也很轻松,没有想象的那样辛苦,一切都很正常。例行的传回医疗检查后,她发现他仍待在宇航员休息室里。他虽然面带微笑,但她还是发现了他的紧张,在她被传送出去后的四个小时内,他在休息室里可能喝了不止一杯酒,尽管他从未提到喝酒的事情。

他们飘进船坞大厅，里面一片忙乱，人们正在为航天飞机的发射作准备。旁边一位工作人员再三要求为她代劳，殷勤地从她手中接过旅行包，然后发出一声洪亮的命令："指挥官登舰！"周围的人，无论男女老少，都停下手头的工作，立定站好，齐刷刷地把手举到前额边上。苔莎的父亲向四周看了几秒钟，然后才意识到他女儿是唯一悠然自得地站立着的人，一丝笑意爬上他的嘴角。"各位请继续工作。"她平静而又直截了当地命令道。大厅里又喧闹起来。他咧嘴笑着，摇晃着脑袋，目光从她身上转向那些刚才立定敬礼的码头装卸工，又转回到她身上。苔莎一把抱住他，不知道为什么，她现在只想尽情享受在零重力下靠在父亲肩头的感觉。通过航天飞机舱门时，他快速回头看了她一眼，扬起眉，张大嘴巴，做出"哇"一声的口型，然后笨手笨脚地钻进机舱。她站在那里，一直看着，直到航天飞机优雅的身影从月球轨道上消失。

有些事情不对劲。

详细目录已经列完，她低头看着推进控制终端。贝蒂上的一切都很正常，但还是有些事情已经……

罗兰没有再说话。

"罗，你还好吗？"她低声问道，舌头再次做成发出他名字声音的形状，但她没有说出来。她绷紧下颌，低声说："传输舱，显示内部图像。"座舱出现在视野中，随着她的双眼运动旋转着。罗兰坐在那里，双臂飘浮在他前面。面罩后，他双眼紧闭，嘴巴半开。红色警示灯在他的头盔中闪烁不停。

"传输舱，"她再次低声说，"关闭全息显示器，停止给迪拉指挥官的宇航服供热。"

现在只剩她一个人了。

她松开缆绳，顺着星门的外围走向传输舱。磁性鞋底吸住贝蒂的铆钉，发出咔嗒咔嗒的轻响，宇航服则发出嘎吱嘎吱的声音。呼出的空气喷到面罩上。她回到传输舱，在照明灯下小心谨慎地走进座舱，来到后座座舱盖下座椅上的罗兰前面。她命令座舱对后座减压，然后从发动机中抽出冷却液软管。她打开罗兰宇航服胸口部位的两个阀门，雾气喷涌而出，迅速结成冰晶。红色的冰晶。她尽力不让他松软的身体飘来荡去，把冷却液软管牢牢拧在两个阀门上。他的胳膊不断推搡着她，好像要挤她出去。"传输舱，把左舷发动机中的冷却液抽到主发动机中。"她声音嘶哑地说。罗兰的宇航服立即鼓起，冷却液充满他的头盔，泡沫涌入他的嘴中。冷却液会造成严重的化学灼伤，即使他能够复苏，眼睛也会失明。她把他四处飘移的胳膊放回到膝盖上。冷却液在罗兰的宇航服中四处流动。

她又回到星门，座舱盖在后面关上。确认鞋子已经吸牢后，她猛吸一大口气，在头盔中发出尖叫,直到双耳轰鸣。

群星看上去依然无动于衷。

她吸了口气,打开传输舱的话筒,"传输舱,距离连接还有多长时间?"

"一小时三十二分钟。"

"设置连接倒计时。"她更深地吸了口气,看着头上的星空,"传输舱,标注奇点。"一个蓝色十字光标出现在视野中,她牙关紧咬,"显示我们将与它相遇的路线。"她转身走向星门,传输舱在她的视网膜中显示出一条螺旋曲线围绕一个小点急速旋转,直到与之撞在一起。贝蒂不会完完整整地一头扎进黑洞,而会在围绕着黑洞转圈时被撕得粉碎。

"传输舱,找到不会受到毁灭性重力潮汐影响的逃逸轨道,并计算推动贝蒂到这一轨道所需的推力。"

"二十亿牛顿。"

苔莎倒抽了一口冷气。离子发动机提供的动力远远不够。她到达了连接控制终端,突然注意到手套上沾着的鼻血结晶,立刻把它擦去。

"传输舱,根据多普勒偏移计算,我们当前速度是多少?"

"每秒两万一千公里。"

她向上看去。

"如果让贝蒂朝与引力相反的方向旋转会怎样?这样做对连接时从爱丽丝辐射出的引力会产生什么影响?"

"时空扭曲会以同样强度穿过星桥。"

"早知道会这样。"苔莎自言自语。还有什么办法能阻止引力辐射通过隧道?传送期间突然加速贝蒂——突然而又短促地加速。加速等同于引力,所以应该冲去引力势阱加速……也许只需要打开星桥十分之一秒,如果能控制传输舱的弹射座椅,就可以在一个恰当的时机把他们俩弹射过星桥。她可以使用贝蒂所有的电池、发动机、计算机,还有传输舱上的所有设备。强大的推力应当能拉长虫洞,并将引力效应最小化。她询问传输舱,但结果是只能减少百分之三十引力效应。

"如果我们使用离子发动机的最大推力——我的意思是,不顾安全限制的最大推力——并且把传输舱的引擎也开到最大,然后设计某种装置,突然爆发出贝蒂剩下的全部动力,这样能减少多少引力效应?"

"减少百分之六十引力效应。"

"快点……"她低声说。看着下面传输舱发出的灯光,她突然想到自己正浪费着珍贵的能量,"传输舱,关闭所有的照明灯。"灯光闪烁一下熄灭了,黑暗立刻笼罩了她。贝蒂、传输舱,还有她自己的手立刻变成了黑暗中的轮廓,只有围绕她的灰白星光扑面而来。她感到一阵眩晕,就像刚刚旋转了身体。隐藏在她身后的某颗小星星就是家园。"传输舱,打开照明灯!"她叫道,接着修正了一下命令,"只需要一盏,十分之一亮度。"一盏灯亮了起来,随即降低到十分之一亮度。群星围绕着灯光所及的边缘。

月之暗面知道这次发射出了些问题。如果他们不能按计划连接,也许他们会持续不断地尝试再次连接。

"如果月之暗面尝试打开虫洞,而我们没有回应,他们需要多少时间重新设置并再次连接?"

"大约三十分钟。"

如果能把星门推到逃逸轨道,她就能争取到更多时间。月之暗面应当会再次尝试连接,然后再评估,再连接……但在没有大功率发动机的情况下,应当如何改变贝蒂的航线?

"传输舱,如果我让贝蒂像陀螺仪一样旋转,比如说每秒二十转,这会在多大程度上阻止奇点引力造成的轨道偏移?计算出这样做会在奇点附近造成多大程度的空间扭曲。"

虽然会造成空间扭曲,但程度太小。她控制的一台连接计算机确认了上面的结果,远远不能产生上升到逃逸轨道的空间扭曲。"快点,贝蒂,"她对着光滑的金属喃喃自语,"你不能死,你千万不能死。"再想想还有没有其他办法。突然减压传输舱;让电池组过热并爆炸,引导产生的反作用力到推进器;她甚至加上了自己身体热量产生的推力。连接计算机显示可能会减少百分之二十一的引力效应。

"一小时后星桥连接。"

她这才意识到连接时间将近。一台连接控制终端显示出数字:0:59:57。

"传输舱,你能统计一下在贝蒂上有多少连接时根本用不着的设备吗?计算它们的重量。在这些设备中不要包括缆绳,也不要包括计算机之类可以从星门上拆卸下来的东西。"

"计算中。您身体的含水量低于正常状态。请喝水。"

苔莎从头盔的吸嘴中喝了一些水,感觉到宇航服正通过毛细作用回收遍布全身的湿气。

"四千零八十一千克。"

"贝蒂所有缆绳的长度,从头到尾?"

"七百米。"

做一个"弹弓",把贝蒂的质量分成两部分:一半是星门本身,另一半是贝蒂的其他部分,由七百米长的缆绳系在一起。其他部分那端突然向后喷发推力会将星门这端甩到一个稍高的轨道。她认为自己能引发并引导足够的力量做到这一点,只要缆绳——

终端显示出一个简单的数字说明:缆绳会咔嚓断开。

把缆绳折叠一下。这应当会有足够强度,但是又太短了,需要更多的反向冲击力。她懊恼地在贝蒂的外壳上猛击一掌。

"四十五分钟后星桥连接。"

"快点。"她自言自语。在她前面,灰色天空冰冷而又沉静。蓝色十字光标以固定的频率缓慢而又持续地闪烁着。

"传输舱,自从贝蒂陷入这个时空折叠以来,有没有什么方法可以使它在围绕这个黑洞的弯曲时空中固定不动?"

传输舱不知道。她也知道没有这样的方法。她用宇航服的粗笨手套尽可能快地在终端上输入数据,想尽办法在不完全打开星桥的条件下利用连接期间爱丽丝对贝蒂前进产生的阻力——这是他们在平时连接时想尽方法要最小化的。

"三十分钟后星桥连接。"

"我知道!"她叫道。

面前的两块屏幕显示着有关贝蒂的图表,苔莎正在寻找任何一种能弯曲空间几秒钟的方法。爱丽丝能制造空间弯曲,但贝蒂没办法,它只是连接到星桥上。她只好又回到旋转贝蒂的主意上。如果她能竭力在贝蒂上维持某种推力,或者某种斥力,或者不管其他什么能不断轻轻推动贝蒂的力量,应当就能想办法改变贝蒂的轨道。她万般无奈下甚至想舍弃罗兰,但最终发现这也于事无补,这一结论令她如释重负。

传输舱提醒她只有十五分钟了。她从终端上抬起头,努力保持深呼吸。她盯着柔滑的蓝色十字光标,尽力让自己冷静下来。平稳的蓝色看上去在微微闪烁着、移动着。

"传输舱,"她平静地下达命令,"清除奇点指示光标。"

光标消失了。有好一会儿,什么事也没有发生,然后一颗星星好像在闪烁,在伸展,逐渐消失。右边,另外一颗也在闪烁、摇曳。奇点、重力透镜——如此恐怖,同时又如此美丽,现在触手可及了。

这时再看去,闪烁的星星慢慢伸展成很短的曲线,接着折叠成晕环,然后形成一条曲线,最终变成了一个小点。

她的面罩突然被呼吸笼罩上一层薄雾。

"传输舱!我要离开这里!我需要你找出八百万焦耳以上的能量!快点给我!"

"请重申您的请求。"

在星桥连接时,让贝蒂像钟摆一样摆动,然后爱丽丝会对它施加拉力,并在完全打开前就手动关闭星桥连接。同时引爆缆绳的另外一端,把贝蒂抛上——她检查倒计时读数,0:11:13——围绕黑洞的更高弧形轨道。这样做就算不能到达一条可以安全逃逸的轨道,也会拉长贝蒂的轨道,从而在月之暗面再次尝试连接时——

"十分钟后星桥连接。"

——再利用它的拉力提升自己的轨道。就这样一次又一次拒绝连接——0:07:24——然后对方会一次又一次地请求连接。这应当会成功,至少能延缓轨道下降,争取更多时间重新尝试。不用十字光标的帮助,她现在也能清楚看到奇点了。一颗又一颗的星星摇曳着,变幻着颜色,伸展开去,像玻璃上的裂纹。汗水浸湿了她的宇航服。她放弃了利用摆动的想法。现在没有时间把贝蒂分成两半并用绳索绑在一起了。赶紧让传输舱和电池组爆发出推力。可能还有什么地方没有考虑到。

"五分钟后星桥连接。"

快点!开阔的田野和新割下的青草,轻柔的夏日微风和沾染青绿草汁的双手——她几乎能感觉到了,就像眼睛能立即看清视野中唯一运动的物体。

"传输舱——传输舱,听我命令,准备断开连接。"

"连接断开需要另外一名指挥官确认。"

她从腰带上拿出钳子,弯下身体,打开终端罩,撕开锂外壳——

"六十秒钟后星桥重新连接。请准备——"

"闭嘴!"

终端显示器转换到了连接状态显示。灯光闪烁,缆绳轻轻摇晃,星门开始为即将来临的连接启动自己。她终于在主终端的背后撕开一个洞。

"三十秒钟后星桥重新连接。"

她一把扔出钳子,拿出切割器插入终端。快想想怎么办!她用切割器同时夹住了两根电线。

"二十秒钟后——"

通过重新设定航线来多次拉动贝蒂,想想!也许引力辐射不会通过星桥!也许转动方向——

十秒。

她蹲下来,头盔紧挨着终端,感觉到贝蒂准备连接时发出的颤动。青绿草汁沾染的手指。

她紧握切割器,感受到电线的弹力。

"贝蒂报告连接失败。重新连接中。"从传输舱传来不慌不忙的声音。

"失败。重新连接中……"

"失败。重新连接中……"

直到听到"连接完全失败。贝蒂关闭",她才移动了一下身体,睁开眼睛,看着电线切割器缓缓从手中飘走。

确认鞋子已经牢牢吸在贝蒂的铆钉上,她慢慢站起来,面向贝蒂的尾部。灰色天空映入眼帘。一些星星比较稠密的地方形成乳白的天河,但大部分依然是一片挥之不去的灰色迷雾。

"传输舱,标识太阳,标识俄亥俄。"

十字光标围绕一颗毫不起眼的黄色星星闪动起来。

"把所有的通信天线阵列对准太阳。"

传输舱确认了她的命令。她凝视着那颗微小的星星。太阳远在2.5光年之外,现在看到的已是旧时光影。她回忆着自己两年半前第一次笼罩在那光影中时身在何处,所做何事。传输舱确认天线阵列已经就位。她现在只想亲手擦一擦自己的双眼。

"这里是苔莎·布伦科萨克指挥官,在传输舱一号上执行973号任务。罗兰·迪拉指挥官已经在传出时伤重去世。现在你们已经发现由于贝蒂的问题而不能正常打开虫洞。我们发现在贝蒂的飞行线路上有一个奇点。但当我们到达时,由于已经离奇点太近,不能建立星桥,因此我断开了贝蒂的连接。我最终没能改变贝蒂的飞行线路。

"迪拉指挥官不顾严重伤势完成了艰巨任务。他临终前唯一挂念的是他的妻子,玛丽莎。"她暂停了一下,咬紧牙关。

"预计在十分钟内我们就会落入奇点。我要感谢使这一伟大工程得以实现的各国政府。我还要感谢我的母亲与父亲,感谢他们支持我,让我参与这项伟大的工程。"她再次咬紧牙关。

"传输舱,发送以上内容。"

她四处望去,奇点已经清晰可见:一个简单、黑暗的虚空圆盘,四周围绕着扭曲、闪动的星光。她深吸一口气,直视着它。

"传输舱,还有多长时间进入潮汐临界点?"她没有想到自己竟会发出近乎嘶喊的声音。

"三分一十八秒。"

她脆弱的肉体并不能保持那样长的时间。更深的黑暗笼罩而来,她正坠向一片若隐若现、幻化扭曲的光影之中。她站直身体,睁大眼睛,张开双臂,拥向星海。

"好了,"她低声说,"抓紧我的手,爸爸。"

电话铃响起时,他正在花园中干活。地球收到了苔莎发回的消息。

星桥中断后,在接下来的两年半时间里,来自全球各地的专家分析了各种数据,最终弄清楚了事情的全貌。他们估计苔莎小组利用无线电发回了消息。就在他们预期的时间,消息传回了地球。

太空总署的两位工作人员播放了录音,他和苔莎的母亲坐在起居室里一起倾听了苔莎最后的留言。这段消息第二天一早就会向全世界播放,他们希望苔莎的父母能提前听到。那颗坍缩星已经被正式命名为"布伦科萨克-迪拉"。最后,两位工作人员说了些安慰的话,礼貌地道别了。他回到花园里继续工作。

晚上,他躺在床上,看着月亮在卧室的窗外缓缓落下,月光下的田野依然如往日般宁静。

后　记:

在我的宝贝女儿出生之后,初为人父的我喜悦之情无以言表,于是动笔写下了《星海深处》这篇小说。事实上,这篇作品我已经构思了很多年,但它起初并不是一个关于父女之情的故事,而是人类与一种新型黑洞——引力星第一次接触的故事。但是,随着情节的发展,我发现太空历险虽然仍是故事的主线,可它实际上已经沦为展示人物情感的背景了。

我的灵感最初来自于一篇物理学论文,探讨的是黑洞的另一种表现形式:引力星。引力星和黑洞有许多相似之处,但更加吸引我的是它们之间的不同——我想要为它写一个故事。于是,我联系到了论文的作者,就引力星的诸多模型和原理同那位科学家进行了多次讨论;同时,我为故事编织了这样一个开头:人类决定在月球和矮星之间架设一座星桥。

在接下来的写作过程中,我回想起了一直令我非常神往的上世纪五六十年代,那个太空竞赛的年代。在那个年代,所有人都认为,整个宇宙都是我们的,任何事情也阻止不了人类进军宇宙、建立一个个新家园;个人能力虽然渺小,但人们崇拜英雄,梦想着能在太空中开疆拓土。不难想象,只有在那样的背景和环境中,才能孕育出科幻小说的黄金时代。我希望我能够在故事中,将那个时代人们的信心和决心展现出来。所以,小说中的很多细节都反映的是那个时代的特征。比如说,苔莎从小在一座小城里长大,当上星桥指挥官后,她的家乡希望能用苔莎的名字来命名一座公园——在20世纪50年代,很多城市都乐于使用曾经在当地居住过的宇航员的名字来命名公路和街道。

我写作的另一个初衷是想探讨这样一个问题:人类所谓的千秋伟业究竟有多重要。我甚至曾经想把苔莎置于一种两难的境地:究竟是选择拯救这个所谓的人类历史上规模最大的工程,还是选择放弃贝蒂,保住地球上亿万人民的性命。这段情节我修改了无数次,努力想让苔莎在两难之时仍然站在人性的一面。然而后来我发现,选择拯救贝蒂其实就等于选择拯救苔莎自己,那么这个问题就会变成对苔莎道德的责难,她的选择将会体现她自私或者无私的一面。我绝不允许自己笔下的主角是个自私的人,所以,这种选择根本不存在。于是,我要讨论的问题就相应地变成了做出正确的选择究竟有多么困难。苔莎想要救罗兰,想要拯救整个星桥工程,她自己也想要活下去,回去见她的父亲,可这一切的代价竟是夺走无辜者的性命。我想,如果这篇小说最终打动了读者,一定是因为在死亡迫近之时,苔莎所显示出的对于责任的坚守以及做出牺牲的勇气。

一开始,我就决定要让苔莎努力到最后一刻。我让她尝试所有的逃生方案,在星海深处的孤寂与恐惧中独自探索。这段情节来自我的亲身经历。有一次,我独自一人深入群山,不得不在人迹罕至的地方露营。那一晚,随着夜幕的降临,我的恐惧也在一点一点攀升。银河静静地在天上流淌,望远镜中星辰的光芒越来越亮,我问自己,这黑色的天空是被星星染成了灰白色吗?我突然想起了几个世纪前一位物理学家说过的话:这个宇宙不可能既无限宽广又无限古老,否则,光线已经走遍了所有地方,夜空也应该亮如白昼。地球上的天空从来没有始终明亮或者始终黑暗,我不禁想象,若是一个人在黑暗中待得久了,那么星光在他眼中是否会显得特别明亮?无数颗星星的光芒交织在一起,宇宙在他眼里会不会就像蒙上了一层灰雾?这灰雾会让人迷失,这虚空会让人感觉无助。我的苔莎就处于这种恐惧之中。

后来,我深深地沉浸在苔莎的感受和她与父亲的情感之中,我不希望这篇感情真挚的小说再去生硬地讨论一个理论还不太成熟的物理模型。所以后来,我把引力星换成了大家都熟悉的黑洞,将原来设定的太空历险情节改写成了一个描写人类情感沟通的故事。无论这些情感在危机和死亡面前显得多么无足轻重,它对我们来说始终是最重要的。

巨人的肩膀

【加拿大】罗伯特·J·索耶 / 文　周媛媛 / 译　张晓雨 / 图

罗伯特·J·索耶

加拿大著名科幻作家,已出版十八部长篇科幻小说,曾获雨果奖、星云奖等多种科幻奖项。索耶的科幻小说题材广泛,从电脑狂魔、恐龙复活、时间旅行,到平行时空、太空侦探,几乎无所不包,最新一部科幻小说是在2009年刚刚出版的《觉醒》(Wake)。该书是"WWW三部曲"的第一部,探讨了意识的起源与出现,被《出版商周刊》誉为索耶"迄今为止最棒的小说之一"。

《巨人的肩膀》是索耶2000年出版的短篇小说选集《星球移民》中的第一篇,入围2001年加拿大科幻与奇幻最高奖"极光奖"。小说讲述了一支星际远征队,经过1200年的漫长旅途抵达目的地,却发现先行者已经成为后来者,但在开拓者眼中,遥远的群星是他们永恒的征途,这里不会是让人失望的终点。本文犹如一首昂扬激越的进行曲,读之令人热血沸腾,堪称索耶难得的短篇佳作。

  我好像是昨天才死去的,但几乎可以肯定,距离我的死亡已经过去了好几个世纪。我希望这台电脑能够告诉我一切,可传感器一如往常一样地显示出,我的身体状况稳定,神智清醒。真该死。可笑的是,在此之前,我的脉搏跳动速度快得超乎想象。如果这是意外,它应该告诉我;如果不是,它应该让我不要那么紧张才对。

  终于,这台机器用清晰的女声招呼我:"你好,托比。欢迎回到人间。"

  "哪儿——"我知道我要说什么,但发不出声。我又试了一次,"我们这是在哪儿?"

  "在我们应该在的地方:正在向索洛行星靠近。"

  我渐渐平静下来,"玲怎么样了?"

  "和你一样,正在恢复生命。"

  "其他人呢?"

  "四十八个低温箱全部正常,"电脑说,"显然,每个人情况都很好。"

  这听起来令人愉快,但并不意外。我们有四个备用低温箱;如果正在工作的低温箱坏了,我和玲就必须提前醒来,将里面的人挪到备用箱里。"今天是哪一天?"

  "3296年6月16号。"

  这应该是预料中的答案,但我还是有些吃惊。一千二百年前,我的血液被抽干,取而代之的是注入我体内的含氧防冻液。一千二百年。我们乘坐的飞船在最初几年里加速飞行,最后一年开始减速,其余时间——

  ——其余时间用我们所能达到的最快速度航行:每秒三千千米,光速的百分之一。我父亲来自格拉斯哥,母亲来自洛杉矶。他们都很欣赏这样一句很有趣的话:美国人和欧洲人的区别在于,对美国人来说,一百年的时间是漫长的;而对欧洲人来说,一百英里的距离是遥远的。不过他们肯定都认同,一千二百年和十一点九光年实在是惊人的数字。

  此刻,我们正靠近一颗名叫"陶赛迪"的恒星,它是除太阳之外离地球最近的恒星,而且不属于恒星系①的成员。因此,陶赛迪经常成为地球人寻找外星智能生命的考察目标。

---

①恒星系是少数几颗恒星受到引力的约束而互相环绕的系统。

遗憾的是,那时的考察没有任何结果。

时间一分一秒过去,我的感觉越来越好。存储在瓶中的血液重新回到了我的体内,它们流过我的血管,使我渐渐恢复了活力。

我们就要成功了。

陶赛迪的北极正好朝向太阳。这意味着,用20世纪后期通过考察光波的红/蓝移情况判断星系运动方向的技术来判断这颗恒星是没用的。从地球上看,陶赛迪的运动方向是垂直的,没有产生多普勒效应。然而,环地轨道望远镜的发明最终使我们清楚地看见了它的活动状况,而且——

世界各地的头版新闻当时是这样写的:望远镜看到的第一个太阳系。这不是根据恒星摆动或光谱变化推断出来的,而是清清楚楚"看见"的。有四颗行星围绕着陶赛迪旋转,其中一颗首先得到了关注。对它感兴趣的科学家们推导出了一大堆公式,而兰德公司那项名为"人类宜居行星"的研究则使这些公式广为人知。每一位有实力的科幻作家和宇宙生物学家都会用这些公式来确定"生命宜居带"的范围——这是一个距离目标恒星不远也不近的区域,也就是说,一个既不太冷也不太热的黄金地带,这里的行星可能和地球相似。

第二颗被观测到的行星恰好处于宜居带中间位置。这颗行星人们仔细地观察了一年——行星上的一年,地球上的一百九十三天。两个绝妙的事实是:

第一,行星的轨道是一个几近完美的圆,这意味着它可能一直拥有恒定的温度,其近圆轨道很可能是一个离陶赛迪五亿千米而且类似木星的气巨星——第四颗行星的引力造成的。

第二,行星的亮度在一天二十九小时十七分钟内不断变化,原因很容易推测:一个半球的大部分被陆地覆盖,吸收了大量来自陶赛迪的黄色光线;而另一个拥有很高反照率的半球,可能被广阔的海洋覆盖,液态水充斥了大半个行星——地球之外的太平洋。

可是,想想十一点九光年的距离吧。陶赛迪离我们如此遥远,它的周围很可能还存在一些更小更暗的行星,因此将那颗类地行星称为"陶赛迪二号"就很成问题。因为,如果再有新的行星被发现,那么陶赛迪系中行星的命名规则就会像土星光环的命名规则一样混乱[①]。

显然,陶赛迪二号行星还需要一个名字。这颗一半陆地一半海洋的行星最初是由天文学家格安卡罗·迪马奥发现的,他为它起了个名字:索洛——拉丁文,意为"姐妹"。索洛

[①]土星光环结构复杂,土星环的主体含有A、B、C、D、E、F、G七个环,以及环与环之间称为环缝的暗区。环编号的次序是根据发现时的先后,而不是按它们离土星本体的远近来确定的,环缝则通常以发现者的名字来命名。

是人类为地球找到的第一个姐妹。

不久，我们就会知道这是一位如何完美的姐妹了。说到姐妹，是的，玲不是我真正的妹妹，她和我没有血缘关系，但我们出发前一起工作、训练了四年。尽管周围的人不断施压，说我们是当代的亚当和夏娃，我还是把她当成妹妹。当然，我们要在这个新的世界生活，但不是一起生活。那四十八位冻得硬邦邦的同胞中，就有我的妻子海伦娜。玲还没有恋爱，她漂亮、阳光，而且飞船上还有二十四个男性，其中二十一个未婚，所以我并不为她担心。

我和玲都是"开拓精神"号飞船的机长，她的"低温棺材"和我的一样，与其他人的不同：我俩的可以重复使用。在漫长的旅程中，我俩需要应付紧急情况，因此可以多次恢复生命。我们的"棺材"每口造价六百万美元，而其余组员的是七十万。他们只能恢复一次生命，到那时，我们的飞船将已抵达目的地。

"好了，"电脑说，"你可以起来了。"

厚厚的玻璃棺材盖滑落在地，我用带有衬垫的手柄将自己移出这只黑瓷箱。飞船在大部分旅程中都处于零重力状态，此刻它正在减速，因此我感到身体被一股向下的力量轻轻推着，但远没有达到1G的加速度。这让我欣慰：真正站稳脚跟还需要一到两天的时间。

我的舱段是一块单独的空间，里面摆满了地球上亲人们的照片：我的父母，海伦娜的父母，我真正的妹妹，还有妹妹的两个儿子。我的衣服放在旁边，它们已经耐心地等了一千二百年，而且款式肯定已相当过时，但我还是穿上了——在低温箱内我们都是赤裸着身体。当我从隔板后面走出来时，看见玲刚好出现在她的舱段门口。

"早上好。"我尽量让声音听起来轻松些。

玲穿着一件蓝灰色的连身衣，开心地笑着，"早上好。"

我们进入舱室中心，拥抱——见到一起冒险的朋友总是高兴的事。然后，我们一起朝舱段连接处半走半飘地移过去。

"睡得怎么样？"玲问我。

这不是一个多余的问题。在这个任务之前，低温冷冻时间的最高纪录是五年，那是在去土星的旅程中创造的。"开拓精神"号飞船是第一艘恒星飞船。

"不错，你呢？"

"挺好。"她回答，然后停下来，摸了一下我的手臂，"你——你做梦了吗？"

实际上，人的大脑在低温箱里是停止活动的，但"克洛诺斯"任务（土星任务）的一些组员声称，他们的确做了梦，很短，主观估计大概有两到三分钟的样子，实际上延续了五年之久。"开拓精神"号航行了一千二百年，做梦的主观时间应该会有几个小时。

我摇了摇头,"没有。你呢?"

玲点点头,"嗯。我梦见了直布罗陀海峡。你去过那里吗?"

"没去过。"

"那是西班牙最南的边界,在岸边可以眺望到北非大陆。西班牙那边有穴居人在生活,"玲是人类学博士,"但他们从来没有穿越过海峡。实际上他们能够清楚地看到另一边更为广阔的土地——那是另一个大陆!——距离只有十三千米,一个强壮的人绝对能游过去,乘木筏或小船也可以。可是穴居人从未去过那边,甚至从未尝试过。"

"你梦到了什么?"

"我梦见我是他们中的一员,一个大约十几岁的女孩。我试图说服别人到对岸看看,但没用,他们不感兴趣,因为他们已经有充足的食物和宽敞的住所。最后,我独自开始行动,想游过去。海水冰冷,巨大的浪头不断袭来。有一半时间我无法呼吸,但我还是不停地游啊游,然后……"

"嗯?"

她耸耸肩,"然后我就醒了。"

我冲她笑了笑,"好吧,这回我们会成功的,一定会。"

我们来到舱段连接处的门前,门自动打开,吱嘎作响,非常刺耳,因为润滑油早就干了。这是一个矩形的房间,里面摆放着两排斜置的控制台,对着一个大大的屏幕,屏幕是关着的。

"距离索洛还有多远?"我问。

电脑回答:"一百二十万千米。"

我点点头,这个距离大约是地球到月球的三倍。"屏幕开启,显示前方目标。"

"无法显示。"电脑回答。

玲笑着说:"你太性急了。"

我有些尴尬。"开拓精神"号正在减速,飞船的核排气装置正对着前方。如果光学扫描仪的快门打开的话,它们将立即被烧毁。"电脑,关闭核引擎。"

"熄火。"模拟声音响起。

"尽快显示前方目标。"我命令道。

引擎关闭后,重力渐渐消失。玲抓住控制台顶部距离最近的一只扶手,我飘浮在房间里,仍有些踉跄,好像还没有完全恢复元气。大约两分钟后,屏幕亮了,陶赛迪浮现在眼前,黄色,棒球大小。那四颗行星看得也很清楚,随着我们靠近,它们逐渐由豌豆大小变成葡萄。

"放大索洛的图像。"我说。

其中一颗豌豆变成了台球,而陶赛迪的尺寸几乎没有变化。

"继续放大。"玲说。

台球变成了垒球。从这个角度看,星球的三分之一沐浴在陶赛迪的光芒中,像一轮巨大的新月。谢天谢地,索洛没有让我们失望,它就是我们想象中的样子:好像一块精致而优雅的巨型大理石,上面点缀着旋涡状的白色云朵和广阔的蓝色海洋,还有——

黑暗中,一部分陆地渐渐显现。它是绿色的,显然,茂盛的植被覆盖了这片大陆。

我们又一次紧紧相拥。离开地球时,没有人能预知一切,索洛可能是荒芜的。"开拓精神"号做了所有的准备——货舱里甚至储备了支持我们在真空环境下生存的一切物品,但我们依旧希望并祈祷索洛是一个——对,就是这样:一个真正的姐妹,另一个地球,另一个家园。

"它很美,不是吗?"玲问我。

我觉得眼睛里饱含泪水。它很美,美得令人窒息,令人震撼。广阔的海洋,棉花般的云朵,翠绿的大地,还有——

"哦,我的上帝。"我轻轻地念叨,"哦,我的上帝。"

"什么?"玲问。

"你没看见吗?"我问,"看!"

玲眯起眼睛,靠近屏幕,"什么?"

"在黑暗的那一面。"我说。

她又看了看。"噢……"她发出惊呼。黑暗中有微弱的光点在闪烁,很难发现,但绝对存在。"会不会是火山?"玲问。或许索洛并非那样完美。

"电脑,"我命令道,"对索洛黑暗面的光源进行频谱分析。"

"主要是白炽灯照明,色温5600开尔文。"

我深深叹了口气,看着玲。那不是火山。是城市。

索洛,这是我们花了一千二百年时间到达的旅程终点,也是我们准备移民的另一艘诺亚方舟。人类用射电望远镜观察时,它还是一片死寂的世界;如今,它已成为别人的家园。

"开拓精神"号是一艘用于"移民"而非"外交"的飞船,因此它载着这支几十人的"先遣部队"离开了地球。出发时,地球上已经发生过两次小规模的核战争,一次在南亚,一次在南美;媒体将它们命名为"第一次核大战"和"第二次核大战"。不过,这两次核战应该只是一个前奏,我们离开后,更大规模的"第三次核大战"可能紧接着就发生了。

虽然进行了长达一百五十年的努力，可直到2051年，人类在陶赛迪周围进行的外星智能探索都没有任何结果。当时，陶赛迪的行星上也许存在灿烂的文明，但那里的智能生命还不知道无线电为何物。如今一千二百年过去之后，陶赛迪的文明发展到何种程度，谁也不知道。

我看了看玲，然后盯着屏幕，"我们该怎么办？"

她侧着头，"我也拿不准。一方面，不管他们是谁，我都很乐意见见，可是……"

"但他们可能不想见我们。"我说，"他们会认为我们是侵略者，而且——"

"而且我们还要考虑其余四十八个人。"玲接着说，"要知道，我们是最后一批存活下来的地球人。"

我皱了皱眉，"好吧，要做决定其实很容易。电脑，将射电望远镜对准太阳系，看能不能发现人工信号。"

"稍等。"几分钟后，房间里充满了嘈杂之声：这些声音有规律的、不规律的、断断续续的，夹杂着音乐的旋律和一连串话音，忽大忽小，听上去很混乱。我似乎听到了英语——可是语调十分奇怪——好像还有阿拉伯语和汉语……

"我们不是最后的幸存者。"我笑了，"现在地球上还有生命——至少十一点九光年前还有。"

玲叹了口气。"很高兴我们没有自吹自擂。"她说，"现在，我想我们应该了解陶赛迪这边的情况了。电脑，将天线对准索洛，再次捕捉人工信号。"

"正在进行。"几十秒沉默后，突然爆出一连串酒吧音乐，有规律的节奏，以及叫喊声和汉语、英语混杂的说话声——

"不对！"玲大喊，"我是说把天线转个方向，我想听来自索洛的声音。"

电脑的声音听上去有些生气："天线正是对准索洛的。"

我和玲对视了一下，意识到我们都错了。离开地球时我们满怀焦虑，相信人类必将自我毁灭，却没想过如果这个假设不成立会发生什么。可以想见，一千二百年的时间足以让人类制造出更快的飞船。当我们在步履缓慢的"开拓精神"号上做美梦时，后来的飞船早已超过我们。他们到达陶赛迪如果没有几个世纪的话，至少也有几十年了。索洛上早就布满了人类的城市。

"该死，真该死。"我一边嘟囔一边摇头，两眼紧盯着屏幕。乌龟最终击败兔子，赢得了比赛。

"我们怎么办？"玲问我。

我叹了口气,"我想我们应该和他们取得联系。"

"我们——啊,对他们来说,我们可能是敌人。"

我笑了,"就算对他们来说我们是敌人,你也听见了汉语和英语。不管怎么说,我无法想象有人对一千年以前的战争感兴趣,而且——"

"对不起,"电脑打断了我,"收到了音频消息。"

我看了玲一眼,她惊讶地皱起了眉头。"听听。"我说。

"'开拓精神'号,欢迎到来!我叫裘德·博克特,是'德轮汀'空间站的管理员,空间站正在索洛的轨道上运行。飞船上有醒着的人吗?"这是一个男人的声音。我从来没听到过这种口音。

玲看看我,想确定一下我的反应,然后对电脑说:"回复消息。"随后,电脑显示出频道开启的图像。"我是'开拓精神'号机长吴玲博士。两名机长已经醒来,还有四十八名组员仍处于冷冻状态。"

"好的,听着,"博克特回应道,"你们的飞船到达'德轮汀'还需要几天时间。现在我们可以派飞船把你俩接到空间站,只要一个小时左右。你觉得怎么样?"

"他们真是喜欢戳人痛处,不是吗?"我咕哝道。

"你说什么?"博克特问,"我们不明白。"

玲和我互相对视了一眼,然后同意了。"当然,"玲说,"我们等你们。"

"用不了多久的。"博克特告诉我们。房间里安静了下来。

博克特亲自来迎接我们。他的球形飞船和"开拓精神"号相比十分小巧,但内部的活动空间看上去却和"开拓精神"号差不多,这使我们又一次感到无地自容。对接接合器一千多年里发生了很大的变化,双方的飞船无法进行密闭对接,因此我不得不穿上航天服进入球形飞船。飞船里能够自由飘浮,这是令人高兴的事情,因为我一时还受不了人工重力的环境。

博克特看上去是个挺不错的小伙子。他大概和我同龄,三十出头的样子。当然,也许现在的人会永远年轻,谁知道他究竟多大呢?我也无法确定他的种族,因为他有着相当明显的混血特征。不过有一点我十分有把握,就是他肯定被玲吸引住了——当玲摘下头盔、露出心形的脸蛋和长长的黑发时,他简直看呆了。

"你好。"他笑着致意。

玲也冲他笑笑,"你好。我是吴玲,这是托比·麦克格雷戈,我的机长同伴。"

"你好。"我伸出手。

博克特看看我的手，显然不知所措。他学着像我一样伸出手，但并没有碰我。我上前一步握住他的手。他感到惊奇，却非常高兴。

"先带你们去空间站。"他解释道，"请原谅，你们还不能直接回到地面，要先进行检疫隔离。到目前为止，我们已经消灭了很多疾病，大家都不再接种疫苗了。其实我也愿意冒个险，但……"

我点点头，"好的。"

他认真思考了一会儿，然后微微抬起头。"我已经通知飞船带我们回'德轮汀'空间站。它位于索洛上空大约两百千米的极轨道，你们正好可以欣赏一下索洛的美景。"他开心得合不拢嘴，"见到你们真是太棒了，就像看到了过往的历史。"

"如果你们知道的话，为什么不早点来接我们呢？"飞船开始启动时，我问道。

博克特清清嗓子，"我们不知道你们会来。"

"你不是知道飞船的名字吗？——'开拓精神'。"

"嗯，因为船身上的名字有三米高，很显眼。我们的小行星观测系统发现了你们的飞船。你们那个年代的大量资料已经丢失——我猜，应该发生了很多次的政治动荡吧？不过我知道，21世纪时地球上已经在试验你们这种飞船了。"

靠近空间站了。这是一个巨型圆环，为了制造人工重力，它不停地转动着。也许建造一个这样的家伙得花一千年的时间，但人类终究采用了上帝允许的方式，建成了这样的空间站。

它的旁边是一艘漂亮的飞船，拥有梭形的银色机身和两张相互垂直的鲜绿色三角机翼。"太漂亮了！"我忍不住赞叹。

博克特点点头。

"它怎么着陆呢？尾部朝下吗？"

"这是一艘恒星飞船，不会着陆。"

"哦，可是——"

"航天飞机往返于飞船和地面之间。"

"如果不能着陆，为什么要做成流线型呢？难道只为审美？"玲也非常好奇。

博克特笑了，但这是礼节性的笑，"做成流线型是有原因的。当以接近光速飞行时，距离会缩短，这意味着星际介质的密度会增大。虽然每立方厘米只有一粒重子，但当你的速度足够快时，就会感到它们形成了空气一样的物质。"

"你们的飞船能达到那种速度?"玲问。

博克特微微一笑,"是的。它们有那么快。"

玲摇了摇头,"我们真是疯了,居然开始这样的旅行。"她瞟了一眼博克特,但没有看他的眼睛,随即盯着地面说,"你一定认为我们蠢得可以。"

博克特瞪大眼睛,好像不知道要说些什么。他望着我,用胳膊肘碰碰我,似乎在请求援助,而我只是叹了口气,想将满心的沮丧一并呼出。

最终,还是博克特打破了沉默:"你们错了,完全错了。我们为你们感到骄傲。"他停了下来,等着玲把头抬起来。玲抬起头,疑惑地望着他。"如果我们比你们走得更远,或者比你们更快,那是因为我们的努力建立在你们的基础上。人类之所以能在这里,是因为到这里来很容易,因为你们和其他人开辟了道路。"博克特说完,看看我,又看看玲,"我们看得更远,是因为我们站在巨人的肩膀上。"

当天晚些时候,博克特、玲和我沿着空间站上不太平整的地板走着,我们只能在船舱的一小块地方活动。博克特说十天以后我们才能前往地面。

"我们在这里一无所有。"玲把手插入口袋,"我们是怪物,不合时宜,就像唐朝人来到我们的世界一样。"

"索洛是一个富裕的世界,"博克特对她说,"我们肯定能够养活你们和你们那些乘客。"

"他们不是乘客,"我打断了他,"他们是移民者和探险家。"

博克特点点头,"很抱歉。当然你说得对,瞧——你们能来我们真的很高兴。为了进行有效的检疫隔离,我一直努力和媒体保持距离。但他们极力反对你们着陆,因为这就像让尼尔·阿姆斯特朗或大可弘茂在你面前显摆一样,很不爽。"

"大可弘茂是谁?"玲问。

"对不起。你们不知道她,她是第一个到达阿尔法半人马星的人。"

"首先,第一名就是荣誉,是成就。没人会记住第二个登上月球的人。"我苦笑着说。

"埃德温·尤金·奥尔德林上校,"博克特说,"大家都叫他巴兹。"

"真好,你还记得,但大多数人肯定记不得了。"

"我也不记得,是查到的,"他按了按太阳穴,"直接链接到行星网络。这玩意儿每人都有一个。"

差距太大了。玲叹了口气,"不管怎样,我们不是先驱,而是落选者。我们比你们先出发,但你们比我们先到。"

"是我们的祖先到这里的。"博克特纠正道,"我已经是第六代索洛居民了。"

"第六代?"我吃了一惊,"这里成为殖民地多久了?"

"这里不再是殖民地了,它是一个独立的世界。第一艘在索洛着陆的飞船是2107年离开地球的,而我的祖先要更晚些才来到这里。"

"2-1-0-7。"我念叨着。这一年离"开拓精神"出发仅仅五十六年,出发那年我三十一岁,如果留下来,我很可能会活着看到真正的开拓者离开。我们都在琢磨些什么啊?离开地球?难道我们不是想在炸弹落下来之前逃离、逃避、逃脱吗?我们究竟是先驱还是胆小鬼?

不,不。多么疯狂的念头。我们离开的理由,同现代智人穿越直布罗陀海峡的理由一样。我们的所作所为,正是人之所以为人的原因,这就是为什么我们会取得成就而穴居人却没有。我们想要知道,相反的方向指向哪里,山的那一边是什么,围绕着其他恒星运转的是什么,这也是我们成为地球主宰的原因,更是人类在无垠的宇宙里成为万物之王的原因。

我转身对玲说:"我们不能待在这里。"

玲沉默了一会儿,点点头。她望着博克特,"我们不想炫耀,不想让你们为我们塑什么雕像。"她扬起眉毛,仿佛已经胸有成竹,"我们想要一艘新飞船,更快一些的。"她瞅了瞅我,我点点头,她指着窗户外面继续说,"流线型的那种。"

"你拿它做什么?"博克特问道,"要去哪里?"

玲看了我一眼,转身回答:"去仙女座。"

"仙女座?你是指仙女座星系?可是——"博克特沉默了片刻,毫无疑问,他的脑袋正在搜索数据,"——离这里有两千两百万光年。"

"没错。"

"可……可是,要两千万年的时间呢。"

"这只是从地球——对不起,从博克特的角度来看。"玲说,"我们可以用较短的主观时间来做这件事,起码比之前的旅行要短。当然,旅行过程中还是要低温冷冻。"

"我们飞船上没有低温冷冻室,"博克特说,"因为目前还不需要。"

"可以把'开拓精神'号上的搬过去啊。"

博克特使劲摇头,"这是单程旅行,你们没法回来的。"

"不对。"我说,"仙女座和大多数星系的情况不同,它不是远离银河系,而是在靠拢。最后两个星系将合二为一,这样我们就能回家了。"

"可这需要数十亿年的时间。"

"现在看来,目光短浅没给我们带来过任何好处,不是吗?"玲反问道。

博克特皱起眉头,"我说过,在索洛上我们能够养活你们和你们的伙伴,千真万确。可恒星飞船很昂贵,我们连一艘都提供不了。"

"总比养活我们几十个人要便宜吧。"

"那也不便宜。"

"你说过为我们感到骄傲。你还说你们站在我们的肩膀上。如果这些话当真,那就帮个忙,让我们也有机会站在你们肩膀上吧。我们想要一艘新飞船。"

博克特叹了口气。显然,他觉得我们真的不明白满足这个要求有多么困难。"我尽力而为。"他回答。

整个下午我都在和玲说话,蓝绿相间的索洛在我们脚下缓缓转动,雄伟、庄严。共同做出正确的决定是我们的分内之事。这不仅是为我们自己,更是为了"开拓精神"号上的四十八名同伴,是他们将自己的命运托付给了我们。他们愿意在这里醒来吗?

不,当然不。他们离开地球是为了寻找另一片栖息地。不管他们做过什么样的梦,没有理由认为他们会改变主意。反正没有人和陶赛迪建立过情感上的联系,它只是一颗合乎逻辑的目标恒星而已。

"我们可以要求返回地球。"我说。

"你不想那么做的,"玲说,"而且我敢肯定其他人也不想。"

"对,你说对了,他们会希望我们继续旅行的。"

玲点点头,"我也这么想。"

"仙女座?"我笑着问她,"你怎么会想到那里?"

她耸耸肩,"我脑袋里首先冒出的就是这个名字。"

"'仙女座'。"我重复着这个名字。十六岁时,我在加州沙漠第一次看到了仙后座下方那一小块椭圆斑点,非常激动。另一个星系,另一座宇宙岛——有银河系的一半大。"为什么不呢?"但我没有做声。沉默了一会儿,我对玲说:"博克特好像喜欢你。"

玲微微一笑,"我也喜欢他。"

"去找他吧。"我说。

"什么?"她有些惊讶。

"如果你喜欢的话,就去找他吧。海伦娜醒来——也就是到达最终目的地之前,我应该是独自一人的,但你没有必要这样。就算他们给我们一艘新飞船,肯定还需要几周时间才能把低温箱挪进去。"

玲闭上眼睛。"男人啊!"她叹道。我知道,我说中了她的心思。

博克特是对的:索洛的媒体对我和玲十分感兴趣,不仅因为我们奇特的外貌——我的白皮肤、蓝眼睛,玲黝黑的皮肤和内双眼皮;还有我俩奇怪的口音——和33世纪人们的说话方式完全不同。他们似乎还对我们的开拓理念极感兴趣。

检疫隔离结束后,我们在索洛上着陆了。索洛的气候也许比我喜欢的温度要低一些,空气有些潮湿——当然这里的人都适应了。首都城市帕克斯的建筑上有很多圆形屋顶和纷繁复杂的雕刻,其华丽程度令人惊叹。其实"首都"这个称谓已然过时,因为政府已将权力彻底下放,所有重要决策都由公民投票来决定——包括是否为我们提供飞船。

我、博克特和玲在帕克斯城的中央广场上,与索洛的总统卡瑞·迪塔尔站在一起,等待宣布投票结果。陶赛迪系统的媒体代表齐聚在此,就像地球上一样,只不过索洛只能收到地球上十一点九光年前的消息。来到现场的还有数千名观众。

"朋友们,"迪塔尔向人群展开手臂,"你们都已经投了票,那么,现在让我们一起来看看结果吧。"她微微低下头。不一会儿,人们开始鼓掌、欢呼。

我和玲回头看着博克特,他喜不自禁。"怎么样?"玲问,"他们是怎么决定的?"

博克特回过神来,"哦,对不起。我忘了你们没有植入网络。你们得到了飞船。"

玲闭上眼,轻松地舒了一口气。我的心怦怦跳着。

总统朝我们做了个手势,"麦克格雷戈博士、吴博士,你们要讲几句吗?"

我们互相看了一眼,然后站了起来。"谢谢你们。"我望着他们说。

玲点头表示同意,"非常感谢你们。"

一位记者提问:"你们会给新飞船起个什么名字呢?"

玲蹙起眉,我咬咬嘴唇,然后说:"还用问吗?'开拓精神'2号。"

人群中再次爆发出欢呼。

重要的一天终于来到了。距离我们正式登上新飞船还有四个小时,所有的媒体都将对此事做特别报道。尽管时间还充裕,但我和玲都去了气闸舱——这是飞船与空间站外缘相接的地方。玲想再检查一遍整理好的东西,而我则想花一小会儿时间,坐在海伦娜的"低温棺材"边和妻子谈谈心。

我们正朝气闸舱走着,博克特沿着不太平整的地板跑了过来。

"玲!托比!"他上气不接下气地喊道。

我点点头,算是打招呼。玲看上去有些不安,前几周,她和博克特的关系日益亲近起来。不过,昨晚他们是有时间告别的。我觉得,玲在离开之前并不希望再见到他。

"对不起,打扰一下,"他说,"我知道你们很忙,可是……"他看上去似乎很紧张。

"嗯?"

他看看我,又看看玲,"你们还有地方再容纳一位乘客吗?"

玲微微一笑,"我们没有乘客,我们是移民者。"

"很抱歉,"博克特在后面笑着说,"你们还有地方再容纳一位移民者吗?"

"嗯,还有四台备用的低温箱,不过……"玲望着我。

"干吗不用呢?"我耸耸肩。

"这是一项辛苦的工作,你知道的,"玲转身对博克特说,"不论我们最终到哪里,都会很艰辛。"

博克特点点头,"我知道,可我想加入你们。"

玲知道,在我跟前她不用掩饰什么,"太棒了,但是——但是为什么呢?"

博克特试着握住玲的手。他轻轻地捏了捏玲,玲也回捏了一下。"你是一个理由。"他说。

"和比你年长的女人做伴,嗯?"玲说。我笑了起来。

博克特笑了,"我想是这样。"

"你说我是一个理由。"玲说。

他点点头。"另外一个理由是——嗯,因为我不想站在巨人的肩膀上。"他停顿了一下,然后把肩膀抬了抬,似乎在为说出那种很少能够大声说出的想法酝酿底气,"我想成为一个巨人。"

玲和博克特的手一直紧紧地握着。沿着空间站的长廊,我们三个人一起朝那艘时髦而优雅的飞船走去,它将带着我们奔向新的家园。

133

附：关于科幻，罗伯特·J·索耶的回答

问：你喜欢什么样的科幻小说作家，他们都对你有什么影响？

索耶：在当代的作家中，我最喜欢罗伯特·查尔斯·威尔逊和杰克·麦克德维特；在上一辈的作家中，我最喜欢阿瑟·克拉克、拉里·尼文和詹姆斯·怀特，他们的作品都有同样的特点：故事可信度高、假设大胆但推理严谨、能引发人无尽的遐想。

说到对我影响最大的作家，那无疑是克拉克——我写作第一部小说《金羊毛》，就是为了向他的《2001：太空漫游》致敬，里面写了一台飞船上的计算机谋杀人类犯罪的故事。我从不喜欢写系列或者几部曲，因为阿瑟·克拉克曾经说过，一本好书能够让读者在脑海中自行勾画出整个结局。所以，在我很多小说的结尾，经常会出现一片新天地，但我不会继续写下去，而是让读者自己去想象。

另一位对我影响很大的作家是弗雷德里克·波尔。记得小时候，我几乎倾囊而出去买他的精装版《星门》。我从他的作品中学到了两个概念，一个就是硬科幻的概念；另一个是，小说的主人公不必高大全。在我小时候能够读到的科幻小说中，主人公大多无所不能、令人景仰，这当然是不切实际的。而波尔所塑造的主人公毛病多多，狭隘自我，但仍然非常招人喜欢。现在，我的小说中人物更有争议也更有趣，我想，这都拜波尔所赐。

问：你的小说大多数属于硬科幻，可以给硬科幻下个定义吗？

索耶：对于我来说，硬科幻需要具备两个条件：一，科学的细节一定要完整；二，科学原理一定要经过仔细研究，书中的所有内容都必须是真实的，或者是有理有据的。这并不是说，一篇小说的每句话都必须和科学相关，格里高利·本福德就是这样的作家，他的书核心是科学，他写书的目的是宣传科学，而人物塑造往往位居第二位，但我不认为硬科幻就可以忽略塑造人物的重要性。

作为一个怀疑论者，我本人在阅读或写作一篇科幻小说的时候，必须保证里面的内容能够说服我。我没什么耐心关注纯幻想的东西。我没法阅读，也没法享受奇幻小说。作为成年人，我觉得迷恋子虚乌有的事情很愚蠢，只会浪费你的时间。但硬科幻小说，我越读就会越信服，我喜欢被作者和作者的理论说服，即使不一定真的会发生，也必须说得煞有介事，这对我来说非常重要。相反，软科幻和奇幻小说随心所欲地建构世界，靠堆砌术语来增加科学氛围，然后神和人竟然共同生下后代——这太荒谬了。硬科幻里的科学是无懈可击的。

问：你也写过一点奇幻小说，你对奇幻小说怎么看？

索耶：我写奇幻的时候，也将其当成科幻来构思，只是其中引入了一些不可思议的元素。

但对我来说，大多数奇幻小说是非常荒谬的。它的根基就是荒谬的：完全的正义与完全的邪恶相冲突，你可以轻易分清谁善谁恶，可在现实世界中，我们很难做到这一点。我可以解读奇幻小说盛行的原因——对于当今的道德标准模糊现象，很多人感到无力和挫败，于是他们站在了道德争论之外。他们不参与，他们说，我对堕胎没有意见，我不能确定种族隔离制度会带来什么。好的科幻小说反映的是现实世界无法回避的问题，而奇幻小说里没有现实——现实在第一页就已经交代清楚：这是好人，这是坏人，这是白的，这是黑的。我们等着看吧，看好人是怎样一步步取得胜利的。反正好人最终一定会胜利，而且那会让我们感到舒服。小孩也许对单纯的白与黑、善与恶的故事感到快乐，不过我不认为成年人需要通过这种故事获得安全感，这些故事也不可能为久经世故的成年人提供营养。

镜中的罪犯

小麦/文　闲人/图

小 麦

1973年生人,清华大学电子工程系毕业,现居成都。生活经历奔波在大洋两岸,学术专长在几个领域之间扮演蝙蝠角色,创作兴趣游走在科学职业和文学爱好之间。《镜中的罪犯》是其第一篇科幻小说。

8月12日,13:20

"图像重建开始。"

这条简短的计算机模拟人声,使大厅中的人齐刷刷地停止交头接耳,注视着大厅背墙中央两米见方的液晶显示屏。一个裸体的白人男婴在屏幕上出现:淡金色胎毛,可爱的蓝色大眼睛,十分健壮。

主显示屏旁边一个较小的分离显示屏上,远在洛杉矶的麦克弗森警长刹那间血色上脸,似乎难以置信,"这就是你给我的疑犯?"

坐在主控台上的夏泉笑了,"放松,警长,多看一眼,这是你的疑犯的一周岁纪念照。我们才刚刚开始。"

围观的人群中,两个翻译低声把大洋两岸的英语对话译成普通话。夏泉的鼠标推动时间条,大屏幕上的人形瞬间变幻。天使般的小男孩,带雀斑的少年,稍显瘦弱的青年,肌肉发达、皮肤苍白、脖子粗短、络腮胡须、下肢略呈O形的壮年男人,年龄计数定格在二十六岁。头发从淡金色变成了沙色,一丝不挂的躯体中央,男性生殖器昂然而出,甚至能看见清晰的褐色阴毛。一直凝神观看的主任咳嗽一声:"小夏,公众场合可以收敛一点科学精神。"于是夏泉在键盘上一拍,那个霸道的裸男穿上了一条黑色紧身四角裤,人群中掠过一阵偷笑。

夏泉扫视着自己副显示屏上的数据,绷着脸一本正经地开始给麦克弗森警长上课:"我们很走运,这个人的基因特点太多了。这是一个盎格鲁萨克森男性,鉴于你们提供的材料中描述了他的极端暴力和仅凭肉体就造成的破坏程度,我建议你们把年龄范围控制在十八岁到二十八岁之间,因为他在二十八岁以后有百分之九十五的可能性患上轻度肌肉萎缩症,而十八岁之前骨骼发育很难达到正常水平。实际上,我可以很有把握地说,他的年龄应该是二十五到二十七岁。其他我能肯定告诉你的是：他的眉毛颜色稍浅，胡须颜色和发色一致，会像野草一样疯长。在这个季节的加利福尼亚，他的皮肤很可能有轻微晒伤。他应该有一口好牙，但是从我们检测唾液样本中的焦油含量来看，他的牙齿很黄甚至发黑。我估算他的面部特征和你现在所看到的，吻合率高达九成以上，尤其是眼睛、头形、鼻形和颧骨。

"你们无法提供任何背景信息，所以我刚才使用的是北美—盎格鲁萨克逊—西海岸—小中产阶级—体力劳动标准背景模板。这个模板是非常典型化的，而你的疑犯背景总会有些差别，高点或者矮点，平头或者嬉皮士头。所以我会把所有可能性较大的模板生成图像都发给你，并标明可能程度。放心，在主要特征上不会有太大偏差。"

"暴力倾向、自杀倾向、精神分裂倾向的分析结果都是正常，忧郁症倾向稍高。他对豚草花粉严重过敏，加利福尼亚是豚草生长地区吗？是的？现在正好是8月，他在户外恐怕一直在打喷嚏，可能还会哮喘。还有很重要的一个线索：你的疑犯患有严重的色盲。你告诉过我他是开车逃跑的是吧？他在夜间分辨交通信号会相当困难，因为他既分不清颜色，也看不清灯的相对位置。或许注意下夜间的交通路口违规会有帮助。可怜的孩子，我要是有这么多的毛病没准儿我也想杀人。"

屏幕上的麦克弗森警长凝视着虚空之处，仿佛是头上挨了一棒。好像是本能地试图挑战夏泉斩钉截铁、导师般的自信，他问道："肌肉和骨骼我能理解，但你是怎么把他的年龄范围缩小到二十五至二十七岁之间呢？"

"简单地讲，人类染色体的端粒——克莱顿博士在那边吗？等一下请向警长解释端粒——会随着年龄变化、细胞更新而缩短。它是我们的年轮。给定一个具体标本，我们的系统能够把年龄范围缩小到一两年内。我给你十八到二十八岁的大范围是因为人体衰老速度有时候会比较特殊，端粒估算并非百分之百准确，但是你仍然可以信任它，以信任我的程度。"

警长在五秒钟之内就选择了信任夏泉，"我要了。你能给他穿上衣服吗？"

"给点提示？"

"受害者指甲中有淡蓝色棉纤维，无法分辨来源。只有这个。"

夏泉随便给人形穿上了一件淡蓝色短袖T恤和一条牛仔裤，并开始传送数据。

"我正在接收你的资料。我会把这张图片发给所有警局并监视交通路口。谢谢你，年轻的小姐，你的机器非常酷，你也非常酷。等我抓到这个狗崽子，你会收到我的花篮。"

美国警长的影像刚刚从副显示屏上淡出，大厅中就爆发出雷鸣般经久不息的掌声。

8月12日,13:30

掌声还未平息,众多身穿警服的人就团团围住了控制台和夏泉。

"这简直就是魔术,"领队的老警监表现出他那一身花杠中少见的激情,"凭一点唾液和血液就把一个人重现得如此透彻,真的搞不懂,我看我是真的落伍了。太可怕了,他有什么病这机器全都知道。夏博士,我想问下……"

夏泉巧妙地回避了这个问题和其他人跃跃欲试的所有问题:"诸位领导,我只是这个系统的分析员,我们的总设计师是林主任,我知道大家有很多问题,现在林导会向大家解释——他知道所有的答案!等一下有什么具体操作的问题,我来做补充。"

中科院院士、P大学分子生物科技重点实验室主任、分子生物学教授、博士生导师林之明慢慢地走到了大厅中央。工作人员迅速拼凑着临时讲台,林之明望着下面像本科新生一样正襟危坐、鸦雀无声、警服笔挺、星章闪耀的听众,不禁又一次感到眩晕。半年以来,他曾经面对过生物系全体师生,面对过P大全体领导,面对过美国的项目合作同行,面对过相关学科九十多名专家和教授,一次又一次地感到身处顶峰的眩晕,肾上腺素冲击着神经,然而他依旧西装笔挺,纹丝不乱,双目炯炯。作为分子生物学家的一个小小好处是:你清楚地知道那不是"怯场"或者"飘飘然"这种模糊的形容,那不过是某种蛋白质在需要你激发潜力的时候以秒速冲入血管——那么激发吧!眼前的听众是中国警界最高级的技术官员和最专业的技术骨干,法医学的所有国内权威,还有好几个接近警界最高级别的行政领导,以及几位凭名片上单位就能压死人的记者。他们就是权力本身,就是社会影响本身,就是科学前途本身。林之明相当熟悉这些听众的类型,通常他们是倨傲的、冷淡的、漠然的,然而今天他们全都毕恭毕敬,洗耳恭听,甚至有人掏出了记事本和笔记本电脑。

"各位领导,各位专家,我是林之明。你们看到的是本实验室与美国人类基因组研究中心共同开发的,基于基因组和环境交互作用的人类图像重建系统。它的英文名称是 Genome-Environmental Human Image Reconstruction System。不管是中文名还是英文名都太绕口,我们这里简单地叫它'魔镜',美国同行也喜欢这个名字。这是目前唯一的一套原型机。刚才夏泉博士演示的,是一次真实行动。美国洛杉矶警察局在我们美国同行的建议下,把四十八小时前洛杉矶发生的一起多重谋杀案的证物紧急空运到我们实验室:一点从被害者身上取出的疑犯唾液和血液。魔镜用了九十分钟分离疑犯的DNA样本并测定全部DNA序列,然后夏博士进行了十分钟人工交互分析,然后魔镜在两分钟内给出了全部重建图像和分析结果,并发送回洛杉矶。我们期待美国警方行动的验证。这也是第一次横跨太平洋进行的信息同步的魔镜重建分析。不久以前,我们也试验性地为中国警方进行了五例疑犯DNA分析,结果在座的各位应该都知道了:三例帮助警方立即确认身份,一例经过警方散发图像排查后拦截了疑犯,一例仍在排查。"

林之明讲到这里停下来。听众仍然震慑于刚才的体验和林之明淡定的陈述,一时间大厅里一片沉默。林之明笑笑道:"现在请提问题。"

听众一乐。一位年轻的女警官马上站起来,"如果我现在马上拔下一根头发放进去分析,魔镜也能显示出我的照片吗?"

林之明悠悠答道:"首先我要恭喜你,杨警官,据我所知你是一名非常优秀的基层刑警尖子,但不是技术人员,然而你不但知道头发含有DNA,而且知道头发要拔,而不是剪,因为发根毛囊碎片的DNA才是完整有效的。"

在众人的哄笑中杨警官涨红了脸,"大教授不要小看人,我小时候就看过《CSI》!"

林之明现在彻底放松了。他双手虚按仿佛在安慰杨警官,"准确地说,分析员只要花十秒钟为你选择一个标准的环境模板,魔镜就能给出一个近似于你的图像。近似的程度取决于你的生活经历与模板的符合程度。结果与实际情况也许有相当的差距,比如杨警官身材修长,体格健美,显然习惯于长期、大量的体力运动,尤其是在青春期。模板设定却是中度体力活动,那么图像很可能会比杨警官矮一点、胖一些。其他的情况依此类推。如果分析员在有充分资料的条件下,花几个小时精确地修改模板以符合你的成长经历和环境,那么生成图像很可能就像你的孪生姐妹。为了给大家形象地说明,请看用标准模板生成的、今年五十一岁的林之明图像——"

林之明用笔记本在主屏幕上调出一张图片,同时还有他本人的照片作对照——当然都穿着整齐。这个人比林之明显得更老,更壮,更黑,头发更浓密,标尺显示高出四厘米左右,五官依稀相似,但嘴角下弯略呈苦相,而不是林之明自信的微笑嘴型。杨警官盯着照片和本尊,默默判断:如果我先看合成图片,能抓到他吗?结论是:如果在街头初见只能怀疑。如果我认识他到今天的程度,抓他没商量。

林之明摸着头顶哀叹,"明显的用脑过度,还有我小时候几乎从来吃不上肉。"笑声中他换上另一张图片,"这是我和我们最优秀的分析员夏博士在一起,花了六个小时忆苦思甜,花了两天扩展模板程序,定制我的环境模板后重建的图片。大家请看。"

听众惊叹:实在是太像了!除了任何照片也反映不出的、真人版林之明的翩翩风度,眉宇间的智慧之光,举手投足的洒脱,这张合成图片就是林之明本人。

林之明在这些地位显赫的听众身上,逐渐找到了那种熟悉的、操纵他人一笑一叹的控制感。他警告道:"大家不要过于乐观,这种精确程度是个别的,因为我作为设计者,能够把自己的成长环境最准确地诠释成模板语言和计算机语言,与我自己——还有我优秀的同事们——设计的系统丝丝入扣。换一个人,或者根本不知道任何背景的一根头发、一滴体液,精确度就要受到严峻的考验。麦克弗森警长给我们的题目就是一次严峻的考验。我们人类的外表是受到三重因素影响的。第一是我们的基因组,第二是我们的生活环境,第三是我们的心灵。魔镜的基因分析系统可以相当准确地分析第一点,魔镜的模板程序系统可以相对准确地诠释第二点,准确性取决于资料的完备程度和分析员的能力。但是第三点——魔镜是无能为力的。而恰恰是第三点——我们的心灵,对于我们的面部特征有相当程度的修改。幸运的是,这三点对于总体重建效果的影响力是依次递减的。正是依靠这个认识,我们才认为魔镜能够取得相对满意的效果——到目前为止的检验证明了这一点。"

一位记者举手发问:"我从来没有听说过'心灵'会改变相貌。"

林之明马上接过来:"中国古话'相由心生',听说过吧?美国总统林肯说过,一个人过了四十岁就要为自己的相貌负责,听说过吧?"

记者哑然。林之明顿了顿,道:"请问今年贵庚?"

"四十三。"

"很好,我非常喜欢您的面相。能私下交个朋友吗?"

"……"

大厅中闹哄哄一片。夏泉注视着导师,心想,只要林导想讨好谁,想让谁愉快,他总是能做到,甚至在你不断抵触他的时候也能做到。这种超强的亲和力好像不应该出现在一个科学家身上。然而,林导千真万确是一个非常优秀,优秀到天才程度的科学家、导师、组织者、老板。但愿他的亲和力能够少一些……

讲坛上,林之明已经打断了杨警官出于职业本能的遐想,请她拔下了一根头发,让工作人员用试管保存,明天就可以看到重建结果。他还许诺明天让杨警官再来实验室,夏泉会为她建立一个个人环境模板,并主动保证"出图的时候先加上衣服"(哄笑)。

老警监提问了,四周安静了些:"科学技术上的事我不懂,他们年轻人研究就行了。这个魔镜这么神奇,为什么美国人愿意和我们一起研究,还把原型机放在中国?据我所知,美国的基因技术比我们先进不少。"

这个问题顿时使林之明年轻了五岁,长高了三厘米,连皮肤都显得更光洁了。

"这其实还是一个科学技术问题。您说的一点没错,三十年前——就是世纪之交,美国的基因技术全球独步,领先我们起码三十年。这个世纪被称为生物科学的世纪,全球各国——当然包括我们中国——都在大力发展生物科技,其中最重要的就是基因科学与技术。到今天,美国仍然领先一些,但是在大部分领域不再能够垄断。就拿我们这个系统来说,最关键的基础技术就是人类四十六条染色体上,三十亿个碱基的快速全定序、基因定位、基因译解。人类有十万个基因,其中有六万个左右已经被全部解释或部分解释,绝大部分工作是在最近二十年内完成的——2010年,德国科学家发现了从碱基—氨基酸水平跟踪基因表达链的精确实验方法;2012年,美国科学家在巨型计算机上发展了基因表达的宏观模拟程序。尤其是关于遗传疾病和基因缺陷疾病的基因,几乎全部破解。这些工作大部分在美国完成,相当部分在欧洲完成,也有不少的成果是在东亚完成的,包括我国。由于方法的标准化,现在这些成果基本上由全球科学界共享。但是,关于人体外形,尤其是脸部、五官细微差别的基因根源,一直是大家头痛的问题,因为控制这些性状的基因,通常会有极端复杂微妙的表达流程。这些基因从胚胎时期就开始表达,控制人体细胞生长、分裂、分化,一直到衰老死亡,多个基因之间重叠影响和配合,互相控制时间、顺序和表达强度,稍有差错就会面目全非,其机制是常规基因无法比拟的。这个课题向来是基因科学的雷区,美国人也没想出什么办法来深入研究……"

林之明正讲得激情澎湃,突然注意到老警监一脸茫然,马上意识到自己的错误并立即纠正:"几句话概括,我和我们实验室的几位同事,在十年前就构思出一种可行的研究方法来彻底分析这些'外貌基因'的定位、表达流程和结果。我们成功了,而美国人还不会。虽然这些成果因为国际惯例,不得不逐渐分享,但我们还是申请到超过十项专利。现阶段谁想搞类似的系统,都要找我们,不但因为专利,还因为我们是唯一能实际开发的团体。而我们需要大量的基因疾病、环境生理学、营养学和行为性格基因分析技术,以及尖端的计算机技术来完善这个系统,这些方面美国人确实厉害,所以我们也需要他们。这就是为什么美国人和我们合作,而且由我们主导的原因。"

看见下面的反应不够热烈,林之明马上加了一句:"还有个好消息,钱都是他们出的。花了很多、很多、很多钱。所有权共享,我们优先。"

这个浅显易懂的重大好消息马上激起了极为热烈的掌声和笑声。

林之明一个接一个地回答听众的问题,有的问题相当专业,有的问题不着边际,还有的问题直接就问准备怎样和警方合作、普及。夏泉已经听过绝大多数的问题和答案,于是就开了小差,在自己的显示器上把那个"狗崽子"的成像拨来拨去,一直拨到一百岁,老得如同一堆垃圾。可怜的孩子,如果他们抓住你,等你变成这样也不能从监狱里出来。如果他们抓不住你,我们就有点小麻烦了,所以还是希望他们抓住你。何况,你本来就是个谋杀小女孩的狗崽子。

兴奋的听众已经进入自由参观阶段。一位记者如同摸送子观音一样虔诚地摸了一把光盘阵列柜的外壳，虽然那外壳没有任何技术含量。杨警官立即缠上了夏泉套近乎，几乎要把明天的工作提前到今天做。夏泉留下了她的手机号码，拍下了她的照片才甩脱她——其实夏泉第一眼就挺喜欢她，高挑结实俊朗的女孩，大大咧咧的个性，与同样高挑但纤细敏锐的自己，气场并不冲突。

终于，林之明开始陪同贵宾到会议室进行"研讨"，其他工作人员都可以留下收拾现场了。夏泉观察着一个个贵宾出门，她盯着一位白发苍苍的老法医，心想：人怎么能够一辈子做那样压抑、血腥的工作呢？我太佩服他的奉献精神了。但是我才不要一辈子做兼职法医，哪怕是不拿手术刀，改拿鼠标的。魔镜能做的事情比这些人今天认识到的要多得多。

同时，她远远听见走廊里，林之明在高声宣布："魔镜能创造的奇迹要超出我们今天的想象，多得多。"

8月12日，23:00

夏泉仍然在自己的办公室里处理杨警官的样本。其实第一次分析在下班前就完成了，重建的图像准确度相当高，魔镜又一次证明了自己的强大。但是夏泉仍不满意，长期以来她沉迷于"魔镜游戏"的另一种玩法：分析一个已知外貌、但不知其生长环境的基因组样本，慢慢调整环境模板使重建形象越来越逼近真人，从而猜测出他/她的生长环境。杨警官就是最新的玩具。正是这种逆向游戏的锻炼，使夏泉的模板构建能力无人能敌，成了无可争议的首席分析员，连林之明和冯汉鹰都甘拜下风。

冯汉鹰是横行硅谷的计算机天才。刚被美方派到P大参加项目组的时候，他除了林之明之外看不起任何人，对夏泉更是厚颜无耻地当众进行性骚扰。但是一年以后，他就服服帖帖，甘心情愿为她效犬马之劳了，因为他被人称作天才的次数，加上林之明夫妇被人称作天才的次数，也没有夏泉一个人多。在项目组内，林之明是老板和总设计师，林夫人是首席分子生物实验科学家，冯汉鹰是总程序师和计算机系统管理员，但夏泉的研究领域却是他们的总和，虽然在每一个单项上都有不如。夏泉是P大历史上第一个拿到分子生物和计算机双博士学位的学生，其中计算机博士是在麻省理工拿的，同时还在波士顿辅修了人类学、遗传医学和法医学，又拿到三个硕士学位。大多数MIT的教授和同学认为她不属于人类。原先在P大，林之明从本科开始，就把她当成魔镜项目的接班人培养——虽然那时候项目除了理论还没有实质进展,而是等到她回国加入后才开始突飞猛进。每当各个领域的十几个专家自说自话、互相不能理解时,总是夏泉出来把局面理顺,才能取得一次又一次的突破。到后来连林之明都承认:"夏泉比我自己更明白我脑子里的构想。"

如此辉煌的成功,代价是什么呢?快三十岁的漂亮女人,P大最年轻的、唯一一位没教过一天课的副教授,没有私人生活,没有任何亲密关系,日日夜夜都在图书馆和实验室度过,就连周末的午夜还在研究另一个女人的裸体图像,夏泉也深深怀疑自己是不是同性恋,却还没有机会证实。

夏泉摇摇头否定了这个想法,给杨警官的模板编制了新的皮肤外观策略:十九岁以前日照不足(轻微的四川口音),发育期微量元素摄入和饮食习惯取四川东部城市数据,十九至二十三岁取北京的日照和风沙数据(中国人民警察官大学?),二十三岁以后主要从事户外活动,常有身体对抗(刑警工作和训练)。编译模板,重建图像,Bingo。皮肤外观和照片几乎一致了,连身体比例也更接近照片。一定是新的日照和饮食数据修正了骨骼发育模拟过程。

夏泉想象着自己明天像个算命先生一样,在杨警官开口之前信口推测她的生活经历,不禁偷偷笑了。她开始给她加上衣服。服装数据库中的警服不但款式对不上照片,而且换来换去都不合身。启动自适应贴图——腰带居然陷入了皮肉下面。

夏泉叹了口气。服装库和关联的贴图程序最近越来越差了,几乎没有更新,而更新了的部分也是错误百出。这部分工作是贝晓含负责的。她是项目组的主任美工,同时也是非常不错的三维图形程序员,以前完全不需要冯色狼自告奋勇帮助,就把这部分弄得妥妥帖帖——毕竟是林导亲自出马,从某大集团的游戏开发基地挖来的。最近她是怎么了?夏泉回想了一下,小贝这段时间确实经常心不在焉,而且今天白天这么重要的场合,她也请了病假,晚饭时项目组的庆功宴也没现身。

夏泉刚想再换套衣服看看,却发现系统被锁死了,进度和数据自动保存,接着自己被从分析框架中踢了出来,回到登录界面。夏泉立刻键入系统查询。

系统提示:"分析主程序前置模块重新编译中,用户分析权限暂停。"

夏泉倒吸一口凉气。是谁这么晚还在修改主程序?冯汉鹰晚宴结束就去了三里屯泡MM,去之前还约了她半天,一如既往地失败。整个项目组有权限编译主程序的只有林之明、冯汉鹰和她自己。

夏泉出门顺着走廊来到计算中心。果然是林之明一个人坐在管理终端前面,他正要登出离开,回头看见夏泉,笑道:"你又这么晚还在这儿?"

"在给杨警官算命。"

"漂亮的女孩,不过比你还差点。"

夏泉一时无语。恩师是夏泉有生以来认识的最有魅力的男人,但是每当他开这种无伤大雅的玩笑,她总是不太舒服。这种感觉,夏泉出国留学之前只有稍稍一点。在美国的时候夏泉见识够了男性直截了当的殷勤和赞美,但是回国之后却更不适应——只针对林之明,连冯色狼那种夸张的攻势也从来没影响过她的心情。也许因为自己从来对他都是像父亲一样景仰和崇拜。但父亲不会对女儿油嘴滑舌,或者有意无意的身体接触。不过,林之明从没有逾矩。有时候夏泉觉得是自己太过敏,因为林之明对身边几乎所有的女性都不吝赞美,但从来没有什么不愉快的事发生,他的甜嘴甚至提高了团队效率:项目组有三分之一是女性。

夏泉把话题岔开:"林导,有什么新的想法吗?"

"把你踢下来了?不好意思。我只是回想今天的实战过程,突然想到既然我们的端粒分析技术如此可靠,何不把其他的年龄相关分析在系统结论中的权重降低一些?我重新写了一个权重表,刚才编译了主程序试验一下。"

"结果怎样?"

"这个主意好像不是太成熟。我又改回去了。"

"您是不是觉得我今天给麦克弗森警长的年龄分析不够清晰,冗余信息太多?"

"那倒不是。谨慎是你的优点,我从来不反对。我该走了,你别搞到太晚哦,实验室的门卫都没跟我说你在里面,他都已经习惯了。"

"好的,我一会儿就回去。"

"Bye-bye。"

夏泉回到自己的办公室,刚刚重载了自己的分析进度,就停了下来。林之明今晚的行为十分反常。夏泉极其敏感的脑袋里像是扎了一根刺,虽然还不清楚扎在哪里。

是什么反常呢?夏泉捧着茶杯,陷入了沉思。

——通常,他晚上在实验室碰到她,起码要交谈五分钟,有时双方灵感喷涌,还会不知疲倦地讨论几个小时。今天不到两分钟。

——通常,他和熬夜的她告别时,会拍拍她的肩头,只是长辈式的轻轻接触。今天没有。

夏泉摇摇头。不是这些。别胡思乱想得像个花痴。

——他并不是那种事必躬亲的领导类型,极少自己改动程序,通常都是叫冯汉鹰做。

145

尤其是这样无关紧要的小改动,值得半夜跑来亲自动手?

——他说修改了权重表,那将会编译主程序本身,而系统提示的是编译主程序前置模块。

——他说最后改了回去。但是我一直在分析,如果改了回去,他起码要编译两次,然而从我被踢下来到我看见他的时间,绝对不够编译两次,更别说运行、验证。因此,他肯定只是直接改动了一次程序。

夏泉立刻趴上键盘查询了主程序和各个前置模块的执行文件精确大小,和数据库中记录的大小一一对照。

全部吻合。又神经过敏了?

不对。系统刚才的提示不会出错。刚才进行了、也只可能进行了一次编译。修改过的编译一定会改变文件尺寸,数据库中的尺寸记录是六天前的,推论的结果就是:刚才是一次恢复改动,在此之前的六天内,一定还有人改动过程序。

夏泉的心里越来越不踏实。在项目的这个阶段,改动主程序是一件不小的事,居然有人改动过主程序而她却不知道,这不寻常。林导虽然很少直接改程序,但他改一下完全是天经地义的,为什么要对她撒谎?这更不寻常。

夏泉关掉分析界面,切入到系统记录界面。查询七天内编译记录。结果:无。

她一下子从椅子上坐了起来。看来林之明删除了编译记录,而且起码是两次记录。有这个权限的只有他和冯。编译程序有各种各样的目的,但删除编译记录?不可能是正当的目的。

呆呆地想了一会儿,她拿起电话。

"猪头?"

"女王?"

对面的迪斯科鼓点声震耳欲聋,真佩服冯的耳朵,居然还能立刻分辨出她的声音。当然,"猪头"是她专用的。冯不能容忍其他任何人这么叫。

"改变主意了?我马上开车过来接你!"

"别做梦了,我想要二级权限密码。"

"Why?"

"你别管。短信发给我就行了。"

"你想翻谁的床头柜啊？我知道小宝贝儿最近有点 mess up。我已经答应帮她弄好了。放过她吧，女王！By the way，给你二级权限是不是也有点违规呢？"

"别废话，不关她的事。你给还是不给？"

"OK。一分钟。"

夏泉调出了一星期内所有的底层操作记录硬备份，慢慢琢磨着。她有点出汗了。

8月12日23:38，林之明删除分析记录05377及其所有相关数据，数据粉碎删除。

8月12日23:41，林之明编译前置模块SEQ_MOD。

8月12日23:42，林之明删除该编译记录。

8月8日22:20，林之明编译前置模块SEQ_MOD。

8月8日22:21，林之明删除该编译记录。

林导在搞什么名堂？夏泉索性查询林之明一个月内的所有底层操作，发现又多了一条可疑的：

8月2日23:45，林之明删除分析记录05221及其所有相关数据。数据粉碎删除。

夏泉一直相信，学术诚实对林导来说是从来不成问题的。中国科学界相当普遍的弄虚作假、伪造数据、隐瞒不利事实等等歪风，从没有在林之明身上出现过，如果有她会知道，因为没有谁比她更清楚魔镜诞生和成长的种种细节。难道在即将大功告成的时候，他却丧失了原则？难以置信。

一时间夏泉只想关掉计算机离开。何必去窥视林导不想为人所知的细微操作？魔镜是真实的、成功的、神奇的。阿瑟·克拉克第三定律说过，"任何足够先进的技术，初看起来都无异于魔术"，魔镜正是这样。所有的观众，甚至大多数业内专家都在魔镜面前目瞪口呆。他们或许知道当代的基因科学积累已经渊深如海，当代的环境–生理研究已经硕果累累，当代的图像技术和计算技术更是能够随心所欲。但是当这三者如此完美地结合起来，能从任何些微人体组织碎片中明察秋毫，将其拥有者栩栩如生地重现，这就是魔术。夏泉自己就做过上千次的分析，到今天仍然不时会为之震撼。她记得在魔镜成熟的关键阶段，被一次次实验分析的DNA样本是冯汉鹰的，他非常乐于献身，因为这家伙是个暴露狂，而且喜欢听见他高得恐怖的智商预测结果被重复无数次。当裸体的"猪头"第一次在屏幕上被大家认出时,项目组全体欢呼、尖叫、哭泣,把各种东西扔上天,打匪哨,嘲笑猪头的"尺寸",鄙视他五十岁时雄伟的奶油肚。只有林之明不动声色。夏泉站在他身旁热泪盈眶,却听见他低声喃喃吟诵威廉·布莱克的名句:

To see a world in a grain of sand,(从一粒沙中看见世界,)
And a heaven in a wild flower,(从一朵野花窥视天堂,)
Hold infinity in the palm of your hand,(此刻无限就握于掌中,)
And eternity in an hour.(永恒亦未比片刻更长。)

她记得当时全身如同过电,身边的这位良师益友如同半神一样光彩夺日。那一瞬间她甚至以为自己爱上了他。

回味良久,夏泉还是睁开眼,开始继续挖掘系统记录。

被删除了的分析记录是显示不出时间和实施者的。数据更不要想,已经被物理粉碎了。但她还是寻思出一个办法。她查询了记录05221和记录05377前后相邻四条记录的时间,然后列出这两个时间段的系统上线记录。但她认为,如果林之明删除了分析记录,以他的严谨,恐怕登录记录也不会幸免。

05221的修改发生于7月30日晚间,果然,记录显示当时在线的人只有夏泉自己。她看了看工作日志,自己那天晚上在办公室里疯狂扩展模板数据库,根本没出去过。夏泉又去底层记录备份中直接挖出了被删除的上线记录:林夫人,上线时间两个小时。这是一次完整的样本分析重建需要的时间。——慢着,7月30日编译,8月2日删除?这么说分析者确实不是林之明,而是林夫人,只是林之明删除了她的记录。

05377的编译发生于8月10日夜间。那么就是前天晚上?上线记录显示:无人。夏泉直奔备份——分析者:贝晓含,上线时间接近三小时。记录删除者:林之明。删除时间:8月12日23:39,就是刚才!她第一次查询的时候只顾看分析和编译记录的情况,居然漏掉了这个。

夏泉缩回椅子里扶住自己额头,慢慢咀嚼这一串蹊跷的行为。7月30日,师母做了一次分析重建,8月2日林之明删除了该记录和数据。8月10日,就是前天夜里,贝晓含也做了一次分析重建,刚才林之明也删除了该记录和数据。林之明在8月8日改动了一个程序模块,刚才又改了回去。三个人这一系列操作都是在夜间非工作时间进行的。

SEQ_MOD模块是一个在DNA完全测序、已知基因完全定位之后,全面分析开始之前，对碱基序列进行修正的程序模块。通常它不会工作，只在极少情况下由程序架构中的"质检员"——循环自检模块——来启动，用于智能预测和修正由于实验精度微疵造成的碱基错漏。这是个微不足道的保障性前置模块，它的设计机理绝不会影响DNA分析的真实性和准确性。

夏泉尽量构思着符合逻辑的推测：林夫人做了一次很菜的分析，林之明帮她删了，保护她的面子。贝晓含做了一次很菜的分析，林之明也帮她删了，这么体贴？或者林之明发现是程序上有小毛病，改了？不对，改程序的时间介于两次分析之间。而且，何必把记录都删得这么干净？又何必要撒谎？夏泉明白，如果不是她对林之明一言一行的敏感，如果不是她眼睛里揉不得沙子的完美主义工作风格，如果不是她破天荒地强索了二级权限密码，这些事永远不会有人知道。唯一可能发现异常的是冯汉鹰，而那头单线条的猪不会再多看一眼，多想一秒钟。这完全讲不通。

而且，这非常非常地不对劲。

夏泉再次拨通冯的电话，电话那头仍然震耳欲聋。她大喊了一声："去厕所接！"

"我在厕所了。我嘘嘘的时候可以思念你吗？"

"思念你母亲，小时候是她抱着你嘘嘘。"

"OK，还想要什么？"

"我想请教一下。第一，被粉碎删除的分析数据可以恢复吗？"

"我们的粉碎标准是7级，和美国军方的最高级一样。就算你把磁盘拔下来送去恢复公司，也连残余磁信息都不可能读到。所以，No。"

"假如我修改并编译了一部分程序，比方说一个分析前置模块吧。那么我在什么地方能找到修改前的源代码？"

"你在MIT白读的吗？你改源码不留底？再说系统会自动留底。"

"我是指别人改的，我想看。"

"如果他真的不想让你看到，你就看不到。我们这是神经兮兮的国际协作项目，源码开发协作框架是完全保密的。一个程序员的调试过程可以设置成完全不透明，事后中间过程完全删除。连我都看不到。"

"好吧，最后一个问题。假设一条分析记录被删了，相关分析数据也粉碎了，有什么地方会记录下分析的原始样本是什么东西吗？"

"你想干什么？"

"有还是没有？"

"没有。"

"回去玩吧。"

"等等……我有一个独门绝技,也许能帮你。"

"快说。"

"你可以在电话里吹两声口哨吗?我喝太多啤酒了。"

夏泉青筋暴起,抓起裁纸刀猛划办公室的玻璃门,并把手机凑上去。对面传来了高分贝的惨叫,跟着爆出一连串英语粗口。

等了三十秒,夏泉又拿起手机。

"我听说,人激动起来骂人的时候都是用母语,恭喜你,彻底改造成功。"

"我操!"

"现在告诉我吧?"

冯汉鹰想了一阵,还是决定保持风度。

"上个月,卢教授那老废物做了一次分析,预处理完了系统却根本不接受,提示有两套染色体,而且属于不同动物。她跟我吵着说是程序问题,但我认为是样本一开始就被污染了。她说那是同仁医院委托给她的人类精液样本,不可能被污染。我就说,也许是从一匹可怜的母马尸体内取出来的……"

夏泉笑得差点喷了,"你这杂种,变态。卢教授可是终身未婚的啊。"

"是啊,她向老林投诉了我。我被批了。后来我查来查去,发现可能是她准备样本时用的载玻片忘了清洗,预处理数据里显示有某种蝰蛇的细胞核。全系只有她的研究课题是抗蛇毒血清,对吧?可是这老家伙死不承认,说她不可能犯这么业余的错误。反正那载玻片也找不到了。搞理论出身的,没一点好习惯。就因为这件事,我意识到预处理系统的一个缺陷。然后我就在预处理系统、样本切割和抽取之前的恒温室里加了一个照相头。每件送进去分析的样本,连同载具的型号和编号都会被拍下来。这样就没人能搞丢了载具再来跟我胡扯了。And guess what? 这些相片保存在 4 号数据服务器上,标上了分析记录号,而且没有链接进分析全数据 Index——因为我忘了。这样,执行关联数据删除的时候也不会删掉它。"

"你告诉过任何人么?"

"没有。我等着下一个赖皮自投罗网,那是我的胜利时刻。"

"多谢了!"

"对你可能没什么用,大多数情况下你只会看见一滴不知是什么的液体。"

"我试试。"

夏泉轻轻在手机上啵了一下,然后切断了那边狼嗥一般的欢呼。有刺的玫瑰是诱人的,但如果只有刺,那不过是荨麻。

照片组在4号数据服务器里藏得很浅,二级权限一下就打开了。贝晓含分析的样本确实是一滴"不知是什么的液体"。夏泉很失望。

林夫人分析的样本要有趣得多。夏泉屏住呼吸,定定地看着高精度放大照片,心怦怦乱跳。看来自己不小心踏进了一条香艳而凶险的暗流。

那是一根毛根完整的黑色毛发。大约五厘米长,独特的螺旋状卷曲。毛根的比例,毛尖的急剧变细,让一位优秀的兼职法医绝不会弄错它来自人体的什么部位。这位兼职法医还看到了更多的不祥特征:从标尺上它0.18mm的直径来看,几乎不可能来自一位男性。

8月13日,11:25

坚持不懈的手机铃声吵醒了夏泉。

"Z-ya小姐!!"

见鬼,美国人就永远学不会发汉语拼音的"X"音吗?

"哈罗,警长?"

"两小时之前,我们在圣何塞郊区的一个十字路口拦下了奥利弗·特维特。当时他闯了红灯,一个巡警只看了他一眼就认出来了。请他下车的时候他还差点挖掉了那小伙子的眼珠。刚才的快速DNA比对,百分之九十九匹配,他就是那个狗崽子。我们抓住他了。你的花篮刚刚送出,同一家快递公司,山姆大叔出钱。你是我的指路天使!"

"嗯……代我向他问好。永远别让他出来。"

"抱歉小姐,我好像打搅了你睡觉?"

"没关系,我已经起来了。"

"我现在要去审讯那个病人。审讯结束后我会把所有的资料发给你。我们这里很热闹,一大堆记者,你在美国的同事已经把你吹上了天。知道吗,刚才我接到了伊迪奥特参议员的电话,他认为这个案例可以帮助他在国会通过DNA身份证的立法。小姐,你和你的老板要出名了!"

"他已经很出名了,我还没有时间出名。另外,请转告参议员,如果他真的想要通过那个法案,最好提都别提这事。"

"哦?请指教。"

"如果公众明白了你们很可能从证物的DNA中搞出一个人的肖像和一堆大毛病、小秘密,他们首先会感觉隐私遭到威胁,然后就会问:既然你们这么会找罪犯,又为何要搞什么毫无必要的DNA身份证,侵犯每一个守法公民的隐私呢?你比我更清楚美国人是怎么看待隐私权的。然后那个法案就会泡汤,没准儿他们还会通过另一个法案,要求你每次分析证物的DNA前必须取得地区检察官的书面批准。"

"狗屎!他们不能这样做!"

"公众需要时间来消化这一切。对一切魔法般的技术,他们在开始时通常都会反应过度,尤其是基因技术。我自己也在消化这一切,我每天醒来都会问自己:下一步会发生些什么,在实验室外面?"

"嗯,我认为你说得对。我发现你永远都是正确的,女士。我会转告参议员。"

挂断电话,夏泉毫无兴奋的感觉。她郁闷地想,其实我今天想知道的是在实验室里面发生了什么。

8月13日,13:30

杨警官很准时,夏泉刚在公告栏贴好那宗美国案件的简报她就到了。但是夏泉已经失去了扮演先知的兴趣,直截了当地开始了。和一个经验丰富的刑警一起构建环境模板是相当愉快的,因为她懂得细节和时间点的重要性,而且表达清晰、明确,百无禁忌。

富足的家庭背景,衣食无缺的童年;重庆永无止境的台阶,大量的水果和米饭,十四岁的初潮;封闭的贵族中学,跆拳道,腓骨骨折,游泳,冷水澡,晚自习,短而优质的睡眠;中国人民警官大学,体能课,徒手搏击训练,不断变换的男朋友,不断服用的长效避孕药,奔涌的炔诺孕酮和雌性激素;朝阳区刑警大队,外场工作,健身房,烈日和风沙,每天一包低焦油香烟,过量的化妆品,办公室动物。

夏泉花了不到两小时,就建好了一个相当充实的模板,并用它重新做了一次图像重建。配上一身简单的夏装,这次的效果,用杨警官的话说:"我妈也会以为是我的照片,而且一定会劝我不要节食过度。"

杨警官关于"节食"的评价,再次激发了夏泉的灵感。她拿出针筒和消毒工具,想取一点杨警官的血样。

杨一边撸袖子一边问："为什么还要抽血？我以为，正常人体内的任何一个体细胞的基因序列都是相同的。"

"完全正确。但这次取血样不是为了分析基因组，你的DNA序列已经全部在系统中保存了。这次是为了做一个完整的血液生化分析。"

"为什么？"

"魔镜还在发展。我正在搞一个子系统，通过全面分析体液，尤其是血液，确定目标在取样时体内各种生物化学物质的含量、激素水平、蛋白质种类、微生物情况、病理情况，再倒推出目标的健康情况、新陈代谢模式和既往健康史，甚至发育史。这个子系统的结论可以用来评价、修正和填补魔镜主系统做出的各种预测计算。这个子系统与基因技术没有直接的关系，只能强调在取样时间点目标的状态。但是在能够取得体液的场合，最终的分析准确度会提高很多——而我们的目标样本大部分情况下都是体液。我在美国的法医课教授是巴斯博士，就是那个搞'人体农场'的变态家伙，知道吗？"

"知道，我看过他的书。"

"他的口头禅就是：暴力犯罪通常都伴随着体液交换。所以你一定会喜欢我这个子系统。"

"现在就可以重建吗？"

"还不行，这个子系统还在实验和修改阶段，分析过程还没有完全自动化。以前我们的正式分析重建都没有加载它。我星期一会做一次加载子系统的重建实验，你就是我的小白鼠，希望能成功。你十分健康，你的血样一定很标准、很常规，恐怕看不到什么明显变化，因此逼真度恐怕也不会提高很多。"

"如果你需要，我可以给你搞来一大堆'非常规'的血样。作案二十年的杀人狂，十五岁的强奸犯，变性诈骗犯，还有我男朋友。"

夏泉吓了一跳，"谢谢了……这没有什么违法的地方吧？"

"你在美国待太久了。这儿没有那些保护人渣的狗屁法律，我说了算。"

"你真厉害。"

"我算什么，你才厉害！昨天回去领导都说，现在的科学家真是无所不能了，我们警察以后只能干点跑腿的活。昨天晚上我整夜都没睡，一直在看基因技术的书。"

"没睡觉？那你的血样可能会有点失真。"

"拜托了，美女！别这样工作狂好不好？说点别的，今天星期六，晚上我要和朋友去泡吧，到时候你也来吧。把你这件白大褂换了，绝对能把他们的眼睛晃花。"

"哪里有美女?！谁要去泡吧?！"

二人回头一看，冯汉鹰硕大的脑袋正从门缝里挤进来，"原来美女还不止一位哦。"

不到五分钟，杨警官对科学家的崇拜就被轰到九霄云外。冯汉鹰先是马屁如潮，然后又大谈他的新款莲花Erupt跑车，看看都不太奏效，又企图建立一种纯洁的业务联系，然而杨警官显然已经有更好的人选。最后还是闪在一边的夏泉帮他们找到了共同语言：两个人开始一唱一和，拼命拉夏泉晚上一起出去玩。

实在招架不住，夏泉只好答应了。杨警官笑眯眯地马上告辞，根本不甩冯汉鹰提出送她回家的殷勤建议。然而冯没有一点受挫折的样子，毕竟不是每天都有和"女王"一起泡吧的荣幸！

他装模作样地凑过来研究杨警官的分析数据，夏泉啪的一下把显示器关了，"又想扒掉衣服图层了是吧？你不觉得这种行为很可怜吗？"

"不要吃醋嘛。我是管理员，什么数据我看不到？关掉显示器这种徒劳的行为才很可怜。"

"谁在乎你看不看？哪怕你看一夜我都没意见——只要别在我的终端上。"

"嗨，你对我的偏见太大了。其实我对重建的图像从来都没感觉，哪怕是海蒂·费伦娜的。一想到那些漂亮的线条、迷人的光泽、火爆的细节都是小宝贝儿用三维模型拼出来的——其中还有些代码是我本人写的——我就毫无胃口。还不如上网随便下点东西。我可是个热爱现实生活的人。"

"海蒂·费伦娜是谁？"

"……你是活在异次元里的么？"

"对了，你跑过来干什么？星期六下午能看见你还真是个惊喜呢。"

"来看看你昨天晚上在搞什么勾当。如果老林发现我把二级权限密码给了你，谈话是肯定跑不掉的，说不定还会在每月简报里给我写上一句，我美国的老板知道了就不是谈话那么简单了。他是搞系统安全出身的，'管理员故意越权泄露密码'对他来说等于抢银行。至于你倒是绝对没事，老林就是把我们全组都吊死，也不会碰你一根汗毛。所以我要来看看你到底在挖什么，砸坏什么花花草草没有，顺便擦掉你可爱的业余的小脚印。"

"《大话西游》这种古董片你也看？"

"难道你也看过？你终于有点人味儿了。"

夏泉一边跟冯汉鹰胡扯，一边紧张地盘算。其实他刚开始絮絮叨叨，夏泉的汗就流下来了。虽然没有确切的理由，但她的直觉认为，让任何人发现昨晚她发现的情况都很不妥当，尤其是冯汉鹰，因为他能比她挖得更深。林之明在保护某人，而她得保护林之明。

那么是掩饰过去,还是直接按住他的手呢?想想昨晚的经过,夏泉意识到在行家之间,一句稍有漏洞的掩饰都会引发一系列的怀疑,结果只会更糟。她不能犯林之明刚犯过的错误。

"猪头,我有一个很严肃的请求,你一定要答应我。"

"Yes,I do! 我们去哪里度蜜月?"

"正经点。我要你别去管我在系统里找什么东西,也别自己去东闻西嗅。总之,就当昨晚我没找过你。系统有一点异常,但这件事不是技术问题,也没有安全隐患,我在找一些很私人的信息。我会尽快解决掉,然后你就可以清理痕迹,改掉密码。这两天就能解决,也不会引起任何人的注意。虽然不敢跟你比,但我也没有那么业余吧?绝对不会给你带来麻烦,我用人格保证。"

"我能拒绝吗?"

"不能。"

"你不怕我现在答应你,回头就去翻个底朝天?老实说,我对你的私人问题兴趣更大,你已经让我很好奇了。"

"只要你答应就行。你虽然是个猪头,但我相信你的人格。你颈部以下,腰部以上是我最欣赏的部分。"

"靠……那我也有个要求。"

"讲。"

"你今晚要化妆、穿高跟鞋、穿裙子,而且不能长过膝盖。另外,要坐我的车去,开敞篷。"

"成交。"

冯汉鹰没有预料到夏泉竟然这样地爽快——他预计夏泉会说"这是五个要求",于是冯汉鹰立即后悔了,怎么没要求点别的什么?郁闷之余,他开始借给她讲笑话来表达心声:

"有个人在沙漠里牵着匹骆驼,快要渴死了。他望着骆驼想,我都这么大年纪了……"

"滚。"

生怕触怒她,失去刚刚得到的好处,冯汉鹰立即就滚了。刚出门,他又伸回脑袋,"对了,昨晚我有点醉了,所以有些事说得不太精确,丢人啊。被粉碎的数据不是完全无法回收的……"

夏泉立即把他叫回来:"怎么回事?"

"灾难备份你总知道吧？我们的灾备系统是银行级别的，双层，三角拓扑，真舍得花钱。美国那边的底层我们别想动，六个月做一次，对你恐怕也没用。但是最顶层的灾备，磁盘阵列就在生物系大楼地下机房。我那时跟他们讲，灾难备份做在一栋楼里，等于没做。但他们说，这个备份是为非物理损坏准备的，生物系不愿意把数据放去其他系。反正在昌平的数据中心还有个镜像备份，所以我也没坚持。他们乱花美国的钱真是不心疼，但他们当年拉我入籍的时候是特批专家免税的，所以我也不心疼……"

"行了行了别显摆了。这个备份多久做一次？"

"一个月一次。每月11日零点开始执行。"

"也就是说，我可以去地下机房提取11日零点之后被删除的数据，即使被粉碎过？"

"有点常识好不好？那个是灾难备份，又不是我们实验室内跟着被粉碎的日常备份——咦？粉碎？原来你是要看老林的底裤？"

"别瞎猜。快说我该怎么弄。教我啦！"

"灾难备份要求异地存储，这就带来了安全问题和相应的对策。地下室那个备份，你是不可能在那里提取数据的。数据有软加密，磁盘阵列有物理支持加密，本地根本不能读。没有授权的话，随便拆一个磁盘下来，搭上线数据就会立刻被抹掉。那个备份是用来做一对一的系统恢复，在系统的一级权限下——也就是说，我本人，可以选择部分或全部覆盖当前系统数据。这是个大动作，如果不做好一系列准备，当前数据可能被冲掉很多，造成严重的系统数据丢失，而且一做就会有手机短信通知所有拥有三级以上权限的用户，闹得惊天动地。你不想因为'私人兴趣'让我失业吧？"

夏泉大失所望，"反正做不到，那你何必告诉我呢？"

"精确是我的第一原则。还有，我的本能冲动。"他指了下两腿之间。

"去死！"

"别误会，我不是调戏你哦。这话是你本人说来打击我的：'男性永远控制不住在女性面前炫耀的冲动，其实我只听见了雄性激素在说话。'"

夏泉一时找不到词了。

冯汉鹰得胜收兵："跟我一起吃晚饭吧！还有，晚上几点来接你？"

"我就在办公室吃。9点钟，大楼门口。"

8月13日，16:40

夏泉很烦躁。她自信没有窥隐私癖，但是林夫人半夜跑来对一根女性阴毛做重建分析,林之明后来又偷偷删掉了数据和记录(而且肯定看过),这个事实让她很困扰。林之明对女性的吸引力是众所周知的,而他对夏泉不加掩饰的偏爱也是私下里项目组内相当受欢迎的话题。林夫人是位非常职业的科学家,也是非常讲体面的妻子,从来没有对这件事表示过任何不快,甚至在工作上倚重夏泉的程度不亚于林之明。然而在私人接触上,夏泉时不时会感到一点来自林夫人的寒意。最让夏泉别扭的是开研讨会,林之明发言时,林夫人总是会瞟她几眼。而当夏泉发言时,林夫人又会目不转睛地凝视她的丈夫。

不管是哪里来的,那根毛发不会是自己的,这点夏泉可以肯定。但林夫人的行为本身,说明她绝不像表面上呈现的那么云淡风轻。而林之明呢?他又是怎么发现的?系统中有无数的分析记录,其中特定的某一条是无法无意间撞见的,而林之明并不是喜欢折腾干巴巴的系统日志的老板。那么他又在寻找什么?

把项目组的工作平台当做夫妻关系角力的战场,夏泉对这种做法很不赞同。尤其当她本人就是夫妻之间的一根小刺,这种角力就更让她有点避之唯恐不及。

还有,贝晓含的分析记录为什么也被删除了?偷改程序又是什么意思?这些事夏泉无法想出合理的解释,未知使她更加不安。

"还在加班?"

夏泉猛一回头,却是林夫人站在她背后。这位女士从来不穿高跟鞋,行动也如同猫一样轻巧。以前她也这样出现过,但从来没有像这次这样,让夏泉的心怦怦乱跳——她五秒钟之前还在琢磨她!

"啊,师母。"

"说多少次了,别叫我师母。之明可没把你当学生。他跟我说过很多次,小夏是天才中的天才,不到三十岁他就没什么可教的了,将来得你来教我们了。之明还说,你生晚了,拿不到这个诺贝尔奖,不是说你的贡献不够,太足够了!而是说,起码得分给美国那边一个名额,这边再排,确实轮不到你。但那是迟早的事,再过三十年,说不定会有个以你名字命名的分子生物学国际最高奖。到时候我们希望以你同事的身份沾光,而不是老师。如果我们能干到那一天的话,呵呵。"

"您太过奖了,这么夸我受不起的,师……郑博士。"23度的空调房内,夏泉汗流浃背。

"你还有个优点就是特别经得起夸,从来不会忘记自己是谁。之明就经不起夸,夸多了都不爱加班了。其他人更不行,现在有几个女孩经得起几句漂亮话的?那个小假洋鬼子不是叫你女王么?女人就该这样,我就服气。"

夏泉不敢接茬儿。林夫人突如其来的亲热和超越尺寸的谦虚,让她有点不知所措。

"加班也要适当哦。晚上来我们家吃饭吧,你好久没来了。我会做鲫鱼汤,记得你读本科的时候就挺爱喝的。"

"不好意思啊,我今天和冯汉鹰约了吃饭,晚上还要去泡吧。下周我去蹭饭行吗?"

"随时都行。你别是被那个臭小子缠住了吧?他呀,虽然是绝顶聪明,前程远大,但就不是个好东西。对了,你可不能嫁到美国去!你要敢跑,我就叫之明打电话给国安局,把你给扣了,呵。"

"您放心,好不容易回来了,怎么会再跑过去?"

"话说回来,你年纪也不小了。不是我们不操心,我是不敢乱提,不论是美国还是中国,我就没见过能配得上你的男人。之明呢,更不会,他可舍不得!"

夏泉无言以对,闹了个大红脸,觉得自己被逼到墙角了。还好,林夫人知道适可而止。她亲昵地整了整夏泉的头发,自己去实验室另一侧的终端前坐下工作。

虽然很狼狈,但夏泉心中却升起一股奇异的暖意。林夫人是个很矜持的女人,今天这样的感情流露虽然让她不明所以,但却让她感觉到了许久没有得到过的关爱。即使是最后那个稍稍过界的玩笑,夏泉也能体会出一些"何况老奴"的善意嫉妒,而不是敌意。

本来想逃到自己的办公室去,但心头的暖意让夏泉留在了大实验室。窗外云影悠悠,室内只有两人的击键声。她又偷偷瞟了一眼林夫人挺直的背影。她身上有一种奇特的变化,夏泉说不上来是什么。

8月13日,18:10

玻璃门上的轻啄声打断了夏泉。是贝晓含在向她招手。夏泉心想,这个下午实验室还真不是一般地热闹,一个个角色轮流来找侦探,有点像克里斯蒂的侦探小说了。只是我不是波罗,波罗也不会办计算机系统违规操作或者夫妻盯梢之类的无聊案子,他只办杀人案。

"小贝,病好了吗?"

"好了。泉姐,我想跟你说点事。"

"进来吧?"

"去你办公室说吧。"

进了办公室,依夏泉的脾气,直接就会问她那晚做的是什么分析。夏泉已经好几次想打电话了,转念又觉得既然事有蹊跷,还是当面问好些。然而现在看见贝晓含脸色苍白,坐在椅子上,纤长的十指把衣角抓得紧紧的,夏泉心生怜意,便决定等她先开口。

"泉姐,很对不起,我这段时间身体不好,工作耽误了。我知道附件图形库现在很糟糕,以后再也不会了。汉鹰已经答应帮我改好自适应贴图的程序。其他的我自己会很快搞定。"

"小贝,身体不好就要好好休息。主图形库是很好的,附件图形库弄起来永远没完,谁知道世界上有多少衣服、饰品和化妆方案?你别急,我也可以帮你弄一下。另外,你不需要向我道歉。我不是老板,甚至不是你们小组的组长。你可以跟林导说下,他不会责怪你的。"

"哦,是的,他不会责怪我的。"

夏泉坐到计算机面前,"我还想请你帮个忙。来,你是专家,我是门外汉,帮我挑一件好看的短裙,我晚上要去喝酒。"她打开自己的合成图像,噼里啪啦给"她"穿上内衣和T恤,随着鼠标的滚动,一条条裙子穿上又脱下。

贝晓含皱着眉头笑了,"泉姐,你穿什么都好看的,你只是不爱穿而已。"

"我听你的。要短过膝盖的裙子。你说哪条好看,我待会儿就出去比着买。"

"停!就这条,很配你。"

"我得把图和尺码都打出来。每次我都搞不清尺码。记得上次我们俩出去买胸罩吗?我以为和你一样高,你买75C的,我就说买74B的总成了吧?结果人家说,标号就没有74。我晕死!从那以后我就只敢拿东西,不敢问。"

"哈哈。亏你还是人类学专家,定量分析之神。太没常识了。"

夏泉一边笑,一边艳羡地打量贝晓含的胸部。这么好看,我是永远不会有了。她的胸部比我那次看见的还要大,还要挺拔……

霎时之间,所有的碎片拼合在一起。那根毛发,林夫人对自己的友善,多次早上迟到,挺拔的乳房,苍白的脸色,魂不守舍,深夜的液体基因分析,林之明的偷偷删除。

夏泉如遭雷击。

"泉姐,其实我是想问你一件事。刚才我在办公室,发现我前几天做的一次分析数据不见了。我知道只有林老师、汉鹰和你才能完全删除分析数据。我刚才打电话问过汉鹰,他说不知道,这几天他碰都不想碰系统,你在帮他做维护,有什么问题直接问你。所以我……所以……"

"我没有删你的分析记录和数据。也没看见过。"

贝晓含松了一口气,"那么说,是林老师了。"

"看来是的。"

"那也好。"

"分析的什么样本?"

"嗯,老同学托我做的,他的孩子。看来林老师不赞成我做私活。"

夏泉默然。过了一会儿,她弯腰在最下面的抽屉里找了一阵,摸出一包烟,"这里太闷,我们出去抽根烟吧。"

话一出口,夏泉就被自己的残忍震住了。刚才明知故问,已经颇有恶意。现在为了确认自己的结论,居然叫孕妇抽烟!难道我如此不能接受这件事?不能接受什么?小贝并不是林之明的学生,她是个雇佣军,职业女性。林之明的风流自己早已看得清清楚楚,虽然以前从未有过如此出轨的情况,但他的私生活与我无关。难道自己不能接受的是:竟然不是我,是小贝?

"泉姐,你也抽烟?"

"三天抽一根吧,加班累了,深夜背着人抽一根。"

出乎夏泉的意料,贝晓含没有找借口拒绝,而是拉起她的手就走。

在走廊里,林夫人正要离开。

两人打了招呼,林夫人对夏泉点了点头,径直穿了过去。

两个女孩靠在走廊尽头绿化阳台的栏杆上。夕阳如同就要熔化般,为她们飘舞的发丝镀上一层金色。远处那湖,怡然自得,不问世事;那塔,慈眉善目,凝注人间。

贝晓含深深地吸了一口,对着风喷出去,烟飘散在她脸上。

"很久没抽烟了,感觉真好。"

"你病才好,别太猛了吧。"

"没事。有时候我觉得,我们干的这事,夺造化之功,会遭报应的。"

"胡说。我们系里那些同事,搞基因工程的,像弹钢琴一样改变基因组,那才叫违背常规。他们不都活得好好的。我们不过是窥视一下自然的奥秘罢了。"

"你不相信神?"

"你信?"

"我跟你们这些大科学家待久了,本来也不信了,但是有些时候,对我这样的凡人来说,不相信神是活不下去的。我听你说过,宗教信仰的原因要么是缺乏知识,要么是缺乏勇气。泉姐,你两方面都绰绰有余。我跟着你们,知识或许多点,勇气却更少了。"

夏泉吐了个烟圈,"我觉得你挺勇敢。"

"勇气嘛,不需要的时候很有一些,真正需要的时候一点都没有。"

"比如说?"

"比如说刚才我并不需要跟郑老师打招呼,比如说我现在需要闭嘴,老老实实回家睡觉,但我却怯懦得非得找个人来鄙视我自己,不然我会发疯!"

夏泉猛地转过身盯着贝晓含。

"不用装着吃惊,给我留面子。泉姐,刚才你在办公室突然看着我发呆,我就明白你知道了。我装不下去了。这很愚蠢。我了解你,你不会告诉任何人。换了任何人都不会告诉其他人。大家都是好人。我是坏人。"

"你不是坏人。任何人都可能做这种事,我也可能。做了就是做了,有什么大不了的?"夏泉被贝晓含眼中的绝望吓到了,自己像是看着她在下沉,笨拙地伸手去拉她。

贝晓含掐灭了烟头,"别担心,我还没有怯懦到那种程度。已经过去了,我现在想回去睡觉。星期一我会来上班,早上不会迟到了。谢谢你。你知道吗,我一直很嫉妒你。我昨天还在恨你。如果没有你,他也许不会对我有兴趣。你太高不可攀了,太完美了,他既缺乏勇气伸手,也不忍心把你碰坏。我是你的替身,以前我不承认这一点,哪怕想一下都觉得是在亵渎他。现在看来其实是那么简单的道理。别生他的气,用你的话说,他只是接受了各种激素迫使他接受的诱惑,对吧?让我感到解脱的是:到头来,我唯一能够容忍对自己做出评判的人,是你。"

夏泉拥抱了她。她在她肩上默默地哭泣。

"我走了。"

"孩子怎么办?"

"孩子现在很好。他会一直很好。我给了他生命,我负责。"

夏泉听着她远去的脚步声,咀嚼着她离去时的话,浑身冰冷。地上的烟蒂,被贝晓含抽得直烧到过滤嘴。她早上不会迟到了?三个小时的人体重建——这不是重建,是预演。编译主程序,再编译主程序。噢,不!

8月13日,18:51

"猪头,给我一级权限密码。"

"我没听错吧?"

"给我就行了,我这里有紧急情况。事情解决后保证给你满意的解释。你要开什么条件都行!"

"毫无疑问,我的条件是——跟我睡觉。别臭美了!我的条件是给我赶快滚出实验室,跟我去飙车、喝酒、跳舞,看我怎么把杨警官骗上床,或者被她扁死。要不换你跟她试试?我觉得你有这个潜力!而且比我有希望!总之,不要再关在那个玻璃屋里发神经!我看你是把自己关太久了,脑子里面全是培养液!"

冯汉鹰发泄完毕,闭上眼等着狂风暴雨。

"小冯,我真的需要你的帮助。"

"发生什么事了?"

"我现在说不清楚。把备份恢复了才能完全告诉你。"

"是系统故障吗?描述一下?"

夏泉知道在这个问题上骗不过冯汉鹰,"不是技术问题。"

"还是私人问题?Sorry,那我爱莫能助。"

"我知道你很为难。相信我,我能做好恢复前的准备工作,不会有系统问题。林之明怪罪下来我一个人承担。你就说是我从你手机里偷的。"

"我像是会把密码抄下来的白痴吗?"

"求你了。"

"夏博士,我一直非常乐意为你效劳,为你犯规。你其实不需要奖赏我,能够和你这样的人一起工作几年,是给我最大的奖赏,不发工资我都会干的。不要狭隘地理解我,我更欣赏你的才智和你的能力,我从你那里学到的东西,把我这几年的薪水翻一倍也买不到。有一点你恐怕是误解了,你觉得自己是个漂亮女人,就可以叫我做任何事。我知道,作为一个雄性动物我是没有自尊的。但是作为一个系统管理员,我还有一点。"

"我很抱歉。"

"不要道歉,道歉不适合你。我猜你今晚不会来泡吧了?"

"恐怕没心情了。"

"我会帮你向杨警官解释。别钻牛角尖了,回家去睡一觉。明天我还是你的猪头,你还是我的女王。"

8月13日,19:33

夏泉在阳台上坐了很久。她知道,已经证实的事件和不能证实的怀疑,会一直像鬼魂一样缠绕着她,毒化她与林之明之间的关系。自己和他究竟是什么关系呢?从贝晓含离开的那一刻,她觉得自己已经不在乎林之明是个什么人了。然而一个人坐在慢慢升起的暮色中,夏泉觉得生命中的极大一部分已经被挖去,无可填补。林之明和她其实骨子里极为相似:灿烂、精巧、脆弱,经不起冲击。也许这就是他们为何如此投缘,而她现在为何如此难受。

她拖着步子走回实验室。灯都关着,无数的显示屏在暮暗中散发着幽幽的电子光。巨大的中央显示屏上,屏保是彩色的DNA双螺旋,不停地翻转,弯折,解构,重组。四周绿色的RNA分子穿梭来往,如繁忙的信使,把生命的密码运往四方。一个环节的疏漏,一个碱基的错误,就足以使生命畸变成恶魔的造物。灿烂、精巧、脆弱,经不起冲击。

林之明黑黝黝的背影就坐在主显示屏面前。

夏泉的脊背上蹿起一溜鸡皮疙瘩,她赶快伸手按开灯。

"小夏,你好像已经住在实验室了。"林之明头都没回。

夏泉没做解释:"看见我今天贴的简报了吗?"

"看见了。你成功了,我们成功了。"

"我已经把美国发过来的初步资料群发到邮箱了。匹配程度非常高,可以算我们真实操作中最成功的一次。"

"基因组研究中心、CDC和CNN今天都给我打了电话。还有《SCIENCE》的记者。"

"恭喜您。"

"每家美国电视台都把你重建的脸和犯人的照片一起播出,无数遍。已经有人权组织上街抗议了。基因组研究中心,我们的伙伴,他们打电话是为了告诉我,我们的成功已经威胁到我们的合法性。其实,我认为抓到那个人的关键是你根据色盲基因提供的线索。在路口等,真是聪明。我注意到你只用几秒钟就有了这个主意。其实你完全能做一个优秀的侦探,小夏。"

"只是运气好,他有病。"

"不光是运气。你对细节的敏感度,你的洞察力和挖掘能力,总是让我吃惊。"

夏泉又是一阵恶寒。他发现了。他发现我发现了。

"您这么晚还来加班?"

"不加班就快要赶不上你的进度了。"

夏泉想了半天,只好说:"那我也过去了。"林之明点点头。夏泉立即出去了。回头看了一眼,林之明仍然坐在那里没动,好像在研究那屏保。

8月13日,21:20

快两个小时,夏泉在办公室忙碌着,一个窗口挂着上线用户监视,另一个窗口疯狂地在系统中挖掘足迹。她现在不敢用二级权限(给冯汉鹰惹的麻烦够多了),而是横冲直撞留下一连串脚印,已经完全肆无忌惮。没错,林之明已经挖掘过她的行踪了。他虽然拥有二级权限,但是操作计算机的知识和技巧远不如夏泉,两人到现在都清楚了对方的存在和意识。

一个小时前林之明就登入了系统。他就在那儿挂着,夏泉无法看到他在干什么,只能根据偶尔跳出来的系统记录猜测。他反正一定没有在工作。

怒火慢慢涌上她的心头。他竟敢这样和她隔着网络对视?他不知道羞愧吗?

8月13日,21:44

冯汉鹰发来短信:"老林问我进行一次临时灾难备份要注意什么。What's wrong with you, people?"

夏泉马上打回去,紧盯着门外的走廊。这次冯汉鹰已经在厕所里了。他劈头就问:"究竟有什么东西藏在地下室的磁盘上?你和老林在抢什么?神仙打架,百姓遭殃啊。"

"听着,我现在不能解释。简单讲我和林之明现在不在一边。你站在哪一边?"

"他是我老板。"

"……"

"但你是我的女王。"

夏泉有生以来第一次想真正亲他一口。

"告诉我他要干什么。"

"他打电话说,由于美国那起案件的成功侦破,现在研究告一段落,他想把整个系统做一次临时灾难备份。就今天晚上。我问是否需要我回来做,他说不用,他自己就可以。"

"他向你要了一级权限?"

"备份不像恢复,危险性很小,系统设计拥有二级权限就可以做。"

"他做了吗？"

"系统规定必须0点执行，在所有日常工作结束之后。他还问了我如何设定计划。"

"也就是说他设定了系统计划，0点执行备份？我告诉你，他是想冲掉现在的备份数据。"

"这个我懂。你是想得到现有的备份，对吧？但是为什么？"

"事关一条生命。我现在只能说这么多。"

"一条生命？"

"给我吧。"

"以后你养活我？我开销很大的。"

"听着，到明天，也许我也要找工作了。"

冯汉鹰挂断了电话。夏泉等待着。她决定如果五分钟内没反应，就开始写辞职报告。

收到短信。

8月13日，22:18

林之明挂在线上稳如泰山。夏泉在屋里焦急地转圈，她意识到，自己在这里，林之明也会陪着。

她跃上座位，以最快的速度删除自己的系统监控表。删除自己布下的几个监视地雷——但愿他有足够的水平看到。删除一切临时挖掘工具。退出登录。

关上计算机，夏泉扔掉白褂，里面穿着一件印有英文单词的无袖衫，拼写都错了，但是样式还好。裤子很糟糕，她找了一圈，办公室里只有一条粉红色短裤，裤腿太长，还是空调出问题的时候拿来的，将就。包里只有一支唇膏，夏泉用心地涂着。

她解散头发，一边梳理一边给冯汉鹰打电话："10点25分整，给我打电话，随便说什么都行，要在舞厅里打，要有低音鼓。然后，接电话！"说完就把手机拆开来放电。

她一边踱过走廊，一边盘算，掐好时间敲了敲玻璃门，"林导。"

"要走了？"

"太累了，我想去喝酒。你去不去？"

林之明来到门边仔细打量她。

"你上次邀请我喝酒还是刚从美国回来的时候。"

"那次你否决掉了我在美国最后半年的所有工作成果。我们喝了就算重新开始。"

"这次呢?"

"这次算庆祝。也算重新开始。"

林之明不置可否,只是微笑着说:"你真漂亮。"

夏泉心中疯狂地念着:快点,快点,没有台词了。手机铃声救命般响起。一接通音乐声就嘣嘣作响,居然是老掉牙的Tatu,"Not gonna get us"。冯汉鹰在里面声嘶力竭地吼着什么。夏泉喂喂两声,手机精确地死掉了。

夏泉非常女王地直接伸手。林之明笑笑把自己的手机递给她。手机里的第一个号码就是冯。

"别打了,电都被你打没了,不要来接我,都几点钟了!我自己过来。"

她把手机还给他,"真的不去?"

"你们年轻人玩吧。改天我请你。到时候别打扮得这么青春,我不自在。"

望着夏泉的背影,林之明悲从中来。

8月13日,22:55

夏泉把车开到湖边停车场,然后一路小跑回去。在冬青树丛中,裸露的胳膊和腿很快就被咬了无数疙瘩。实验室的灯依旧亮着。成功的概率?夏泉认为是一半对一半,她开始在心里模拟林之明的念头,终于压下了体内喷涌的紧张。还剩一小时。

8月13日,23:17

林之明的车尾灯消失了。夏泉狂奔上楼。实验室的门卫诧异地看着她。夏泉很想把他打晕以确保万无一失,转念一想这太荒谬了,何况被打晕的很可能是自己。现在只能祈祷他不会乱打电话!

夏泉直接取消了林之明的备份计划,只花六分钟就做完了恢复前的数据转移。然后选择主服务器和分析数据库。恢复开始。

冯汉鹰收到了一条短信。他正在把一大杯啤酒往嘴里倒,看都没看。杨警官挑衅地看着他。

"你信不信,明天我和夏泉之中有一个要失业了,也许是两个。"

"胡扯,你喝醉了。"

林夫人也收到了一条短信。她正在睡觉。她翻了个身。

夏泉直奔分析记录05377。送检人：贝晓含。样本：早期羊水皮屑细胞。

那是一个瓷娃娃一样的女婴，有着贝晓含的鼻子和嘴巴，林之明的额头和眼睛——完美的结合。

夏泉推动时间条。四岁，仍然是小天使。六岁，前额、下巴凸出，鼻梁塌陷。十岁，四肢明显发育迟缓。十五岁，一个畸形的侏儒，头部呈倭瓜形，手指和脚趾扭结在一起。二十岁，仍然是侏儒，畸形更加厉害。三十岁，三十岁怎么了？

夏泉扫了一眼红字闪闪的信息屏幕：

4号染色体4p16.3点位突变，FGFR3基因损坏，非遗传性突变。软骨发育不全症。

20号染色体20q13点位QTER腺苷脱氨酶基因缺失，导致腺苷脱氨酶缺乏，T淋巴细胞骤降造成的免疫缺陷症。非遗传性，病链分析为化学损伤。生命预期：二十七岁。

没有其他基因问题，这两个已经摧毁了一切。

检查模板。贝晓含用的是夏泉亲手制作的基因疾病最佳治疗模板，代表了现阶段最完备先进的基因工程技术和基因疾病治疗技术。如果不是应用这个模板，而是标准模板，免疫缺陷症大概在一岁之前就杀死了婴儿，等不到软骨发育不全症来嘲笑人类技术的无力。

看着这个可怕的、最多能活到二十七岁的侏儒，夏泉的眼泪夺眶而出。

她关掉分析界面，调出主程序前置模块SEQ_MOD的运行文件。她不需要看源代码了，她知道自己在找什么。

她制作了三个二进制文件探针，直接对执行文件进行扫描。其中一个是关于4p16.3的定位特征字符串，一个是关于20q13的定位特征字符串，最后一个是亲子DNA比对程序必不可少的特征字符串。不到五秒钟，两头分别显示结果。

夏泉一掌把显示器打翻，她滑到地上，失声痛哭。

8月14日，00:09

林之明进来的时候，夏泉已经平静了，甚至给自己倒了一杯水。

"你来了？"

"我回家发现手机被关,我就知道了。打开手机我看到了短信,所以我觉得不必来了。刚才零点听见钟声,我又觉得还是得来看看你。逃避是没用的。"

"你怎么那么肯定小贝会去做早期羊膜穿刺术,会拿回来分析?"

"设身处地想想。换了你,你忍得住?守着世界上最强大的分析系统。你会忍住不看你将来的孩子?"

"于是你就设好了套等她钻?不知道你怎么卡准时间?"

"我知道她去哪家医院。那边的门诊数据库,我随便进。"

"太天才了。你篡改了一个最不起眼的前置模块,在里面用亲子判断拦截属于你和小贝的孩子的DNA序列,不管我们平时做多少分析都不会受影响。一旦发现目标,就生硬地篡改4p16.3的序列和20q13的序列,捏造两种最凶恶的、现在无药可治的、非遗传的基因缺陷病。小贝会替你除掉胎儿,对吧?"

"我说过,你完全可以做一个优秀的侦探。这种事情的侦破,全世界恐怕就你能做。"

"为什么要捏造两种?一种还不够伤害她吗?"

"基因技术发展很快。二十多年后谁也不知道会进步到什么程度。两种比较能够使她下决心。三种就多得可疑了。"

夏泉怒极反笑。他揣摩人心的本事还真是高超!

"我能问一句为什么吗?"

"小贝打算独身。这个孩子是她梦寐以求的,尤其父亲是我。你应该清楚,我太太知道了。这是我的疏忽。她可以对我其他的事装作不知道,但是绝对不会容忍小贝生下我的孩子。她会制造一起大丑闻。我担负着项目组,担负着明年的诺贝尔奖,全世界的目光。我别无选择。"

"你就不能和小贝谈谈?你现在制造的丑闻要比林夫人能够制造的大一千倍。"

"我知道谈也没用。她会天真地幻想躲到非洲或者火星去生下我的孩子,不给我添任何麻烦。我和她,从来不会强求对方任何事。至于丑闻,你现在删掉这些东西,备份系统,就不存在了。"

"不可能。你现在准备怎么办,把我从窗口扔出去?"

"这个世界上,我唯一永远不会伤害的人就是你。"

林之明在主控台上坐下,重新编译了程序,开始做重建分析。中央显示屏上,瓷娃娃婴儿逐渐长大,变成粉嘟嘟的缺牙小女孩,亭亭玉立的少女,酷似贝晓含的美人。他爱怜地为她挑选每一阶段的新衣。夏泉咬着牙想,他快疯了。

"你不用设想该怎么惩罚我了。8月12日晚上,我看了小贝的重建分析之后,就直接删除了。我没敢去看她真正的样子。现在我是第一次看到。从现在开始,我就将永远生活在地狱里。这个漂亮的孩子,是我谋杀了她。以后每一天我都会看到她。

"刚才在家里看到短信,我的感觉是解脱了一半。你这两天紧紧咬在我身后,那也是我的疏忽造成的。不,是12日晚上看了自己伪造的东西,我神志都不太清醒了,随口撒谎,才会让你发觉。这是孩子的复仇,对吧?对不起,如果我混了过去,那所有的罪恶和惩罚我都一个人背了。现在你知道了,世界知道了,项目组也就跟着完了。非常对不起,都是我的错。"

夏泉觉得自己也快神经错乱了,她居然认为现在的林之明是诚恳的。

"我完了,你还可以拯救项目组。魔镜从长远来看,本来就是属于你的。你知道它有多美妙,多强大,多有潜力。基因技术注定会伴随着奇迹、误解、无知的恐惧和丑闻。我的罪恶如果变成丑闻,会把这个项目彻底摧毁,还有P大的、中国的、所有人的学术声誉。你知道,那对魔镜是不公平的,对项目组也是不公平的。还有小贝,如果她知道了,她不是杀了我,就是杀了自己,或许同时。如果你愿意,我明天就可以给自己制造一起车祸。也可以苟且偷生地活下去,直到魔镜不再需要我。你是我们当中的最强者,你来决定。我会服从你的任何决定。想想吧。"

林之明说完就走了,步履依旧沉稳、自信。

夏泉目送着这个被摧毁的人,他在最后的时刻仍然没有失去他的理性和说服力。夏泉环视着魔镜。它是林之明的孩子。为了它,林之明傲慢地杀死了自己的另一个孩子,也毁了自己,现在他又把它交到她的手中。它是无辜的。她想起了贝晓含,那个堕胎两天就来上班的女孩。夏泉知道真相对她意味着什么。

二十年的科学生活,让夏泉热爱真相胜过一切。这种热爱使她击倒了林之明,她的恩师、朋友、伙伴,也许还有其他。现在真相就掌握在她手中,夏泉却无法抉择。

8月14日,01:12

"杨警官?"

"夏泉,是你吗?现在道歉也太晚了吧。"

"你们还在酒吧?"

"是啊。你们那个色狼已经醉倒了。"

"那才好。我现在可以过来吗?"

"当然了。快来!"

"我想向你报告一起……"

"什么?"

"不对。我想向你咨询一个法律界定问题。"

后　记:

《镜中的罪犯》是我的第一篇科幻小说。准确地讲,在敲完头几页字的时候,我甚至不确定它会是一篇科幻小说。

我读科幻已经有超过二十年的时间,而成为作者也有超过十年的时间(我的"作者"标准是"写字可以换钱")。作为科幻读者,我和很多中国的铁杆幻迷一样,是傲慢的:"黄金时代"的大师才是标杆,对等闲的"二流"译作已经提不起激情;国外的当代名著尚要挑肥拣瘦,国内的科幻现状更是牢骚多多。然而作为作者,我又是谦卑的:写字爬格子的艰辛,意象难以转化成文字时的无力,还有送出定稿时那种忐忑的心情:让我无比自豪的孩子会不会出门就招来一顿板砖?

《镜中的罪犯》最开始的创作冲动来自于对"实验室文学"的兴趣。实验室文学(LabLit)是詹妮佛·罗恩新近提出的一种文学体裁:写科学,以科学研究的日常工作为基础,注重实验细节和科学本身的奇趣,但不一定是科幻。

于是,实验室出身的某人带着读者的傲慢和作者的谦卑上路了。难以控制的科幻激情使我把写了三分之一的原稿推翻,变成了自由发挥的科幻小说,而创作"实验室文学"的初衷又让我谨慎地给它戴好科学细节的镣铐,在镣铐的束缚中艰难迈动舞步。写作是一种奇妙的体验,而这一次特别地奇妙,混合着惊喜与挫折,不知所措与恍然大悟。傲慢与谦卑,终于在读者第一次变为作者时相互理解了。

这种理解带来的快乐产生了勇气。无论鲜花还是板砖,我都会继续尝试下去。

后会有期

[英]斯蒂芬·巴克斯特/文 梁 炎/译 DEN/图

斯蒂芬·巴克斯特

英国当今最多产的硬科幻作家,航空工程博士。代表作有"泽利"系列、"命运之子"系列、NASA三部曲、"时间织锦"系列等。此外,他还与科幻大师阿瑟·克拉克合著了"时间奥德赛"系列、"猛犸"系列、"平行宇宙"系列。截至目前,巴克斯特已获得过约翰·坎贝尔纪念奖、菲利普·K·迪克奖、英国科幻协会奖、星云奖等多个奖项,还获得过雨果奖、阿瑟·克拉克奖和卢卡斯奖提名。

《后会有期》是2008年雨果奖提名作品,故事设定在大毁灭的背景之下:暗能量膨胀即将把宇宙间所有的物质撕裂,从星系到原子,无一幸免。当这一宿命降临地球时,本文中的母女没有惊慌失措,也没有消极逃避,而是平静地接受命运,不放弃希望地过好剩下的每一天。巴克斯特擅长描写场面宏大的硬科幻,但在这篇小说中却变换了风格,着力描写大事件中小人物的抉择,讴歌了人类积极乐观的可贵品质。

3月15日

凯特琳穿过车道旁的小门,走进了花园。莫琳正在草坪上忙碌着。

这时,莫琳的电话响了。她脱下园丁手套,从旧棉外套的口袋深处掏出电话,看了看屏幕。"又一次接触!"她冲着女儿喊道。

凯特琳穿着一件单薄的夹克衫,蜷着胳膊,缩成一团,看起来很冷,"又有一种太空超级文明被发现了。我们真是生活在一个匪夷所思的年代,妈妈。"

"这已经是今年的第十五次了,我在这上面花了很多精力。看来我还挺胜任这个工作的。"莫琳笑着说,"哦,亲爱的。"她上前在女儿的脸颊上深情地吻了一下。

她对凯特琳来此的目的再清楚不过了。凯特琳早就示意过,不管怎样,她都要亲自捎来关于"大撕裂"的消息。莫琳努力想从女儿空洞失神的双眸中猜出一点头绪,但凯特琳只是一直望着花园。莫琳想,到了该说的时候,女儿自然就会说出来了。

她问道:"孩子们还好吧?"

"还好。都在学校。比尔正在家里烤面包。"凯特琳笑了笑,"为什么那些喜欢待在家里的父亲都有烤面包的嗜好呢?不过,他下周就要去韦氏公司上班了。"

"那家牛津的工程师团体?"

"没错。但现在看来上不上班都没什么区别,在一切都结束之前,我们的钱还够用。"凯特琳仔细观察起花园来。其实,在地处牛津郊外的小村庄里,这里只不过是一小块四周用木栅栏围起来的草地,前面坐落着一幢有着百年历史的小别墅。"这还是我第一次这样仔细地参观这个地方呢。"

"嗯,天气头一次这么晴朗。这是我在这儿过的第一个春天。"她们漫步于草坪之上,"我喜欢这儿。默多克夫人此前已经在这块地上打理过很多次了。她也像我一样,是个孤零零的老寡妇。"莫琳说。

"我不许你这样说。"

"可事实如此。这幢小房子对于某些人,像我,或是她,都很适合。我想在我去世前,我也会把它交给一个与我处境相同的人。"

提到未来,凯特琳沉默良久。

莫琳带着凯特琳看了看去年夏天干旱过头,需要重新播种的几块草地。在房子的墙上固定着一块铜牌,标示着两年前泰晤士河发大水时的水位线。"这草坪还不错。我喜欢每年的这个时节,万物复苏,春回大地。当然,还需要松松土。我会重新播种,然后看看夏天会长成怎么样。我考虑过是否要重铺一下地面。现在的天气和以往大不相同了,连排水系统都不正常了。"

"你喜欢像从前一样,是吗,妈妈?"

莫琳耸了耸肩,"嗯,最近这几年过得都不太好。要照料你爸爸,还要处理掉老房子。现在重新穿上了这件老伙计,感觉真不错。"她抬起了胳膊,低头看了看自己这一身园丁棉外套。

凯特琳皱了皱鼻子,"我跟你讲过我不喜欢这件傻外套。你应该穿得好点,妈妈。现在的合成纤维都很不错。"

"我会一直穿着它,直到我死的那天。"莫琳坚定地说。

她们走到花园的边缘,眼前满是树木和杂草。秋天未及清扫的落叶已在地上枯败腐烂。

凯特琳说:"我打算一会儿就去电台,BBC4台将会有一个关于'大撕裂'的官方声明,我会参与接下来的讨论节目。声明九点钟开始,我的节目大概在九点半。"

"我会收听的。你希望我给你录音吗?"

"不用了,比尔会录的。另外,这几天你也能在网上了解到所有的事情。"

莫琳小心翼翼地说:"我想,这次的新闻内容应该和你预料的差不多吧?"

"差不多,夏威夷的观察站已经证实了。我看过最新的哈勃望远镜深空成像照片,除了前景参照物以外,宇宙空无一物。本星系群[1]以外的所有星系都消失不见了。真的很可怕,你眼睁睁看着自己的预言成真。那些是茅草[2],是吧?"

"是。我把一个铲子插了下去,下边全是乱糟糟的根须,真像是一群即将苏醒的恶魔。我打算试一下除草膜,盖上几个星期,看看有没有效。现在还有些玫瑰需要剪枝。我还想在这个角落里种些剑兰……"

"妈妈,事情会在10月发生。"凯特琳脱口而出。她看起来单薄、苍白而神经紧张,跟

---

[1] 银河系所属的星系群。

[2] 一种杂草,耐干旱和瘠薄,根茎蔓延能力强,不易铲除。

其他上班族一样,但是莫琳一直觉得女儿工作得过于辛苦了。现在,她已经三十五岁了,姣好的面容已不比当年;眼尾和嘴边的皱纹彰显了岁月的威力,让人感慨已逝的青春。"10月14日,大约下午4时。我说的是'大约'。如果你希望的话,我会让时间精确到阿秒[①]。"

莫琳握住她的手,"没关系,亲爱的。精确时间你都已经算好了,不是吗?"

"就算知道得再清楚又有什么用?除了等待命运的审判,我们什么都做不了。"

她们继续向前走,来到了小花园南端一角。"这里应该能照到阳光。"莫琳说,"我想放把椅子在这儿,或者搭个凉棚,总之有个坐的地方就行。未来的日子里,我想好好享受一下温暖的阳光。"

"如果爸爸泉下有知,一定会喜欢这个凉棚的。"凯特琳说,"他以前总是说花园是用来休息的,而不是用来工作的。"

"是啊。没想到你爸走得那么早,那时所有的事情都还没发生呢。如果他也能活着看到这一切就太好了。可惜啊……"

凯特琳抬头仰望天空,"多滑稽啊,妈妈。肉眼还无法看到任何现象。你还可以看到仙女星系,它在引力作用下十分靠近银河系。所以说,膨胀还没波及到我们可见的范围。现在只在仪器和望远镜下才能观察到,但它确实存在。"

"我猜你在BBC 4台一定会解释这一切吧。"

"那就是我去那儿的原因。我们可能会一直聊下去,试着找出人们都能理解的说法。你知道的,对吧,妈妈?这一切都和暗能量有关。它就像弥漫在宇宙中的反引力场。如果说引力能把万物吸引到一起,那么暗能量就能把宇宙撕裂,让物质彼此间越来越远,以至于光都无法到达我们这里。它最初作用于宇宙中最大的物质结构,像超星系团,但之后它就会一路向下,作用到最小的物质结构。每一种聚成团的物质都会被扯散。包括原子,甚至是亚原子微粒。这就是'大撕裂'。"

"我们已经知道这种物理现象很多年了。我们最不想见到的就是像现在这样的加速膨胀。本以为百万兆年后才会波及我们,然后预测逼近到了十亿年。而现在……"

"嗯。"

"我对自己会牵涉进这件事而感到可笑。竟然会上广播节目!我从来就不擅与人相处。谢天谢地,我成为了一名天体物理学家。我总认为自己所学的知识与别人的生活毫不相关,我真是错得离谱。事实上,我已经参与过很多次争论,决定是否应该向民众公布消息。"

"我认为人们会表现得很得体。"莫琳说,"他们通常都是这样。可能越到最后,局面会

[①] 1阿秒为 10^{-18} 秒。

越难控制吧。但是人们有知道事实的权利,你不这样看吗?"

"他们会在九点后发布消息,到时候就让人们自己去决定要告诉孩子些什么吧。"

"这就像是一个转折点!嗯,你们考虑得挺周到。你会告诉你那两个孩子吗?"

"我想我应该会。每个在学校里的人都会知道。如果他们现在不了解真相的话,以后可能会受到更大的惊吓。想象一下吧。况且,孩子们可能在九点过一分时就能在他们的手机网络上搜索到新闻了。"

莫琳笑着说:"的确如此。"

"这样的情形以前也出现过,比如我告诉他们外公去世的时候,"凯特琳说,"或者比利开始质疑圣诞老人的时候。"

"再也不会有圣诞节了。"莫琳忽然说,"假如一切结束于10月的话。"

"我的两个小家伙也不会再有生日可过了。"凯特琳说。

"他们的生日在11月和1月是吧?"

"嗯。有趣的是,在实验室里,当那一天的具体日期算出来后,我脑海里首先想到的就是这件事。"

莫琳的电话又响了,"又收到了一个信号。这个看来和以前的都不一样。"

"我怀疑我们是否来得及把信号翻译出来。"

莫琳来回摇动着电话,"很多人都在努力,包括我,还有十几亿其他的'居家搜寻地外生命'爱好者①。你想喝点茶吗,亲爱的?"

"好的,等会儿来一杯吧。"

她们走向房子后门,一边闲庭信步,一边审视着那些植物和杂乱的草坪。

6月5日

凯特琳把做凉棚的原材料从园艺商店运来时已是午饭时间了。莫琳帮她从一辆白色货车后面卸下东西,从车道旁的小门抬了进去。它们都是一些几乎预制好的木板和横梁,凭她们两人之力就能抬动;还未运到的支撑主体用的铁桩子要更沉些。她们把那些部件

---

①一种大规模分布式计算项目。由于在全天域采集的各波段电波数据量太大,在其中筛选异常信号、进而确认外星智慧文明信息的计算量也就极大,于是近年出现了一些分布式计算项目,把这些计算任务分解成个人计算机能完成的小块,让世界各地的爱好者用自己的个人计算机下载软件和数据,对这些数据进行计算。成百上千万个人的计算机的处理结果综合起来,效果也就相当于许多大型机一起处理这些数据,一起寻找外星人的信号。

都堆到了草坪上。

"我一个人干就行。"莫琳说,"隔壁的乔说他会帮我浇灌混凝土地基,还能帮我把顶棚盖好。此外就是些敲敲打打的工作,还要涂些木材防腐油,但这些我自己都能搞定。"

"乔?嗯?"凯特琳一脸坏笑。

"哦,得了吧,他就是一个邻居。你在哪儿弄到这辆货车的,你租的吗?"

"不是,是园艺商店借给我的。他们没办法送货。他们还在进货经营,但已经无法依赖员工了——员工都不声不响地走了。那件事到底还是影响了人们的生活。"

"唉,你也不能怪人们想待在家里啊。"

"我也没责怪谁,实际上比尔现在就在家里呢。我都打算好告诉你了,他甚至都没办完韦氏公司的入职手续就放弃了。他现在从事的项目也永远不会完成了。"

"我相信孩子们一定会喜欢他们的爸爸待在家里的。"

"嗯,他们正在完成这学期的学业。至少我认为他们会完成的,他们的老师仍然在很投入地教学。"

"那就最好不过了。"

"是的。假如夏天过后学校仍然开学的话,我们那时再决定他们去不去上学吧。"

莫琳准备好了三明治和冰镇的接骨木花甜酒。她们就这样坐在房檐下,一边享受美味的午餐,一边欣赏花园的景致。

凯特琳说:"你的草坪看起来整洁宜人。"

"确实不错,我还想把那边的一块重新修整一下呢。"

"结果你总会在上面种许多蔬菜。"凯特琳说。

"兴趣使然吧。我已经种了些小胡瓜、四季豆和胡萝卜,还有野番茄。我可以建个温室,但现在我腾不出空地方。今年,比起种花,我更愿意种蔬菜。"

"是啊,商店现在靠不住了。"

勉强说来,世界还在正常运转,很多人都还坚守着自己的工作岗位。但是,商品的供应链已经中断了,超市的货架上空了大半。据说生活必需品已经限额供应,汽油也要凭票限购了。

"城市的街道真不该那么狼藉,都没人管管。"莫琳严肃地说。

凯特琳叹了口气,"我觉得这也怪不得保洁工人,现在城里人心惶惶的。我们接下来还要把屋顶修一下,上面少了几块瓦。幸好我们不需要再过冬了。"她说着,神情有点黯然,"但是,无论乔帮你干活是为了讨好你还是为了赚钱,他以后再也没有帮你干活的机会了。"

"是啊,我也不用再做白日梦了。"

她们俩哈哈大笑起来。

莫琳说:"我告诉你,人类是能撑过去的。人类的文明还会延续下去。"

"命运的游戏还未完结。"凯特琳说,"前些天我去了趟伦敦,那里的人们很不友好,妈妈,和这里完全不一样,你能想象到吧。"

莫琳的电话又响了,她检查了一下屏幕。"现在每天都会响四五次,"她说,"新的接触,空中充斥着信号,好像整个天幕都在燃烧一样。"

"可现在已经过高峰期了吧?"

"哦,我们曾经有一天接收到了足足一打信号。但现在一半的星星都消失了,不是吗?"

"的确是这样,现在'撕裂'已经衰减到星系级别。我并没有一直跟踪最新的进展,妈妈。应该还没有人破译出这些信号的内容吧?"

"但有些信号看起来是根本无从破解的。一次,有人从一颗恒星的光谱中发现了可疑的痕迹,像是某种智慧生命的杰作,然后接收就中断了,像曳光弹一样转瞬即逝。"

凯特琳考虑良久,"看来他们并没打算告诉我们太多东西,仅仅是为了传递一条信息:'我们在这儿。'"

"也许这就足够了。"

"嗯。"

其实,对外星生命的狂热探索始源于哈利。加入居家观测外星生命电话网络,帮助分析可能的外星信号是哈利的爱好,而不是莫琳的。莫琳只不过是为了怀念丈夫而延续了这个爱好,此外还有天气监测和购买足球彩票。停止做这些事情的话,她会觉得很不习惯。

但是她明白,在经历了长达半个世纪的艰苦而又收效甚微的倾听后,天空中忽然充斥如此海量的信息是多么地反常,就像一棵圣诞树被突然点亮——哈利一定会愿意看到这些。

"凯特琳,我还是不了解为什么所有的信号都会在这时一股脑儿到达地球。我的意思是,光在星际间穿梭不是要花费很多年的时间吗?而我们刚刚在几个月前才知道'暗能量'这种东西存在啊。"

"但是其他的外星生物可能凭借比我们更先进的科技早就发现它了,这就有时间去发送信息了。可能信号到达我们这儿的时间都精确计算过——以我们地球为目标,正好在终结日之前。"

"这个解释不错。"

"有些人希望能从这些外星信息中找到关于暗能量的答案。"

"什么样的答案?"

凯特琳耸耸肩,"不能破解这些信息的话,我们就永远不会知道。而且我认为,现在我们已经无计可施了。"

"我认为破解信息根本没有必要。"莫琳说。

凯特琳费解地看着母亲,但没有追问下去,"听着,妈妈。还有人没有失去希望,正在努力为生存而奋斗着。你知道,'撕裂'是按物质的尺度顺序逐级作用下去的,所以大的结构最先崩溃。银河系、太阳系,然后是像地球一样的行星。接下来,才轮到我们人体。"

莫琳想了想,"这么说人类会比地球更长寿了?"

"嗯,可以这么说。可能多存活三十分钟吧,直到原子结构分崩离析。听说要在牛津建一处可以在地球毁灭后仍能残存的庇护所。就像一艘潜水艇,我猜。而且,如果你穿上一件增压服的话,可能会活得更长久。这个设计的目的就是为了让我们活到最后一微秒。这样你还可以苟延残喘三十分钟。他们已经邀请我进入庇护所了。"

"你会去吗?"

"我还没想好。我舍不得孩子,还有……你知道我想说什么。"

莫琳想了一会儿,"我认为你应该做你喜欢做的事,只要自己觉得幸福就好。"

"说得没错。但是,其实我也不知道自己究竟想做什么,面对抉择,每个人都会踌躇不前,不是吗?"凯特琳举头遥望天际,"又会是一个大热天。"

"嗯,闷热还会持续很长时间。我喜欢这样。夜空现在看起来很怪异,银河都消失了。"

"星星一个接一个地没影了。"凯特琳小声嘀咕着,"我想,到了秋天,空中的星座看起来一定会很滑稽。"

"你还想再来点三明治吗?"

"我还想喝些甜酒。味道好极了,妈妈。"

"那是用接骨木花配制的,是我从路边的灌木中采集的花朵。想要的话我把配方给你。"

"我们还是先猜猜那位乔先生是否会在今天下午来灌水泥吧。我都迫不及待想见到你的新情郎了。"

"哦,你就少说两句吧。"莫琳说着,进屋又倒了一壶甜酒。

10月14日

那天早上，莫琳起得很早。她很高兴这是一个大晴天，尤其是最近几天的连绵阴雨之后。这是一个可爱的秋日。她一边吃早饭一边听《射手传奇》的最后一章，可是听到一半收音机的电池就没电了。

她下到花园里劳作，希望在光线消失前把所有的事都做完。要做的事很多，落叶要耙在一起，玫瑰和铁线莲需要剪枝。她还打算沿着新建的凉棚底座栽种一排水仙花。她发现一小群金翅雀正在为争夺米迦勒雏菊的种子而打成一团，便立即坐下津津有味地欣赏起来。她最喜欢这种色彩斑斓的小鸟了。

然后，毫无预兆地，光线开始黯淡下来，好像有人打开了舞台的调光器开关。莫琳抬头看去。太阳正在迅速隐去，好像有一张大口在吞噬天空中的一切光芒。面对这番奇异景象，她真希望此时能有相机拍摄下这一切。光线先是变成灰色，然后是炭黑色，接下来就是彻底的漆黑。她听见金翅雀振翅高飞，带着不安与困惑，激起一阵骚动。这段过程只持续了短短几分钟。

莫琳早就准备好了。

她从她那旧棉外套的兜里掏出一支小手电筒。之前她一直都舍不得用电池，电池脱销都好几个星期了。在手电筒微光的指引下，她走向了凉棚，然后点燃了很早就架在藤条上的灯心草火把。

在这片浓得化不开的黑暗之中，她坐在凉棚里，默默地等待着，眼前能看见的就是花园中这团摇曳的火光。她有些后悔没把她的书带在身边，可是应该也没时间读完了，毕竟，这闪烁不定的光线会伤害到眼睛。

"妈妈？"

轻柔的声音却把她吓了一跳。原来是凯特琳，她正在自己的手电筒光芒的指引下穿过花园走向这边。

"我在这儿，亲爱的。"

凯特琳和她母亲一起坐在凉棚里的长木椅上，下面垫着莫琳买来的薄坐垫。凯特琳为了省电把她的手电筒关了。

莫琳说："此时连太阳都无影无踪了。"

"哦，一切都在按时运行。"

远处传来了呐喊与尖叫，还有玻璃的碎裂声。

"有人正玩得起劲儿呢。"莫琳说。

"有点像日食，"凯特琳说，"就和康沃尔①那次一样，你还记得吗？当时云很厚，我们一点都看不到日食。但是当天黑下来的一刹那，每个人都兴奋起来。我想这是人类的一种原始本能吧。"

"你想喝点什么吗？我沏了一壶茶。我怕牛奶不那么新鲜了。"

"不用了，谢谢。"

"我起床很早，然后就忙着在花园里劳作。我没有时间再修剪铁线莲了。我想它们都准备好过冬了。"

"听起来不错。"

"我还是愿意待在外面，你呢？"

"嗯，我也是。"

"我在考虑该不该拿条毯子出来。也不知道会不会变冷……"

"不会那么明显，空气在短时间内能够保持热量。在变冷之前，一切就都结束了。"

"我曾打算修一下这儿的电灯，但电源几天前就被切断了。"

"不用电灯，灯心草也不错。我本想早点过来，但经过教堂时遇上了堵车——我想象得出，现在所有的教堂都人满为患——然后汽油也用光了。已经有好几个星期都加不上油了。"

"没关系，能见到你我就很欣慰了。我都没想到你会过来，现在连电话都打不通。"电话网络几天前就瘫痪了。随着人们纷纷放弃工作回到家里，整个社会秩序都垮掉了。莫琳小心翼翼地问："那么比尔和孩子们都还好吧？"

"我们提前过了圣诞节，"凯特琳说，"他们再也没有生日可过了，但是不应该连过圣诞节的权利也被剥夺掉。我们今天一大早就开始忙活。圣诞袜、圣诞树、从阁楼上垂下来的装饰品和彩灯、圣诞礼物，等等。然后我们吃了顿大餐。我找不到火鸡，但可以用一般的鸡来顶替一下。饭后孩子们就睡觉去了。比尔在他们的柠檬汁里放了药。"

莫琳知道她指的是美国国家卫生总署给每家每户发放的蓝色药片。

"比尔和孩子们一块儿躺下了。他说他会看着他们，直到确信——你知道我想说什么——确信他们再也不会醒来，再也感觉不到任何痛苦。然后他就会服下他自己的药片。"

莫琳紧紧抓着她的手，"你没有和他们在一起？"

"我不想吃药。"她的声音中透着一股沉重的哀伤，"我总是想亲眼目睹结束的一刻，我想这就是一个科学家的本性吧。我和比尔为此争执过，甚至打了起来，但最后他同意我以自己选择的方式结束自己的生命。"

---
①英格兰郡名。

莫琳想,凯特琳正在麻痹自己,让自己相信她的孩子们并未离她而去,否则的话她没办法挺到现在。"啊,我很高兴你能来这儿陪我。我也不喜欢那些药片,尽管……那一刻会很痛苦吗?"

"眨眼间的事。当地球的地表崩溃时,我们就会像坐在正在喷发的火山口上一样。"

"你们提前过了圣诞节,而现在我们就要提前过篝火之夜了①。"

"跟那差不多。我就是想看看结局会是什么样子。"凯特琳又一次说道,"毕竟我一开始就被卷了进来——那些超新星的研究。"

"这些都不是你的错。"

"可我确实有点自责。"凯特琳承认道,"很傻,是不是?"

"但你并没有和其他人一起去牛津的庇护所。"

"我更想来这儿,和你在一起。哦,不过我把这个带来了。"她从外衣兜里掏出了一颗圆球,和网球差不多大小。

莫琳伸手接了过来。它很重,有着光滑的纯黑色表面。

凯特琳说:"这是用航天飞机隔热板的原材料制成的,能吸收大量热量。"

"所以它能在地球毁灭后保存下来?"

"就是这样。"

"它里面安放了什么装置吗?"

"是的。它会一直保持工作,记录所发生的事情,直到膨胀扩展到厘米级别,当'撕裂'作用到这个球体上时,它就会释放出一团更加微小的感知单元,我们称之为'感应尘'。这是纳米技术的杰作,妈妈,像分子一样大小的机器装置。它们会继续采集数据直到'撕裂'作用到分子级别。"

"那会在这个球体分解后多久发生?"

"哦,大约一微秒吧。在这以后我们就无法再采集数据了。"

莫琳掂了掂这个小装置,"多么精巧的小家伙。可惜的是以后没有人能用上它收集的数据了。"

"没人说得准未来会怎样。"凯特琳说,"有些宇宙学家说这只是一次转变,而不是完结。以前宇宙已经历过许多次转变,比如从辐射能到物质能的转变——也就是我们现在所处的物质形态的宇宙。以后,在一个暗能量主导的宇宙中也可能会孕育出新的生命形式。"

---

①英国传统节日,定于11月5日,纪念1605年英国粉碎一些叛乱分子企图用火药炸毁国会的阴谋。

"但和我们就完全不一样了。"

"恐怕是的。"

莫琳站起来,把球体放到了草坪中央。空气冷却下来,水汽打湿了小草,在叶子上凝结成了露珠。

"我们待在这儿行吗?"

"没事的。"

大地开始颤动,从地底深处传来一阵用力摔门般的巨响。汽车和房子的警报声此起彼伏,如泣如诉。莫琳急忙跑回凉棚里。她坐在凯特琳身边,两人相拥在一起。凯特琳抬起手腕想看清楚表上的指针,然而最终放弃了,"看来我们也用不着倒计时了。"

大地抖动得更猛烈了,一阵怪异的响声传来,就像潮水在冲刷着岸边的卵石。莫琳从棚子向外望去。显然,她的房子有一面墙已坍塌掉了,墙砖如旋涡般翻滚。

"现在找不到人帮你修房子了。"凯特琳的语气有些激动。

"我们最好离开这里。"

"好吧。"

她们走出凉棚,肩并肩地站在草坪上,相互扶持着,身下是那颗小小的球形装置。地面又一次颤动起来,莫琳房子上的瓦片纷纷滑落到地上,摔得支离破碎,啪啦作响。

"妈妈,还有一件事。"

"说吧,亲爱的。"

"你说你认为那些外星信号没必要破译出来?"

"为什么要提起这个?是没这个必要。那些信息所要表达的意思是很明显的。"

"是什么意思?"

莫琳刚要试着回答。

大地裂开了。湿漉漉的草地散成碎块,被抛向空中。莫琳摔倒了,脸压着草皮。她瞥见房子、树木和人都在空中飞舞着,被地底的熔岩映得火红。

她仍紧紧抓着女儿的手。凯特琳双眼紧闭。"后会有期!"莫琳大喊道,"它们在说后会有期!"但她已经无法确定凯特琳能否听到了。

附：关于科幻，斯蒂芬·巴克斯特的回答

问：很多科幻作家从小就是科幻迷，你也是这样吗？

巴克斯特：我十岁开始就成了科幻小说的忠实读者，不过，在十岁之前我就迷上了那些给儿童看的幻想故事。我也爱参加世界各地举办的各类科幻大会，但现在我参加这种大会更多是以作家的身份，到会上去见我的读者。

问：你最想从事的职业就是科幻作家吗？

巴克斯特：我曾做过专职研究人员，还取得了航空工程方面的博士学位，但研究工作并不适合我，科学研究中那些繁琐的细节简直能把我给逼疯了。后来我当起了老师，但这个行当收入不高，压力还很大，于是我又投身产业界；最终，我阴差阳错地成了个作家。其实我十五岁时就梦想成为作家，但我一直认为那是个遥不可及的梦，没想到却变成了现实。

问：你小说的色调似乎越来越灰暗，其中有什么深层次的原因吗？

巴克斯特：我不能确定自己是不是真的变得悲观了。我认为乐观与悲观是相对的。如果我说人类五年后将灭亡，那无疑是悲观的，而如果我说人类还将存在五百万年，那么你们会说我是个乐观者，但要知道，这跟宇宙的生命相比不过是白驹过隙。也许年届不惑之后，我逐渐认识到生命的有限，这也是导致作品基调悲观的原因之一。不过我也逐渐想开了，毕竟世界上比个人重要的事情很多。也许人类终将灭亡，不过我们将牺牲自己，建成一个更加美好的宇宙，让它成为未来新智慧生命的乐园。

问：听说你在1991年曾应征宇航员？

巴克斯特：嗯，是的。1990年，俄罗斯"和平"号太空站公开招募宇航员，报纸上打的广告说："招募宇航员，无需从业经验。"我通过了最初的选拔。根据要求，我得是英国公民身份，年龄适当，身体健康，此外我有科研背景，这点也很重要。但我不会说外语，只好放弃了。现在想来，如果我当时突击一下，也许可以蒙混过关，直到现在我还在为此后悔。

问：最后，能谈谈你喜欢的科幻作家吗？

巴克斯特：我受到过很多美国科幻作家的影响。我上学的时候，学校里有个很棒的科幻俱乐部，收藏有布拉德伯里、海因莱因、阿西莫夫、范·沃格特等作家的小说。他们的作品我都非常喜欢，当然，最喜欢的还是布拉德伯里的小说集。阿西莫夫和阿瑟·克拉克小说里的科学元素令我沉醉，但布拉德伯里小说里的点子非常富于想象力，令人震撼不已。我认为布拉德伯里对我的写作影响巨大。

另外，我也是菲利普·K·迪克的忠实读者。我引以为豪的是，早在《银翼杀手》风靡世界以前，我就开始收藏他的小说了。我认为我小说中有些人物所面临的极端环境跟迪克小说中的很相似。

麦田里的中国王子

长铗/文　闲人/图

长 铗

武汉某高校在读研究生,更新代科幻作家的代表人物之一。2000年发表科幻处女作,至今已发表科幻小说数十篇,曾凭借《昆仑》、《674号公路》、《扶桑之伤》三篇作品连续三年荣获中国科幻银河奖,长铗的作品功底扎实,文理兼修,风格多样。他不仅学识广博,也非常勤奋,创作科幻小说之余,还撰写了大量的科普作品,发表在诸多杂志上,其中的《墨学——与科学革命失之交臂》一文甚至被收入了研究墨子的论文集。

麦田里住着中国王子

麦秸里藏着他的士兵

他不要面包蜂蜜，也不要奶油布丁

他用一把七弦琴训练他的士兵

没有人知道他的来历

没有人带走他的消息

稍息立正，立正稍息

每一棵麦秸藏着一个兵

……

　　在英国西南沿海的威尔特郡地区，流传着"中国王子"的传说，对那儿的人们而言，罗利和德雷克已是遥远的记忆，而"中国王子"却是现代活生生的传奇。人们不禁要问：那难道不是与"波斯王子"、"撒拉丁王子"一样的童话人物吗？威尔特的本地居民却会严肃地告诉慕名而来的外地游客，那是一个真实的故事。

　　在索尔兹伯里平原那随风起伏的麦浪尽头，有一座碉堡式的漆黑建筑在闪光的麦叶上若隐若现，那幢据说是由远古沉寂的巨石开凿而成的城堡是这方圆百里的最高据点，"中国王子"便住在那幢叫"渡鸦"的城堡里。

　　"中国王子"本名约翰·贺维，乃声名显赫的贺维家族的最后一名继承人，而生养他的世族，早在12世纪就凭借勇武、忠诚、狂热而扬名地中海了。上个世纪末，贺维家族突遭不测，好几名重要成员身陷囹圄，爵位被褫夺，虽仍保留小部分封地，但家运从此没落。约翰几乎变卖了所有家产，像唐璜一样游历世界，有人曾在美洲甚至太平洋上的南马塔尔岛上见过他的踪影，但他更多是在亚洲地区活动。十二年后他游历归来，在封地最后一处保留地"渡鸦"城堡里隐居下来。他把原来高耸的四座方塔改建成圆锥形尖塔，把三角形的屋顶改成半球形的穹顶，并对内部的装饰进行了翻修，加入了东方园林式的回廊、假山，以至于变成现在这样一个哥特式风格中融入了亚洲建筑特点,甚至还有异教徒色彩的怪物。

约翰隐居下来便以"中国王子"自称,他原来那头漂亮柔顺的金发变成一头乱蓬蓬的粗硬短发,颜色被染成灰色;原来健康红润的皮肤也变成了一种黯淡无光的蜡黄色。为了掩饰自己北海般深蓝的眼珠,他用重重的黑眼影修饰了眼眶,使得眼珠子的颜色看起来像亚洲人一样深邃。细心的观察者还会发现,约翰的右手食指内侧长年印着黑色污垢,据说那是中国学者的特征性标志。

约翰年轻时拥有皮划艇选手一样健硕的体魄,而自他从亚洲归来,他的体格变得像门板一样消瘦。他脱掉了笔挺庄重的现代装束,换上了丝制的宽袖大袍,丝袍的做工可谓精美华丽,但那柔和光滑的线条怎么瞧也显得女气,那古典的气质与其说是神秘,不如说是怪异。不要说那些看着约翰长大的本地居民见了他会不舒服,就是那些不谙世事的孩童见到约翰也会吓得哇哇大哭。人们叹息着摇摇头,约翰不是被魔鬼附了体,吸血鬼在噬咬他的灵魂,就是从东方得了传染病,只能裹在大袍子里不敢见人。

在人们的议论声中,"中国王子"变得深居简出,直到永远地消失在那座黑鸦鸦的古堡里。人们最后一次看到他是在五十年前的一次礼拜上,至今在教堂的登记簿上,还可以看到用大红笔签写的贵族名字。从那以后,就再也没有人在阳光下见过这号人。

自从约翰在渡鸦城堡定居之后,小镇便像是中了黑魔法,一桩桩离奇古怪的事层出不穷。城堡的上空惯常有成群的渡鸦在低空盘旋,像低垂的墨云一般挥之不去。而那四座尖尖的塔楼,不免让人联想到苏格兰神话中女巫头上那邪恶的尖顶帽。白色似乎是这座城堡的禁忌色,因为人们时常看到,当不幸的鸽子路过城堡的上空,它们会直挺挺地向地面栽去,像一道道照亮天空的白色闪电,半空中甚至传来毕毕剥剥的电火花爆裂声。

距城堡投石之遥的庄稼地寸草不生,稍远一点的麦地则像被羊群啃过一般参差不齐,在某些雷声大作的雨夜,麦秆会大片大片地倒伏,像是犯了全蚀病、虫病一般,它们的根部却无一丝腐烂、衰败的迹象。

"看,那是中国王子在训练他的士兵。"善良的人们用宽容的玩笑来对待这种奇特现象。但在现实生活中,人们还是尽量对"中国王子"与他的城堡敬而远之。半个世纪以来,只有一个肩扛大口袋的黑色剪影偶尔会被煞白的闪电印在城堡的石墙上,那是为贺维家送土豆的莫里斯,不管是冰天雪地的寒冬,还是烈日炎炎的酷暑,莫里斯总是隔一段时间就扛上口袋送往渡鸦城堡,当他壮硕的身影消失在厚重的铁门之后,教堂的晚礼钟必然会响起。

如果哪一天,莫里斯那疑似扛尸工的身影从城堡附近消失了,人们不禁会想,"中国王子"是不是出了什么意外?但这样的意外一次也没发生过。莫里斯家族为贺维家扛了五十年,不,两百年的土豆,莫里斯的父亲、祖父、曾祖世世代代都为贺维家族服务。莫里斯是哑巴，他的父亲、祖父、曾祖也是，莫里斯家族世世代代都是忠诚而口风牢靠的仆人。

一辆漂亮的马车奔驰在平坦的乡间小道上。车厢内坐着五个人，最里头正中一位便是此行的发起者：赫尔岑勋爵。三个月前勋爵收到一封没有署名的书信。他送走了房间里的客人，还打发走办公室外的秘书，这才关上窗户，在桌上小心翼翼地拆开这封牛皮纸厚信。

赫尔岑勋爵拥有各种各样的身份，如果不是他刚刚被选为下议院的议员，人们还真的很难从他的一大堆头衔中选中一个恰当的指代他。他加入过基督教戒酒会、海滩祈祷会、金本位制理事会、十二只猴子俱乐部等林林总总十来个体面的俱乐部，而这封信显然来路不是那么简单，红色蜡滴上印着一个奇特的徽章。

在伦敦这样一个现代与古老并行的大都市里，普通民众会有这样一种错觉，以为是苏格兰场的那群尸位素餐的大老爷在维持着伦敦的秩序，事实上还有一大堆鸡零狗碎的事务他们管不着，比如眼前这封信的内容。

信中用一种深思熟虑的忧郁笔调写道："过去二十年里，有一股暗涌的潮流在悄悄吞没巴黎、维也纳、佛罗伦萨的音乐界，现在这股潮流正在卷向伦敦。这种被评论界称作'随机表征主义'的反传统音乐打乱了神圣的赋格范式，他们迷恋平均律，偏好堆砌大量不同音程的和弦，平等使用十二音符的手法似乎与泛神论遥相呼应。有证据表明，德鲁伊德教派在支持这种浪潮，并企图将之引入伦敦上流社会。

"请注意一个叫作威尔森·西摩的人，此人二十年前在巴黎艺术界横空出世，但后来，他的作品水平却是一落千丈。此人的身份目前仍是不解之谜……"

信封里还附带了一堆资料，这些资料虽然零乱，却与信中所指一一对应，反映出来信人的专业与严谨。

赫尔岑勋爵郑重地审视了全部资料，做出一个出人意料的决定。他在《每日邮报》的副刊中刊登了这样一则广告：

据悉，近日市政局规划的一条铁路将穿过索尔兹伯里平原，威尔特郡地区最后一座哥特式建筑——渡鸦城堡，不幸落在这条铁路线上，三个月后将被拆毁，为一睹这幢历史悠久的神秘城堡最后容颜，鄙人有意组织一次旅行参观。有意者请致函蓓尔·美尔街443A号。

广告刊登后，共有四人致函响应，分别是伦敦沙龙宴会的名流迪亚娜夫人、威尔特郡拉科克镇的马修神父、拉丁语青年梅尔顿，以及一个赫尔岑勋爵恭候已久的名字：音乐家威尔森·西摩先生。

威尔森·西摩几十年前还是巴黎艺术界引人瞩目的名人,而这会儿,他却坐在马车右侧最靠里的位置,头枕在海绵车厢上假寐着。要不是热情的拉丁语青年的大嗓门不时冒出一两个新鲜词汇,使得西摩先生忍不住支起脑袋竖耳细听,别人还真会忽略他的存在。

年轻的梅尔顿是一名热气球爱好者,他有一头漂亮的黑色小卷毛,那清癯的面孔、洁白的牙齿让人情不自禁地推测他的祖上大概在巴西种植园待过。

"那真是一只猴子。"他用手在空中画出一个大圈。

"南美也有猴子?"迪亚娜夫人已经快六十岁了,浅绿色的眼珠里却显出十六岁少女才有的神色。

"是达尔文带去的也不一定。"梅尔顿挤挤眼,继续说,"那只猴子足有十公顷大,如果把它卷曲的尾巴拉直,够这辆马车跑上一整天的。"他在回忆自己乘热气球在南美的纳斯卡高原发现巨型猴子图案的往事①。

"谁会需要这样庞大的艺术?"夫人不以为然地说。

"印加人信奉的简直是天外来客的宗教,他们的历法、建筑、艺术不像是为地球设计的,一个很古怪的民族。"年轻人解释道。

"小伙子,你能描绘一下那只猴子的形象吗?我注意到你一直在用手画圈。"一直没说话的马修神父插言道。

梅尔顿用手臂重复了他的动作,没错,那是一个螺旋状的大圈,用来表示卷曲的尾巴。

"如果是这样,那可能与东方的艺术有关。"神父若有所思。

"神父,"梅尔顿露出嘲讽的笑,"您的灵感来自于印加人与东方人面孔的相似性吗?"

"我是一个业余的宗教艺术爱好者,对各民族的艺术略有研究。"神父慢悠悠地说,"比如伊斯兰图案讲究对称、严谨,以及拼接的可重复性;古希腊人按照数学和几何法则来设计他们的图案;犹太的希伯来神秘主义者则在图案中融入神秘的数字;而在遥远的东方,流动的非对称图案随处可见,那是一种动态之中的平衡艺术,比如云雷纹。而你描述的猴子尾巴与云雷纹有很大的相似性,二者都是在图案的内部无穷卷曲。伊斯兰图案也是内外相似的,可部分与整体之间是割裂的,而螺旋则意味着从整体可以连续不断地延进到部

---

①纳斯卡巨画,位于秘鲁首都利马东南方约450km处,是镂刻在纳斯卡山谷的潘帕·因哈尼奥荒漠中的一些奇怪的超大图形。有直线形、几何图形,还有飞禽走兽等各种各样的图形。在地面上,它们看上去像是暗红色的沙砾上的一条条弯弯曲曲的小径。只有从高空往下观望时,这些线条才能呈现各种兽类的巨大图案。一般认为这是印加人所为。1994年被登记为世界文化遗产。

分,直至不可察的无限精微处……"

"部分与整体相似的艺术并非中国人的发明,神父。"梅尔顿不客气地说,"如果您有幸像我一样乘热气球从天空俯瞰大地,您会发现,地球上最宏伟的艺术是埃及人创造的,是埃及人发明了地球上最古老的分数计数法,他们用荷鲁斯之眼[①]来代表整体1,而用眼睛的各部分来分别代表1/2、1/4、1/8……用这样一个无穷等分的数列之和来代替整体,这是多么伟大的发现。"

神父微微一笑,像是在为年轻人的渊博知识而赞许,但他又说:"小伙子,如果你把荷鲁斯之眼的眼珠、眼睑、泪痣等各个部位加一起,你会发现它们之和并不等于整体1,而是比'1'略小,可见古埃及人尚不能理解极限的概念。而中国人那种没有封闭的云雷纹则暗示着在精微处的无限细分。"

梅尔顿似乎明白问题的关键了,不由得为刚才的轻狂而面红耳赤起来,幸好此时马车突然停了,外面好像发生了什么事。

一个农妇坐在麦田地里号啕大哭,许多人在安慰她,更多的人冲进了麦田,疯狂地搜寻着什么。

"她的孩子乔弟丢了,在麦地里。"有人告诉马车里的游客。

三天前,一场丰沛的大雨过后,麦子疯狂地生长。这正是麦穗灌浆的季节,夜晚甚至似乎能听到空瘪的麦穗渴饮时发出的咕咕声,几天过后便形成这样蔚为壮观的麦浪,同时出现的还有那大片大片狼藉的倒伏,形成错综复杂的通道。孩子们若是在麦地里捉迷藏,用不了多久就会被密不透风的麦浪所吞没,四岁大的乔弟就这样消失在麦地里。

"这是一片被诅咒的土地,异常肥沃,麦苗生长得比其他地区更为高大丰茂,但也更容易被风刮倒,也可能是被某种不可知力所刮倒。"神父向众人解释道。

"为何这些倒伏的麦苗形成的通道不会是人为制造的呢?"梅尔顿抬头望着天空,"我乘热气球去过很多地方,见过各种各样的麦田图案,百分之九十都是年轻人的恶作剧而已。"

赫尔岑勋爵点点头,"如果是这样,我们只需找出肇事者,让他们交出设计图,就可以找到乔弟了。"他又想起了什么,转头问神父:"这样的事每年都会发生吗?"

"是的。"神父点点头,在胸前画了个十字,"感谢主,几乎所有的孩子最后都回来了。"

几乎所有的孩子最后都回来了?这是什么意思?众人目不转睛地望着他。

"孩子们玩累了都会自己回来的。他们并不像大人那样害怕麦田迷宫,当失而复得的孩子被大人追问他们在麦地里干了什么时,他们会说在参加鼠姑娘鼠小伙的婚礼,或是中

[①]荷鲁斯之眼源自古埃及鹰神荷鲁斯的眼睛被赛特神分割成碎片的古老神话,它的图案被当作容积单位的分数来使用。

国王子的士兵们教他们吹哨子,或是与亚瑟王一同在遥远的东方冒险等等这些他们能想到的离奇事。不过,有一点是相似的,他们大都宣称自己听到了奇妙的音乐。"

马车上正用帽子扇风的西摩先生停下动作,往人群里张望一下,又耷拉下眼皮继续他的午睡。

"有孩子没有回来?"梅尔顿注意到神父奇怪的措词,问道。

"是的,有个孩子没有回来。但又不确定,因为他是吉卜赛人的孩子,也许他像父辈那样流浪去了。"

"那是什么时候的事?"梅尔顿追问道。

"四十年前。"

"诸位,该起程了,太阳都晒脑门了。"西摩用肥厚的手掌拍打着车厢。

众人回到车里,刚才还很热闹的气氛此时却显得很沉闷,大伙都心事重重地沉默着,只有迪亚娜夫人不时发出叹息。

梅尔顿突然从沉思中抬起头来,"神父,若是四十年前的事,以您的年龄,那时候您也不过是五六岁吧?"

神父一愣,随即又坦然地一笑,"是的。"

梅尔顿似笑非笑地说:"为何那么久远的事情,您还能记得那么多清晰的细节呢?"

一个高坎把那些假寐的乘客震得睁开眼来,众人火热的目光把神父包围了。

"那是我童年最好的伙伴。"神父一字一顿说,他的表情平静如初,但谁都能看出梅尔顿的刨根问底勾起了他伤心的回忆。

夫人严厉地横了梅尔顿一眼,年轻人脸一红,再不吱声了。

当马车驶进渡鸦城堡,大家顿觉自己像从一幅色彩饱满的油画驶进了一幅阴沉的炭笔素描。峭然挺立的高堡由规则不一的墨绿色巨石垒就,即使在这艳阳高照的初夏,爬满绿藤、青苔的外墙也像一块生铁似的释放着浸人的寒意。四座锥形塔楼就像是远古植物的巨茎一样向天空生长,而古堡的主体却又是棱角分明的哥特风格,窗户又窄又小。在城堡巨大的阴影里,空气似乎也湿冷了,甚至还可以闻到黏糊糊的鱼腥味。

"这后面有一条湍急的小河。"神父带领大家绕到城堡的侧翼,原本寂静的夏日正午变得喧嚣起来,一座水坝横跨在小河之上,河面并不宽,地势也并不陡峭,但水流异常湍急,这不禁让人疑心河面之下有一个深不可测的漏斗在泵吸着水流。河堤旁一架水车像巨人似的挥舞着手臂,它的轴承是黑色的铸铁锻造的,绞链的末端固定在河岸上一座木屋子里。

"那人是谁?"夫人指向一个在河岸边的菜地里弯着腰的人,在水车庞大影子的衬映下,不由得让人联想起堂吉诃德的仆人桑丘。当众人向他走近时,那人也直起身来,大家这才发现他的身材很高大,扛起一个大口袋丝毫不费力。当夫人从他身边走过时,夫人的脸色都变了。那人就像是巴黎圣母院里的卡西莫多一样丑陋,小说家对他即使不着一墨也能让人过目不忘,更奇怪的是他的表情非常木讷、冷漠。

"我发誓他看都没看我一眼。"夫人说。

"太奇怪了,我们这群外乡人在他眼里就像是透明的影子。"西摩望着那个莽汉的背影,摇摇头。

"他就是莫里斯。"神父淡淡地解释道,"莫里斯从不与任何人交流,包括表情。要让莫里斯家族开口,比撬开这紧密咬合的巨石还难。"

众人跟随莫里斯的脚步拾级而上,很奇怪的是,当他们穿过城堡的铁门时,并没有受到任何阻挡。城堡里除了前面那个钝重的步子,没有什么人的痕迹。

"五十年过去了,约翰还活着吗?"夫人四下打量这东方园林式庭院,自言自语。她不大的声音在这圆形的庭院里嗡嗡回响,以至所有人都望向她,好像有一具无形的麦克风伸到了她的嘴边。夫人自己也吃了一惊,她转动身子,并未发现一丝异样。

"这,这怎么回事?"话一出口,她立即明白了,因为在她说话的当口儿,脚步无意中踏出了圆形庭院的中心,说话声随即衰减,恢复成正常的音量。为了验证这一发现,她往刚才位置一站,轻咳一声,整个院子都在回响这个咳声。

"这定然是用到了声音的反射共振原理。"梅尔顿转向西摩,"音乐家先生,您能解释一下吗?"

西摩耸耸肩,说:"真正的钢琴家是不会亲手调试一架钢琴的。"

"我不赞同您的观点,先生。"夫人严厉地说,"在古希腊时代,每一个智者都是百科全书式的博学家。若是达·芬奇不熟悉人体解剖学,又怎能成为一位艺术大师呢?"

"那么,我们这个时代的达·芬奇在哪儿呢?"西摩冷笑着,言下之意,在这个工业革命已进行了很久的时代,社会的分工日益明晰,即使是同一领域的不同分支,也存在霄壤之别。

"先生,"夫人说,"如果您有幸生活在我的少女时代,回到半个世纪前,像一个无知却又不失好奇心的顽童那样,被哥哥们带着参加各种科学沙龙宴会,看他们喝樱桃白兰地,吃罐装鲑鱼,看威尼斯通俗剧,谈论达尔文,讨论新大陆的实用主义哲学,你就会像我一样崇拜那些举止古怪却又不失风度的科学怪人了。而约翰·贺维正是那群人中的佼佼者,他无所不知。"

赫尔岑勋爵附和地点点头说:"夫人,我了解到在您年幼时,曾与约翰过从甚密,能跟我们谈一谈约翰年轻时的故事吗?"

夫人的眸子像融化的冰一样，突然变得透明生动起来。

"那时候，我八岁，约翰十九岁，他哥哥威廉二十四岁。我姐姐那时与威廉正热恋着，因为这层关系，我认识了约翰。谁能想到八岁的小姑娘心中也会燃起爱的火花，甚至还会学着像姐姐一样约会呢？我暗恋着约翰。"夫人脂粉厚重的苍白脸上浮出羞涩的腮红。

"当有一天我把这层意思传达给了约翰，他笑岔了气，甚至还向他的朋友展示我对他的'爱慕'，好像我写给他的信是刻在泥板上的法老文字似的。那个时候他可真是个风趣活泼的人，是沙龙宴会、公共演说场合中的风云人物，而他的哥哥则显得心事重重、沉默寡言，兄弟俩的性格就像是火山与极地的区别，但兄弟俩骨子里的东西是相通的，那就是谦逊温和的举止下所掩藏的贵族的骄傲之心，以及他们遭人忌恨的才华与风度。贺维家族在一百年前突遭变故，家境已大不如以前，故而兄弟俩时常面对纨绔子弟们的恶语挑衅。那个时候，英国人就像喜欢板球一样喜欢决斗，聪明绝顶的威廉就这样以愚蠢的方式被一个混蛋打死了，自那以后……"夫人的声音哽咽了，"约翰就像变了个人，变成了那个眉宇间阴霾不开的哥哥，甚至比威廉还威廉，他跟任何人都不再交流来往，后来他搭上了去美洲的轮船，据说追寻那个杀死哥哥的凶手去了。当他回来后，他已不再是我爱的那个约翰了。"说到此，夫人泣不成声，脸埋在手绢里。

梅尔顿搂住夫人颤抖的肩膀，说："也许，约翰还是那个约翰，甚至有过之而无不及呢！"

夫人止住哭泣，不解地望着孙辈的小伙子。

"大家不觉得这设计奇特的古堡，无处不体现着智慧吗？"显然在大家刚才聆听故事的同时，梅尔顿已经对城堡进行了细致的观察。

"大家随我来。"梅尔顿俨然一副博物馆解说员的样子，"在这个房间里，我们可以看到钟表零件、轴承、曲杆等机械玩意儿，这可能是一间杂物储藏室，反映出主人有着路易十六一样的锁匠嗜好。如果说这间屋子仅仅展示了他的收藏，那么在左边那间屋子里，约翰则展示了他的发明天赋。"

桌上摆着一个奇特的东西，它由一块布满凹坑的面板和与之相连的线圈组成，旁边还摆着一盒钢珠。

"弹珠游戏？跳棋？"夫人猜道。

"是乐器。"西摩肯定地说。他把钢珠进凹坑里，一摇晃，便发出了清脆的声音。

夫人半信半疑地接过面板，放到耳边摇晃着。

神父则对这间房子洛可可风格的装饰产生了兴趣。在壁炉的那面墙上，挂着军刀、火绳枪、羊驼的皮、夸张的鹿角，显示出主人广博的兴趣与不凡的阅历。浅玫瑰色的墙面上挂着东方织绵，当神父的目光从乱花迷眼的织绵图案上移开，他的眼珠像被一个什么锐利的东西割伤了一般,一个毫不起眼的图形夹杂在复杂的图案中间:云雷纹。

"铿"的一声,织锦背后的墙在颤抖,一条细缝从墙上裂开,渐渐扩展到一扇门大小,门后漆黑的秘密裸露在众人面前。

大家面面相觑,回头望着迪亚娜夫人,她正摇晃着那个古怪的"乐器",一脸茫然。

"你做了什么?"勋爵问她。

"我只是在调这个弹珠板的音而已。"

"当——"一个清脆的金属声把众人的目光吸引到梅尔顿身上,他手里拿着一个小勺子,轻轻敲了一下桌子上的一个音叉。他说:"显然这不仅仅是乐器,还是一把锁。

"这个音叉就像一把密码锁,它固定在桌面上,桌面下连通这扇门的开关,只有特定频率的声音才能打开这把'锁'。而那个弹珠板显然就是一把钥匙,只有把钢珠塞进恰当位置的凹坑,才会发出正确频率的声音,从而引起共振,触动桌面下的机关。夫人显然是那种一眼就能从一堆钥匙中找到正确的那把的人。"梅尔顿调皮地解释道。

这的确是一个令人信服的答案。

墙是夹层,里面黑乎乎的,但依然可以看到复杂的机械结构,齿轮的尖牙上抹着机油,反射着亮光。乍一看,这机械像是死的,仔细一听,却能听到"咔咔咔"的内部震动。而这墙体的内部机械,通过曲轴、皮带的连接,似乎通往更高的楼层。

"为什么不去塔楼看看呢?"梅尔顿自信满满地说,"我相信在那儿能得到一些线索。"

众人接受了这个建议。塔楼的梯子是螺旋形的,扶梯包着黄铜,楼梯道里则堆满了鸟粪,足有几英寸厚,一看就有好些年头没人打扫了。这肮脏的通道苦了夫人的脚不说,她还在隐约担心着约翰的健康。虽然他活在世上的希望非常渺茫,但她还是像许多年前那样祈祷着。

爬到一半,梅尔顿停下来,仔细观察一堵颜色与众不同的墙,此处像是开了个豁口,后又被新砖堵上了。

"呃,神父,您说这会是什么?"梅尔顿谦逊地问道。

神父谨慎地观察着,说:"应该是飞扶壁,哥特式建筑的常见结构,约翰拆掉了它。"

当众人来到塔楼的顶层,整座城堡尽收眼底:角楼、瞭望塔、礼拜堂。

"看那里,礼拜堂的穹顶被拆掉了。"夫人伸出手臂。

是的。礼拜堂的穹顶被一张大网所遮盖,上面停满了黑乎乎的渡鸦。大网下似乎是一张黑布,上面积满了鸟粪,被压得凹陷了下去。

"罪过。"神父画着十字。

"神父,传说约翰从亚洲回来后,便皈依了异教徒的神,是这样吗?"梅尔顿问道。

"不是的,约翰定期到教堂做礼拜,虔诚的态度与本镇居民并无不同,只是由于他奇风异俗的装束引起了人们的议论,他才变得深居简出。"

"这样啊……"梅尔顿点点头,若有所思地踱着步子,当他转身来到塔楼的另一面,情不自禁地叫了起来。

窗外是碧波万顷的索尔兹伯里平原,麦叶反射的粼粼波光迎风颤动,就像是女人的手抚过光滑的缎面,这美景直教人屏气凝神,渴望静静地用脸部的茸毛去感受这午后的温柔。这时,午风突然转向,那波光一晃,有什么东西在麦浪中若隐若现,夫人不由得轻呼了一声:"那是图案!"

那的确是图案,以"回"字形的通道环环相套,笔直的线条穿插其间,这绝非自然力可以随机形成的。不一会儿风向再次掉转,图案消失了,就像是潮水清洗了沙滩。众人还在啧啧赞叹间,麦浪又朝另一个方向滚涌开去,另一幅犬牙交错的图案浮现出来,就像是有人悄悄切换了幻灯片。

"看,中国王子在训练他的士兵。"夫人情不自禁地诵出这句童谣,众人心头一震,就像是迷雾重重的深潭被扔进了一颗石子,咕咚一声,荡出圈圈涟漪来。是啊,多么形象的描述:每一棵麦秸藏着一个兵。

博学的神父联想起一个从传教士的游记里读到的故事:在遥远的东方,国王用奇怪的方阵操练他的士兵,一旦敌人闯进那个方阵,就会像无头苍蝇一样乱撞,怎么也挣不脱天罗地网。国王只需挥舞信号旗,配以鼓点,士兵们便可变幻出无穷无尽的阵形,让可怜的敌人遁地无门。如此说来,每年有儿童被这麦田迷宫困住就不足为怪了。

神父灰暗的眸子像是被神迹照亮一般,掠过一丝异样的神色,他联想到什么,一朵盘桓在他心头多年的疑云突然间烟消云散。就像汉谟拉比石碑无意间绊住了游人的脚,在游人好奇的拂拭下,褪尽黄沙,洗尽铅华,浮现出金色的楔形文字来。

他正要道出这个发现,梅尔顿却抢先用拉丁语喊了出来:"我明白了!我明白了!"

小伙子用炽热的目光望向夫人,又望向赫尔岑勋爵,然后又摇动西摩的手臂,好像他只重复那句话别人就能明白他在说什么似的。最后,他伸出一根手指放在唇前,对神父说:"让我先说!我想您也一定得到了什么吧?"

"你明白了什么?"音乐家冷冷地问道。

"这是人间最美妙的艺术,我不是指这麦田图案。"

"那是什么?"

"音乐!"

"音乐?"夫人迷惑地左顾右盼,这寂静的夏午除了呼呼风声,别无其他声响。

"就好像在薄薄的玻璃板上撒下均匀的细沙,然后拉动小提琴,共鸣箱紧靠着玻璃板,在声音的振动下,这些细沙开始跳舞,从一些地方向另一些地方聚集,形成疏密相间、对称的复杂图案。"

"我们为什么不能把密密麻麻的麦秸想象成玻璃板上的细沙或铁屑呢?空心麦秸更是优良的谐振腔,在声波的振动下也完全可能倒伏形成复杂图案。"

众人半信半疑间,梅尔顿把目光投向神父,"神父,您是一位宗教艺术爱好者,想必您也了解装饰艺术上的克拉尼图案。"

神父点点头,向众人解释道:"一百多年前,有一位叫克拉尼的物理学家发现,对着铺有松香末的平板持续地演奏同一个音调,松香末会显示出对称的波状花边图形,而特定的声波则会形成特定的图案。"

"令人吃惊的是,许多宗教装饰图案中也可找到克拉尼图案,比如建于15世纪的罗斯林礼拜堂,拱门上刻着弹奏乐器的天使,天花板上粘有几百个小立方体,每四个立方体排列成一个十字形,立方体上刻有各种对称的几何图案。按照声音形象学理论,这些几何图案可能是某些中古的宗教音乐演奏所激发的克拉尼图案。"

见众人露出吃惊的表情,梅尔顿眉飞色舞地说:"这不算什么,还有更令人吃惊的呢。这许多年来我乘热气球飘过许多地方,发现过各种各样的麦田图案。起初人们猜测,这些图案不过是无聊者的恶作剧,但是有个疑问始终萦绕在我脑海:既然这些图案在澳洲、日本、南美都有发现,为何它们的形态又如此相似呢?直到有一天我读到声音形象学的著作,才大开眼界,原来历史上曾发现的波状花边纹的古德伍德麦田怪圈、肖似古埃及乐谱的棘齿形怪圈、同心圆环圆盘、四面体图案、曼陀罗蜘蛛网图形均可在克拉尼图案中找到。"

"小伙子,你的理论很美妙。可是音乐的发声装置在哪里?声波呢?听到过吗?那双制造这些神奇图案的艺术家的手在哪里?"音乐家打断梅尔顿激动的语调。

梅尔顿的眉头跳了一下,就好像自己的好消息无意间被听众所破灭,令得消息的发布者不禁懊恼起来,不过他的声音仍难以抑制地颤动着:"这不就是我今天的发现么?音乐家先生,如果你能抛开一位音乐家的傲慢,怀着一位乐器匠学徒那样的好奇心,没准儿也能发现这个秘密。

"来吧,我来告诉你们。中国王子之所以要改造他的城堡,并不是出于什么建筑艺术上的追求,他只是在发明这个世界上最庞大的乐器而已。我接下来要叙述的内容可能有些新奇的东西,但对于夫人这种上流社会的消息灵通人士,想必不会对几年前一条轰动一时的旧闻感到陌生,一个博洛尼亚人用他的电磁波穿越了英吉利海峡,实现了英法两国的通讯。见多识广的约翰在科学上的探索自然不遑多让,这锥形塔的螺旋楼梯可不仅仅是楼梯,照我看,它还是个货真价实的巨大线圈。"

梅尔顿重重地敲击那黄铜的扶梯,整座塔都在震荡这个钝重的金属颤鸣。他接着说:"中国王子竖起四座高大无朋的黄铜线圈,在他的城堡底部灌注了成吨的水银,这些毒性强大的重金属污染了城堡附近的土质,使得它们寸草不生,但这些水银却是电流的理想容器,一座坚固耐用的水力发电机五十年来源源不断地为这个饥渴的容器注入强劲的电流;他拆除了塔楼与角楼之间的飞扶梯,就像调琴师要抹掉击弦音槌上每一丝尘埃以保证音质的纯净和优美。这半个世纪以来,中国王子用他无与伦比的线圈音乐统治了这片麦田,迷惑的人们无法解释这种奇怪的现象,于是那邪恶的'中国王子'的传说不胫而走。"

梅尔顿激动的语调配合以夸张的手势,就好像舞台上一位渐入佳境的指挥家在那里张牙舞爪,那极为投入的神态之于那些容易被带动情绪的观众来说,无疑是一种活力,但之于那些冷静得近乎挑剔的观众来说,就未免显得滑稽了。

夫人已完全沉浸到梅尔顿所描述的那个世界中去了,她眺望着窗外,河水如蓝丝绒般迤逦开去,水坝上云气溟蒙,善解人意的微风吹拂着她的鬓角,尘封已久的往事在她心底浮浮冉冉。她似乎能感觉到约翰悄悄地来到身后,像是从背后拥抱了自己,又像是没有,他正从自己头上远眺开去,像是在分享她目光所及的美景。

神父腹思着:梅尔顿的解释确实很打动人心,但也有许多臆测的成分。比如水银电池,比如电磁波,要知道电磁波是近几年的科学发现,约翰能否在半个世纪前率先发现这一现象呢?当然,这也不是不可能。约翰的头发变了颜色,连皮肤的颜色也变了,这是不是一种水银中毒的症状呢?曾有人把罗斯林礼拜堂的图案与克拉尼图案进行比照,翻译成一首中世纪的圣歌,从这麦田图案能否翻译出约翰的电磁波音乐①呢?

梅尔顿似乎读出了神父的心理,说:"我的演说完了,轮到您了,神父。"

神父微微颔首,与梅尔顿眉飞色舞的神情形成反照的是,他的表情很凝重。

"我并没有发现什么新东西。"他说,"相反,这几十年来一直困扰我的问题反而更扑朔迷离了。我二十岁时在本镇教堂担任见习牧师时,与约翰有过数面之缘。那时他大概五十岁,头发已经全白了,但他英俊的面容却像是被封存在松脂里,凝固在年轻时的模样。他的皮肤蜡黄得可怕,但绝非人们传言的那样得了什么可怕的传染病。他的确与一般的基督徒不一样,我不是指他对待宗教的态度,而是指他奇怪的方式。有一天,礼拜做完了,约翰一个人坐在教堂里,两眼直直地望着天花板。人们早已习惯他奇特的行为,所以我没

---

① 准确地说,这是一种应用电磁感应原理制造的超声波。由于在那个时代,人们对超声波缺乏认识,故而神父误解为电磁波音乐。

有去打搅他。当我合上《圣经》准备离开时,他叫住了我。

"'你看到那儿了吗?'他指着穹顶。

"'您是指圣母玛丽亚?'我问道。

"'不是的,那旁边的装饰图案。'他指着圣母像旁边用金箔与蓝色马赛克镶嵌的几何图案。

"我奇怪了。几百年来图案一直是这样的,即使中间曾历经翻修,那些中古的图案也一直得以保留。得承认这些图案与其他地方的教堂图案有些不一样,但我仍旧不解他何以对此这样感兴趣,有时候甚至在教堂里坐上一整天。

"'你不觉得那不对劲吗?'

"我摇摇头。

"'首先,那不对称。'

"'很多图案都不对称。'我说。

"'没错,但它在不对称之中却又体现出一种韵律之美。你能理解这种美吗,小伙子?'

"我沉默着,他只是需要一个听众而已,任何试图去理清他思路的念头都显得多余。

"'你能的。'他说,'就像一个不识字者也能欣赏花体字书法的韵律。'

"我点点头说:'婴儿也能随音乐手舞足蹈呢。'

"他眼里的光陡然亮了许多,就像灯芯草被拨得更长了些。

"'真不错,小伙子。这就是音乐。只是,它还有缺陷。所以它在尾声位置就显得杂沓。'他指向穹顶的边缘部位。

"起初听到他的'音乐说'我挺吃惊的,但他说到图形的变化,这的确又是显而易见的。在那儿,图案的结构与排布的确较穹顶的中央有所不同,视觉上有些零乱。我说不出零乱的原因,那纯粹是一种直观上的感觉。

"见我若有所悟,他霜冻了似的脸稍稍舒展,'为什么会这样呢?'

"像是知道我答不上来,他接着说:'因为那是古凯尔特人的音乐。它采用的是一种粗陋的五声音律。用这种音律来演奏,乐曲的开头还是和谐的,但那仅是一种近似的和谐。随着演奏的进行,误差将会积累得更多,到了后面,它将导致杂音纷呈,甚至混沌……'

"'等等,先生,您说这是古凯尔特人的乐谱?如果说这是一种奇怪的记谱符号,我尚能理解,可是演奏的误差怎么能积累呢?就像一个吉它手弹错了一个音,这个音符并不会在琴弦上停留,第二个音符不会叠加在第一个音符之上。'

"他说:'这不是简单的乐谱,而是一种用平面几何形式表达的音乐。'他没有再说下去,或许是觉得再解释也是对牛弹琴,只是兀自点点头说:'也许,我该用东方的音律来对宗教音乐进行改革了。'说完他把手压在我的手臂上,吃力地直起身,离开了教堂,留给我一个盘桓心头二十年的谜团。

"直到今天,我才恍然明白,他说的平面几何形式的音乐是指什么。如果古凯尔特人真是用声音形态学的方法创造了那些图案甚至巨石阵,那么频率的微小差别的确会导致混乱,因为误差是累积在随声波振动的沙粒之中。可他说的东方的音律又是指什么呢?

"这城堡之中,东方的元素随处可见,园林、回廊、云雷纹,可以看出约翰深受东方文化的影响。过去二十年来我阅读了大量东方典籍,试图从中找到一丝线索,但古代中国并没有什么领先于欧洲的发现。倒是有一个叫邵雍①的人写的书里,语焉不详地提到一个与古埃及荷鲁斯图案相似的倍分叉演化过程,他认为一分为二、二分为四的树状演化是先天的,是宇宙的本质。

"这种思想带给我的启发是:复杂的图形,比如麦田图案,可能是由简单的规则生成的。而那整体中透出的韵律不正是一种周期律的体现么?上帝赐予人类的音符是如此之少,但从屈指可数的几个音符所产生的乐曲却又是千变万化,尽善尽美。

"我不是约翰那样的博学家,在科学上我完全是外行,我无法理解约翰那种对东方文化的痴迷狂热,想到此点,我不免有一种无能的沮丧,正如一个闻音乐而手舞足蹈的婴儿,虽然能体会到音乐的魔力,却无法洞知韵律背后的内涵。"

当神父说完这些,四野已经阴暗下来,不知不觉黄昏已然降临。

事实上,这不是他一人心中的困惑,这整座城堡就像一台庞大的机器,它的运转精密得像是齿轮的咬合,有条不紊。可是就连机械手表也得有人上发条,而这座城堡却是空无一人。是什么在驱动着它运转呢?

是水车吗? 水车是这座城堡中唯一裸露的机械,可它只是在提供电能而已。

是莫里斯吗? 一个黑影在对面的角楼窗户口一闪而过,那庞大的体型一目了然,他就是莫里斯。行尸似的莫里斯根本就是这台机械的一个零件,可靠但却死板,他绝无演奏出这奇妙音乐的可能性。

"啊,那儿!"夫人尖叫起来。

顺着她手指的方向望去,对面一个窄小的窗户里露出一个剪影,房间的灯是亮着的。夫人跌跌撞撞冲下楼去,要不是梅尔顿搀扶着她,一把老骨头都不知摔成什么样了。

约翰坐在那儿,烛光晃动着,他的影子也一飘一飘的,带给人一丝不真实感。夫人的手指刚搭上他的肩膀,便身子一斜,瘫软在地。约翰身上的丝绸大袍碎成一缕一缕,原本

---

① 邵雍(1011～1077),北宋哲学家,有《皇极经世》、《观物内外篇》等著作共十余万言传世。

鲜艳的颜色早已被岁月浸泡成珍珠灰色,就像是蛛丝。

他已死去多年,但骨骼的姿势依旧保持生前的样子,不禁让人眼前浮现他俯瞰自己领地的情景,他是那么孤独,自始至终留给人们的只是背影。

神父为死者作了祷告,梅尔顿安慰着瘫在地上的夫人。而赫尔岑勋爵与西摩先生则深深地躬下身去,不知情的人定会揣测他们与约翰是不是故交来着。音乐家与勋爵大人同时发现了这个问题,于是他们都意味深长地打量着对方。

赫尔岑勋爵微笑着说道:"音乐家先生,说说您与约翰的故事吧。"

西摩一愣,说:"我只是站在艺术的角度向这位先驱、同行致以崇敬和悼念罢了。"

勋爵皱了下眉头,一字一顿说:"您难道不是约翰的学生吗,尊敬的安德鲁·卡巴勒罗先生?"

就像一只流浪在外多年的野狗,突然被人叫出了名字而定在那儿一样,西摩微张着嘴,说不出话来。众人的目光投向他们,夫人也止住了抽泣。

勋爵把墙上的灯盏拨亮了些,示意大家坐下来。

"这是一个很长的故事,牵扯的时代久远,涉及的人物也很复杂。"勋爵拧着眉头,"如果安德鲁·卡巴勒罗先生不愿意自述这段往事,那么我只好代劳了。"

音乐家肥胖的身子陷在椅子里,浓须下喘息渐沉,搭在膝上的手不住地颤抖。

"神父先生,能将您的假发摘下来吗?"

阴暗中的神父不由得一震,满脸愠然。众人不解地望着勋爵,他为什么要提这样一个无礼的要求呢?

"神父,您的后脑勺是不是有一个伤疤?"

"是的。"神父答道。

勋爵望向大家,"神父在为我们介绍麦田怪圈的历史时隐瞒了一个事实,不,他实际上已经泄露了那个秘密,他说曾有孩子没有回来,实际上有两个孩子——他用的是复数。事实上那两个孩子今天都已经回来了,其中一位是吉卜赛人的孩子,今天我们把目光投向富态的卡巴勒罗先生,养尊处优的他已白胖了不少,但从他肥厚的嘴唇、宽阔的额头,以及那染过却无法改变其卷曲形态的头发,依旧可以看出他的东方特征。而另一位,我想大家已经猜到了……神父,您还恨您面前那个人吗?"

"愿主宽恕他。"神父闭上眼睛,痛苦的记忆像潮水一样包裹了他。而此时应该称作卡巴勒罗的音乐家则耷拉着脑袋,下巴的赘肉层层挤压着,这使得他的呼吸更沉重了。

"神父与卡巴勒罗先生童年时是好朋友,他们像先前出事的乔弟一样,被麦田的图案和中国王子的故事所吸引。麦田本身并不会伤害任何人,就像中国王子根本无关于传染病、吸血鬼一样。善良的人们无法解释那种神秘的现象,只好将一切归为邪恶的异教徒、黑魔法……孩子们并不会管这些,他们喜欢在麦田里捉迷藏、游戏。更为有趣的是,他们还可以听到神秘的音乐,那音乐只属于他们。

"有一天,那个大一点的孩子突然产生了一个想法,从他贫穷的出身、渴望出人头地的本能以及热爱音乐的民族传统来看,他做出那样一个决定毫不意外。他想,我为什么不把这种只有我们小孩才能听到、大人听不到,只有本地才有、其他地方没有的奇妙音乐带到上流社会呢?他的想法是天才的,因为在当时,就算把巴黎、维也纳、佛罗伦萨的所有音乐家的才华放在天平的一头,也会被另一头中国王子的才华翘得高高的。

"但是,他的小伙伴无情地嘲笑了他:'小偷,你是小偷,抄袭中国王子的曲子。'吉卜赛孩子迅速明白了问题的关键,阻碍他步入上流社会的因素只有一个,就是身边这个白种小老爷们儿。如大家所能想象的,他用石块砸晕了小伙伴,把他埋在麦地里。所幸掩埋的浮土不够深,可怜的小马修后来被寻来的大人救了回去。而那个吉卜赛孩子果然也实现了他雄心勃勃的愿望。他来到巴黎,伪造了一个东欧国家的国籍。他当过学徒,卖过报纸,硝过刺激气味的兽皮,但从未放弃过他成为音乐家的梦想。吉卜赛人血液里流淌的音乐天赋,让他对童年时听过的音乐过耳不忘。终于,他赢得了一个机会,一个当红钢琴家看中了他的乐谱。一个传奇诞生了,一个精心打造的贵族韵味的名字轰动了巴黎。在短短的一年内,他连续创作了十首作品,每一首都足以名垂青史。'他的才华就像是从拧开的水龙头自然流出一样,不,就像圣米歇尔喷泉那样直冲云霄。'艺术评论界这样评价道。

"让我们来欣赏一下这位横空出世的音乐家的过人才华:在他的代表作《猩猩的和弦》里,他颠覆了统治欧洲音乐几百年的调性音乐,十二个半音之于他就像是十二进制数字,平等地分布在一个随机序列里,艺术界揣测这可能与他的泛神论思想有关;在他的另一首作品《尤利西斯的黄昏》里,神圣的赋格曲被他打乱得支离破碎,从中听不出任何旋律主线,里面充塞着诡奇的颤音,魅惑的钢琴装饰音,甚至那些人耳根本听不到其振动的高频和弦,他让各种不同音程的和弦像瀑般层层堆砌,即使是为所罗门设计服饰的宫廷裁缝也不敢如此繁文缛节;在宗教音乐《天鹅圣叹调》中,为了演奏出他所谓'宇宙中最纯粹的音乐',他甚至把庞大的管弦乐团请出了圣诗演奏团,只留下了键盘乐器,他似乎对自然泛音充满了偏见,拒绝在乐曲中融入任何整数。

"不可否认,卡巴勒罗先生在艺术创新上取得了巨大的成功,因为这根本不是人间的音乐。就像人类的耳朵根本无法区分那种精确到小数点后十几位的频率一样,也没有任何歌唱家能演唱他的歌。

"艺术界嫉妒这位天才音乐家的才华,纷纷在私下议论他的灵感来源。他对和弦的使用有点类似德彪西,却又脱离了后者的全音体系;他对十二个半音的理解接近于勋伯格,却又不似后者的僵硬教条;他与巴赫一样痴迷于十二平均律,却又颠覆了后者教堂般庄严的赋格范式。

"更为奇怪的是,当评论家还在谨慎地预测这位旷世奇才最终所能达到的巅峰时,卡巴勒罗先生却以流星般的姿态急剧陨落了,仅仅是两三年之后,他再也没有创做出一首像样的作品。也不是说他疏于创作,相反,他很勤奋,只是在接下来的十年里,他所做的不过是对原作的不断修改。若是他把作品锤炼得越发光芒四射也就罢了,怪就怪在他把原来伟大的作品越改越差,差到人们不敢相信是出自同一人之手。"

勋爵大人脸上浮出一丝冷笑,目视着正前方,看也不看故事的主角一眼。他正要说下去,梅尔顿打断了他:"先生,让我来揭开卡巴勒罗音乐的秘密吧,我已猜出了大概。"

勋爵点点头。

"从卡巴勒罗先生对中国王子音乐的拙劣模仿来看,他与马修神父小时候听到的神秘音乐正是那种高频和弦,至于为什么卡巴勒罗先生的才华突然消失了,有两种可能性。要么是他成年后丧失了对高频和弦的听力,也就无法继续抄袭中国王子的创作了;要么就是中国王子的音乐机器出现了问题,毕竟他已死去多年,机器固然仍在运转,但再精确的钢琴长时间不调音也会走音。卡巴勒罗先生,您说呢?"

音乐家此时已是汗如雨下,不停地用手帕去揩拭饱满的额头。

勋爵微微颔首,似在赞许,可他一发言,却又是质疑的语气:"年轻人,你是从哪儿得出机器可能出现了问题呢?要知道,这麦田图案仍在平原上不断出现。"

"是神父的故事带给我灵感。"梅尔顿的口吻里颇有几分自得,"神父曾提到教堂的图案从中心到边缘韵律似乎在发生变化,图形变得零乱,这不禁让我心中一动。因为我过去几年收集的这一带的麦田怪圈图案,若将它们一字排开,也会发现同样的韵律变化现象。如果把这些图案视作古老而玄奥的乐谱,这与音乐家先生自甘堕落的作品不是有异曲同工之妙么?中国王子的伟大作品是一种平面几何的音乐,这说明前后音符存在着非线性相关,前面的不和谐,或者说失准的音符会叠加到后面的音乐之上,就像一处的沙粒从某个方向朝另一处集拢,受第二个音符振动所影响,沙粒是在原来的图案中堆积,这与传统的线性音乐是两回事。"

夫人怔怔地望着梅尔顿,自婆娑泪眼中望去,他的身影披上了一层淡黄的光晕,好像这个小伙子不是别人,正是半个世纪前的约翰在讲述自己的作品。

"呃。"她开口了,"小伙子的分析很有道理。只是,大家可能忽略了一点……"她露出犹疑的神色,像是在作一个艰难的决定,说,"约翰虽然爱好广泛,但据我了解,他从未表现出过任何音乐天赋。"

她的声音不大,可这一惊人的论断像一阵风刮灭了屋子里唯一的烛光,众人心头顿时一片漆黑。

可这风之于卡巴勒罗却是一剂清醒剂,他迅速坐正了身子,肥厚的手掌拍打着扶手,"德彪西、巴赫、勋伯格、中国王子,这就是你们这群碌碌之辈从我伟大的作品中所读出的吗?"他的嗓音突然拔高,以至于频率超出了声带的正常振动,飘到神奇的"高频和弦"去了。

"没有人能抹杀我的艺术成就!不是说中国王子的音乐创造了麦田图案吗?音乐在哪里?是电磁波音乐吗?谁听见了?那架水力推动的巨大钢琴在哪里?又是谁指挥了这场盛大的音乐会,是这具骷髅吗?"

激动中,他的咆哮戛然而止,"谁?"

门外响起一个钝重的脚步声,由远而近,当他出现在门口,那浓重的体味简直要把房间里的人熏晕了。是莫里斯,他旁若无人地来到那堆白骨前,躬下身去,嘴里的声音含糊莫辨,咕噜咕噜的像是腹语。然后,他转向卡巴勒罗这个方位。

"你要干什么?"卡巴勒罗眼里浮出苍白的颜色。

没有人回答他。莫里斯迈着一成不变的步子径直走向他,高大的影子把他覆盖了。

"啊!"从音乐家那富有穿透力的声音来看,他不演唱自己的曲子真是可惜了。

莫里斯将他连人带椅高高举起,所幸那只是虚惊一场,莫里斯不过是把挡在他脚下的障碍物搬开而已,可正因为他只是在处理障碍物,他放下椅子那一下可不轻。椅子腿断了,音乐家"哎哟"一声坐在地上,哼哼着半天没起来。

原来在卡巴勒罗的椅子背后藏着一扇门,莫里斯移开挡在门前的书架,一条漆黑的甬道露了出来。

众人尾随着莫里斯的脚步,摸索着向前。

"这会通往哪里呢?"夫人问道。

"应该是礼拜堂。"神父说,他是宗教建筑方面的专家,在塔楼上他曾注意到角楼与礼拜堂之间有衬墙连接着。

"大家听到什么声音了吗?"夫人停住脚步。

"好像是机器的震动。"梅尔顿也听到了。

随着巷道的深入,那个声音越来越大,就像是水壶里的开水,从咝咝的冒气渐渐聒噪到令人难以忍受的程度。

终于,黑暗的前方出现一点光亮,巷道到了尽头,前面出现一个锅炉似的庞然大物。走出巷道一看,原来这就是礼拜堂被拆毁的穹顶。莫里斯在"大锅炉"前停了下来,掀开一个铁掩板,把口袋里的东西全部倒了进去,而那"大锅炉"吞下食物之后,金属外壳震动得更欢了,铁掩板噗噗直响,像是有一头饥饿的野兽困在里面。莫里斯完成了他的工作,便一言不发地离开了。而他所喂养的那头"野兽"仍在不停地冲击着那块铁掩板,若不是掩板上插着铁闩,真让人担心什么东西会冲出来。饶是胆大的梅尔顿伸手去揭那块掩板,手指也不住地颤抖。夫人甚至闭上了眼睛。

可是掀开之后,却是风平浪静,只有几只虫子飞了出来。梅尔顿往窟窿里刚一探身,便捂鼻后退不迭。掩板又重重地扣上了。

"怎么回事?"众人围住他。

"里面全是虫子,恶臭无比!"

"是果蝇。"神父的指上停着一只肥胖的昆虫,它的翅膀上闪动着星光。

勋爵走近"大锅炉",手按粗糙的金属外壳,把耳朵贴了上去。然后他后退几步,拾起地上一块瓷片,朝半球形"锅炉"顶扔去。无数个影子被惊起,渡鸦们扑棱着翅膀嘎嘎长鸣,空中飘满了羽毛、鸟屎、灰尘。勋爵仰望着宝石蓝的天空,眉毛上沾了鸟屎也浑然不觉。

"原来如此。"勋爵点点头。他兀自踱到锅炉背后,冲大家挥挥手,示意众人过去。

锅炉的背后连接着成捆的胶皮线,勋爵把胶皮剥开,里面露出细如发丝的铜线。

"正是这些铜线把振动传给了线圈,如果我没猜错的话,在背后这堵墙内,藏着一种把物理振动转化为电流振动的装置,就好比他用音叉的振动触发密码锁一样,这对于约翰来说不过是小把戏。"

"您是指这个大锅炉制造了原始的振动?"梅尔顿反应很快。

"你尽可以把它视作一个共鸣箱,这黑家伙外面蒙着一层薄铁,里面却是空的,不正是一个优质的发音器吗?"

梅尔顿点点头,"共鸣箱的振动来自于吉它手的弹奏,那么这铁家伙呢?"

勋爵微微一笑,对神父说:"能让我借用一下这个可爱的小精灵吗?"

那肥胖的果蝇一动不动,它太懒了,连挥动几下翅膀也显得有气无力。它很乖巧地被勋爵捉了过去。

"这可能是地球上演奏家最多的音乐会了。"勋爵意味深长地说。

梅尔顿的下巴拉长了,"您是指麦田怪圈是这果蝇的作品? 不,不,这绝无可能。"他下意识地摇着头。

"当然,这是一种无意的创作。"勋爵带领大家来到一个空着的房间里,关上门后,那嗡嗡的噪音消停了不少,而众人乱哄哄的大脑也似乎随之清净了。

"如果我们把这小小的果蝇视作水分子会怎样? 就像茶壶的水沸腾后,无数小水分子撞击着壶盖,噗噗噗地冒着白汽。"

"如果那也叫音乐,火车烟囱也可自称音乐家了。"梅尔顿反唇相讥。

"这个怀疑很好。"勋爵说,"可是果蝇的群体是处在一个动态的平衡之中,而水分子却是一直减少的,水汽跑出去后,壶里的分子总数就减少了。果蝇却不会,它会繁殖,莫里斯年复一年地往锅炉里扔土豆、苹果,这为果蝇的群体提供了限量却来源可靠的食物。以一个物理学家的眼光来看,约翰是在为系统输入固定的参数。但这与一个动态平衡的系统还有差距,还需要考虑环境的因素,这正是约翰没有给这锅炉加盖子的原因,他只是用一张大铁网隔离了渡鸦,这让渡鸦能够掠得一些果蝇,但也不至于让果蝇群体绝灭。这真是一个完美的设计。"

"若不是我的秘书曾给我整理过托马斯·摩尔根的著作,恐怕约翰超越时代的作品只能像可怜的果蝇一样被禁锢在黑暗之中,永不为人所知了。从这层意义上,把约翰的发现转化为现代音乐作品的卡巴勒罗先生也算是做了一件好事。"

卡巴勒罗的表情有些复杂,尤其是当他了解到自己的老师是一群果蝇时。

勋爵接着说:"好吧,让我们来看看约翰是怎样创作他的音乐的。如夫人所言,他并没有音乐才华。但从神父的回忆及这城堡的装饰来看,他在图形艺术上颇有心得。这两者是相通的,如埃及人谚语所言,'几何是冻结的音乐。'

"生物学家托马斯·摩尔根曾经研究过蝇口数量变化,他在大玻璃罐里用牛奶喂养了大约十万只果蝇,他发现,蝇口的数量存在着一种周期性涨落,每个周期内可能出现两个峰值。而到了一定的时间,比如一年后,蝇口的变化将变得极不规则[①]。

"因而我们可以把果蝇群落视作一个动力系统。一方面,蝇口的增长与前一年的果蝇数目成正比;另一方面,蝇口的增长又受到空间、食物、流行病、渡鸦的捕食等许多因素的限制,不可能无限增长。

"一开始群体较小,蝇口数稳定增长,这好比一首交响乐的序章,主部、副部与引子的音符不断地交织,渐渐汇聚成巨大的音流;当群体适中时增殖量近于零,这时群体与环境达成了稳定的平衡,正如交响乐黄金分割点之前那一长段舒缓又平静的慢板回旋曲;当群体暴涨时蝇口数又急剧下降,这不禁让人联想起柯萨科夫的《天方夜谭》第四乐章,在震耳欲聋的音浪中,乐队敲出一记强有力的锣声,随着它的音响逐渐消失,整个乐队的演奏力度迅速下降。果蝇数量的变化与音乐的跌宕起伏何其相似!

"果蝇繁殖力惊人,一天时间卵即可孵化为蛆,两到三天变成蛹,再过五天羽化为成虫,一年可以繁殖三十代。这样,小约翰能让他的音乐有足够大的变化幅度,同样也有足够快

[①] 用现代物理学语言说,在这个实验中,蝇口数的变化包括了周期性、拟周期性和混沌。

的速度把握他音乐的节奏。不是所有的果蝇群体都可以长期维持的,比如,稍大的蝇口数可能导致环境过载,流行病滋生,从而绝灭。过小的蝇口数又不足以应付变化莫测的环境。因而小约翰定然是试验了无数次,才精确地限定了他的控制参数,比如投掷食物的量与频率,铁丝网的孔隙大小,锅炉的体积大小,才使得他的音乐绵绵不绝,奏鸣至今……①"

神父与梅尔顿同时张了张嘴,但梅尔顿还是抢先说了:"那为何卡巴勒罗的音乐在后期变得一团糟呢?"

"就好像一棵景观树,不管当初它修整得如何完美,如果长时间不再关注它,它的树冠也会变得参差不齐。同样,约翰的控制参数再怎么精确,经过若干代的正反馈叠加,也必然会导致不规则的振荡,甚至崩溃。"

"蝇口实验是一个非线性系统,初始条件的极小偏差,也会引起结果的极大差异。卡巴勒罗先生想必对此深有体会。"赫尔岑勋爵的目光耐人寻味地落在音乐家发亮的额头上。

卡巴勒罗尴尬地说:"是这样的,过去几十年中我也曾不断地回来……咳……采风,想从约翰的麦田音乐中找到新的灵感,但无论我使用何种调式,要想从头至尾精确地模仿它的旋律及和声却是不可能。就好像一台刚刚调试好的钢琴,才弹完序幕,后面便出现了飘音、杂音、串音。"

神父点点头,"教堂的图案大概也是如此。"当他说完,却发现勋爵望着自己微微摇头。

赫尔岑说:"那又是另外一回事了。古凯尔特人的音乐之所以会出现混乱是因为他们采用的是五音纯律,对于人类的耳朵来说,那种满足弦长整数比关系的频率才是和谐的②。而约翰信奉的却是十二平均律,对他来说那种非自然的用纯机械开方才能得到的频率关系才是优美的。好比无理数是数学界的大怪物,十二平均律也是音乐界的一头怪兽,任何相邻两音频率之比都是严格相等的,在数学上的严谨保证了它能够更准确地满足迭代方程,而不像纯律那样存在自然半音和变化半音之分,两者的频率比分别是256:243与2187:2048,这只是一种近似的相等,因而对于约翰那种平面几何叠加态的音乐来说,用不了多久就会导致混乱。"

屋子里鸦雀无声,众人目不转睛地望着勋爵,心中不免会嘀咕,是什么原因让勋爵大人对约翰有如此深的了解呢?勋爵年事已高,他的思路却像一个青年人一样清晰。

---

①可以用简单的差分方程描写生物群体,这是一种迭代模型,即逐年逐年地反复用同一个函数进行数值运算,它可以反映出由一个状态(蝇口数)到另一个状态(蝇口数)的跳跃变化。

②两音的频率比愈是简单的整数关系,意味着对应的两个谐波列含有相同频率的谐波愈多。

面对质疑的目光，勋爵的脸阴沉了下去，他擦亮一根长火柴，颤抖着点燃一支雪茄，缓缓踱到一堵墙边，对着墙上的一幅肖像出神。画上的人留着浓密的连鬓胡子，梳成维多利亚时代的古典样式，他的衣领是上世纪军队中流行的拿破仑立领。画上的人可能曾在军队服役。

大家都奇怪地望着勋爵，心事不一地沉默着。

"看来，勋爵大人的故事不比我的少啊。"卡巴勒罗阴阳怪气地说。

勋爵像是没有听到卡巴勒罗的声音，而是转问夫人："夫人，你认识画上这个人吗？"

夫人眯起了眼睛，摇摇头说："不认识，但从他脸部的轮廓看，应该是约翰与威廉的父亲，或者爷爷。"

勋爵踱向另一面墙，问道："那么这一幅呢？"

墙上也挂着一幅肖像，是一张年轻人的面孔，下巴刮得光光的，锐利的眼睛看起来就像是海员，双排扣的制服同样暗示着他的军人身份。夫人还没有走近就涌出了泪水，"他是威廉。"

勋爵点点头，像是自言自语般向夫人问道："想象一下，约翰独自坐在这个房间，终日望着父辈与兄弟的肖像，他会想着什么？"

"复仇，雪耻。"温柔的夫人在说出这两个词时也不由得咬牙切齿。

昏暗中雪茄的红光陡然变大了不少，勋爵被呛住了，大口大口地咳嗽着，喉咙里发出咝咝的声音，脖子的褶皱在血液的冲击下像公鸡的肉垂一样通红。

"勋爵大人，德高望重的您又为何向约翰行鞠躬大礼呢？"卡巴勒罗不依不饶地追问。

"我有愧于贺维家族。"赫尔岑艰难地吐出这几个字，"事实上我今天来，便已作了决定，要将历史还原，将真相大白于天下。我垂垂老矣，尊严、荣誉都不过是过眼云烟，尤其是当我了解到约翰令人嘘唏的故事之后，忏悔、自责无时不在噬咬我的灵魂。"

这一番貌似肺腑之言的怪论却让众人更加迷惑了。

"我就是乔治·韦尔斯利。"

然而，没有人听过这个名字。直到夫人的思绪从五十年前转了一圈后，她才指着勋爵尖叫了起来："是你这个混蛋，是你杀了威廉！是你！"

"那只是决斗。夫人。"梅尔顿挡在她面前，宽慰她说。

"不，那不是一场普通的决斗，那的确是蓄意已久的谋杀。"勋爵把雪茄掐灭在手心里，房间里飘浮着烧焦的味道。

"好吧，从一百多年前那场伟大的战争说起吧。"勋爵说，"众所周知，在与法国皇帝进行的那场著名的决战中，威灵顿公爵一度陷入绝望。坚守到下午三点时，英军已是山穷水尽，公爵甚至已做好了全军牺牲的战斗动员。就在这时，奇迹发生了，普鲁士的援军突然杀到，战局瞬间逆转，历史记住了公爵在危急存亡时刻说的话：'所有人都牺牲在自己的岗位上吧，我们已经没有援军。'后来发生的便是大家从史籍中可以读到的：公爵以常人难以想象的意志与勇气拯救了欧洲。然而，很少有人知道，在那场战争最艰难的时刻，曾经发生过一个意外……历史也很难评价，公爵在那个时刻的选择是对是错。威灵顿公爵并不是一个视士兵生命如草芥的人，相反，人们一度评价他懦弱。今天，我要告诉大家一个被史书所隐瞒的事实：公爵曾经在穷途末路的关头，向法国皇帝派出一名联络官。谁也不知道联络官曾经带给拿破仑一封什么样的信，除了贺维家族，因为那名联络官正是约翰的祖父理查·贺维。他是从小与威灵顿公爵一起长大的挚友，他们曾在印度、汉诺威并肩作战，公爵把这封信交给他，正是出于对他的信任。然而当战局戏剧性地扭转之后，对那名联络官行为性质的判定就显得尴尬了。人民需要英雄，英国需要威灵顿公爵，欧洲甚至有多达六个国家授予他元帅军衔。历史是无情的，它需要作一个评判，尤其在这一历史细节被一家报纸所揭露之后，威灵顿公爵乃至整个大不列颠的荣誉都受到了威胁。历史同样也是简单的，它只需给联络官下一个投敌叛国的结论就行了。可是，联络官又有什么错？他与那些坚守岗位的士兵又有何不同？他同样只是在履行他的职责而已。这，就是贺维家族在一百年前所遭受的命运。理查·贺维被军事法庭处以死刑，贺维家族被剥夺了爵位。对于一个视荣誉为生命的骑士家族来说，那种耻辱感怎堪承受？

"今天，我们仍可从这座城堡的内部装饰中看到，这个家族敬重骑士的传统，军刀仍摆在最显眼的位置，岁月的尘埃亦不能蒙敝它锃亮的寒光；每一名成员都风度翩翩，怀古的装束似在缅怀维多利亚时代的荣光与骄傲；爵位虽已被剥夺，墙上那可以追溯到十字军时代的家族徽章依旧勾人怀念金戈铁马的久远年代。

"约翰和他的哥哥从未放弃过向女王、议会、法庭申诉祖上的冤屈，而他们雄辩且富有煽动力的口才不免在公众间赢得广泛同情。这正是我为什么要对威廉下手的原因。"

"你是威灵顿公爵的什么人？"夫人严厉地问道。

勋爵没有回答，他直起身来，虽然他年迈体衰，可腰杆依旧笔挺端正。他来到约翰的面前，他的手探进大衣里摸索良久，掏出一块金色勋章来，恭敬地放置在骷髅的面前。

"这是维多利亚十字勋章，我，威灵顿公爵的侄孙乔治·韦尔斯利，向蒙冤逝去的理查·贺维，向我的兄弟、被我杀害的威廉·贺维，向传奇的约翰·贺维先生致以深深的忏悔！"说完这些，他已是老泪纵横。

"这就够了吗？约翰难道是一个懦夫吗？他隐居在此，置洗脱几代家族耻辱的责任于不顾，难道说他已对现实绝望、选择向历史屈服了吗？"富有正义感的梅尔顿不服气地说，整座城堡都在回响这个声音。

"不。"勋爵抬起头来,嘴唇微微颤抖,"约翰从未放弃过对历史的抗议,只不过他家族的冤屈是如此之大,非得用这天地间最深奥的音乐、最恢弘的图案来表达才行。他自称'中国王子'的意义正在于此吧。"

中国王子?所有人都不由自主地坐正了身子,因为大家知道,约翰即若是拥有过人天赋,也不可能凭空生出他的才华,而他所有离经叛道式的行为,都可以归结到他中魔般的"东方情结"之上。

勋爵突然换了一种深沉的语调:"中国王子并不是什么缥缈的神话,他是一个真实的人物。在三百多年前,我们欧洲还未发现十二平均律的时代,中国有一位叫堉的王子①,他拥有过人才华却流落民间,人们称他为布衣王子。为了解决音乐演奏中的旋宫转调难题,他用由珠子串起来的简陋计算工具,将半音的频率用开方的方法计算到小数点后二十四位。

"大凡那种天才人物,大概只有在极度困厄的境地下,才会绽放出夺目的光芒吧。王子堉有着与约翰一样的悲凉身世,他的父亲本是一名藩王:郑王。郑王因直谏皇帝不要迷信神鬼、大兴土木,被皇帝削去了藩职,并被发配到远离京城的地方软禁起来。十五岁的堉为抗议父亲的遭遇,弃紫诰金章、高车驷马如敝屣,他在父王的王宫前筑起一间土屋,把自己关了进去,发誓父王沉冤未雪就不出来。他在那土屋里研修乐律,推演历算,这一住便是十九年。

"可以想象当痴迷东方文化的约翰读到这个故事时受到了怎样的触动。他们的生平是如此相似:皇世嫡系,却席蒿独处;贵为封爵,却离群索居;他们血液里流淌着相通的骄傲,头脑里装着匹比的才华;他们对科学的领悟同样超越了时代:堉在旧派音乐家的反对声中,独创把八度分成十二个半音以及变调的方法,这是前无古人的创举,他的律学著作却被皇帝束之高阁。约翰天才地发明用麦田图案来表达他的音乐,他的电磁波音乐却被人们解读为一种邪恶的巫术……

"唯一不同的是,中国王子的冤屈终于在新皇帝即位后得以平反,而贺维家族的耻辱至今仍不得昭雪,就像是风中无声哀诉的音乐,奏响在人类的听力范围之外……"

房间里静悄悄的,可以听到女人的低声啜泣。窗外突然雷声大作,镶有银白色百合花的蓝色玻璃窗呼呼作响。传说在电闪雷鸣的深夜,中国王子将会检阅他的一百万名士兵。看那成群的士兵一排排倒下,就像面对着滑膛枪方阵的密集齐射,他们倒下的尸体就

---

① 这里指明代的科学家朱载堉(1536～1610),明太祖朱元璋九世孙。他证明了匀律音阶的音程可以取为二的十二次方根,代表着中国两千年来声学实验与研究的最高成就。

像训练时一样崭齐,他们履行死亡的承诺就像报告一样斩钉截铁。中国王子望着他忠诚的士兵,脸上却浮出莫名的哀戚与悲凉……

本报讯 近日,两名研究音乐与数学之间关系的科学家在《科学》杂志上撰文宣称,一首20世纪初的变奏曲可能是依照著名的费根鲍姆常数设计的。

研究音乐和数学的关系这一问题源远流长,早在两千多年前毕达哥拉斯就发现令人愉悦的音乐可以用简单的数学比率来表示。自古希腊毕达哥拉斯学派到现代的宇宙学家和计算机科学家,都或多或少受到"整个宇宙即是和声和数"的思想的影响,开普勒、伽利略、欧拉、傅立叶、哈代等人都潜心研究过音乐与数学的关系。

近日,威斯康星大学麦迪逊分校的布鲁斯教授和普林斯顿大学的柯亨教授,以"声音形象学"为基础,利用高深的数学模型,把音乐的谐波转化为对应的物理量,然后代入迭代方程,用分形学来对音乐进行结构分析。

他们惊奇地发现,在20世纪一个叫卡巴勒罗的音乐家所创作的变奏曲里,存在着"周期倍化分叉"现象,随着演奏的进行,平面上的几何图形就会出现倍分叉的分形结构,相邻两个分支间的宽度按一定比率缩小,缩小的比例因子存在一个极限值,这个极限值居然对应着非线性物理学上著名的费根鲍姆常数。

但如果在乐队中加入小号等按键吹奏乐器,平面上的几何图案则会出现混乱。布鲁斯教授解释说,这可能是由于不同频率振动的积累和叠加,相互交错干扰,产生复杂的湍流而引起的。因为吹奏乐器是靠自然泛音级来形成音阶,各半音之间并不是严格均匀,这些极小的扰动在若干个音符的叠加后就会导致混沌。

有趣的是,卡巴勒罗音乐所形成的平面几何图形与中国古代邵雍学派所推崇的云雷纹有异曲同工之妙。该学派认为,任何事物,大到宇宙,小至朝菌蟪蛄,都是以"一分为二、二分为四……"模式呈树状演化的,从任一个起点开始的演化树都有相同结构,而且该理论是"先天的",这似乎在呼应着费根鲍姆常数的"普适性"。

当记者问到那个叫卡巴勒罗的音乐家是有意识地创作这一乐曲还是出于无心时,两位科学家的意见产生了分歧。柯亨教授认为这可能是无意识的创作造成的巧合,因为音乐与数学都是直觉的,就像历史上许多大音乐家娴熟地应用黄金分割率一样。而布鲁斯教授倾向于这是一个有意识的创作,因为就算音乐家天才地应用差分方程来创作他的乐曲,要想准确地设置参数,使迭代方程不走向混沌,他必须进行无数次的实验,通过随机的设定而实现音符的平稳流动简直不可能;但他同样认为在两百年前就发现费根鲍姆常数是不可思议的。

为何几个世纪前的古典音乐乃至上千年的东方哲学中会蕴涵现代才被发现的科学规律？或许莱布尼茨的名言能带给我们启示："音乐是数学在灵魂中无意识地运算。"

——摘自2116年11月12日，《基督教科学箴言报》

后　记：

科幻小说是小圈子的高级玩具吗？我不这样认为。无论是在本科时的大寝室还是在读研期间的小寝室，我的室友都是科幻故事的好听众。唯一的竞争对手是"我吃西红柿"，我的对床每晚都向我推荐他的小说，所以每次夜谈我不得不费点劲用大刘、阿瑟·克拉克的小说给他"洗脑"，后来有一次他跟我说，他准备写武侠科幻了。

虽然在生活中我从不提及这一门爱好，但是也不可避免地被贴上了这一标签。每当导师修改我的论文时，他会说："按照你们科幻的思维，这个问题又该怎样？"在饭桌上，时常被师弟妹们介绍给那些未曾谋面的人时，我就会禁不住面红耳臊起来，作为科幻人我已经习惯于手持《科幻世界》被他人侧目的感觉，所以每当成为焦点反而有些不自在。但也有很多次被小小地温暖一下，比如在香港大学读书的师兄提起他的室友很喜欢我的作品；比如在凤凰古城因为创作理念的分歧与茄子吵起来，纯朴的苗家人饶有兴致地分享着我们言谈中的陌生人名与术语；比如在华中农业大学，与王晋康老师、姚主编、一大群各大高校的同学谈论图灵测试、信息论、进化论、哲学，那些曾以为只能独享而无法言传交流的生僻名词、远离现实却亲近未来的思想被热情的讨论者们熟练应用，那些一时卡壳怎么也想不起来的某个故事细节被大家齐声补充——那种融洽而热烈的场景，真乃科幻迷珍藏一生的记忆。

按照公交车理论，科幻迷的群体纵使不会迅速壮大，也绝不会萎缩。而那些已经下车的成年读者，也并没有因为繁琐的公务、工作而放弃科幻，他们已逐渐成为这个社会的主体，在谷歌、在网易、在腾讯都潜伏着大量的科幻迷，他们作为IT工程师、网站编辑、记者在各行各业默默地传播着科幻的理念。我相信将来在饭桌上、旅途中，因科幻而与陌生人一见如故时，我再也不用与他们谈论卫斯理了。

射线枪：一个爱情故事

【加拿大】詹姆斯·艾伦·加德纳 / 文　汪雪飞 / 译　张晓雨 / 图

詹姆斯·艾伦·加德纳

加拿大著名科幻小说作家。1955年生于加拿大安大略省，在滑铁卢大学相继取得数学学士和硕士学位。加德纳的小说在加拿大广受欢迎，短篇代表作有《松饼的目的论》、《关于人类血液中有蛇的三次听证会》等，长篇作品主要是"人类联盟"系列。加德纳的作品多次获得加拿大幻想文学最高奖极光奖，还曾获得雨果奖和星云奖提名。

这篇《射线枪：一个爱情故事》发表于2008年第二期《阿西莫夫科幻杂志》，不仅深受读者喜爱，还获得了2009年雨果奖和星云奖的双奖提名。在一次星战中，一支威力强大的外星射线枪意外地落在地球上，被一个普普通通的小男孩捡走了。然而，这把射线枪并没有像男孩期望的那样使他成为大英雄，反而成了他的一块心病。随着情节的峰回路转，最后你会发现，原来所有的故事都写在篇名里了。

这是一个关于射线枪的故事。我们对射线枪的解释只能是："发出射线的枪。"

它们发射的是危险的光线。如果击中胳膊，胳膊就萎缩了；如果击中面部，眼睛就失明了；如果击中心脏，那就死翘翘了——一定得这样，否则就算不上射线枪。它千真万确是支射线枪。

射线枪来自太空。这支射线枪原本属于一艘穿越我们太阳系的外星飞船的船长。这艘飞船停下来从木星的大气层中汲取氢，在补给燃料的过程中，机组成员出于某些我们无法理解的原因，发动了叛变。我们永远不能理解外星人。如果有什么人愿意花上一个月的时间来给我们讲讲外星人的想法，我们或许会自以为懂了，但其实并没有懂。我们的大脑只懂人类的思维。

尽管外星人的想法很难捉摸，但他们的行动却非常容易理解。我们能够明白"是什么"，即便不懂"为什么"。如果能看到当时外星飞船上的情形，我们会看到机组成员们试图抢夺船长的射线枪并杀死他。

船上爆发了一场战斗。射线枪多次开火，星舰爆炸了。

这一切发生在很多个世纪以前，那时还没有发明望远镜呢。地球上的人们依旧穿着兽皮，他们只知道木星是天空上的一个点。当星舰爆炸的时候，这个小点微微变亮，然后恢复正常，地球上没人对此在意——即便非常重视星象的巫师们也没有。

射线枪在爆炸中幸存了下来。它应该是能自我修复的，否则就不是一支射线枪了。爆炸把射线枪抛离木星，进入外太空。

数千年之后，射线枪抵达地球。它像一颗流星自天而降，它发出炽热的光芒，但并没有被烧成灰烬。

射线枪在一个暴风雪之夜坠落地球上，以数千英里的时速一头扎进白雪覆盖的树林。冰雪迅速消融，化为蒸汽，喷射而出。

暴风雪未受影响，继续肆虐。有些东西刀枪不入，即使是射线枪也奈何不了它们。

雪花随意飘落，碰到射线枪便蒸发了，悄悄带走武器的热量。枪身的热量向周边辐射,融化了附近地面上的冰雪,融化的雪水流入一个射线枪砸出的浅坑中。雪、水给武器降温,直到所有多余的热量全都消散。不计其数的雪花堆积到弹坑上,掩盖了射线枪,直至春天来临。

三月,这支枪被一个名叫杰克的男孩发现了。他十四岁,放学后步行穿过林子。他走得很慢,边走边琢磨为什么自己没有人缘。杰克鄙视那些在学校里吃得开的同学,对他们所做的任何事情都毫无兴趣。即便如此,他还是妒嫉他们,他们看上去并不显得那么孤单寂寞。

杰克希望有一个女朋友,希望自己举足轻重,希望知道该如何做人做事,但此刻,他却独自走在小镇郊野的树林里。

这片林子并不荒凉,也称不上与世隔绝,里面遍布捉迷藏的孩子们走出的纵横交错的小径。但在春天,这些小径非常泥泞,多数人都敬而远之。杰克很快就担心起如何避免泥足深陷,而不再为世界的不公平烦恼了。他绕来绕去,避开那些泥泞肮脏的路段,穿过冬日里冻脆了的灌木丛。

他所过之处枝干折断,芒刺扎进了夹克。他离常走的小道越来越远。他只希望这样一直向前能找到一条出路,而不用放下面子,退缩放弃。

如此这般,杰克来到了射线枪坠落的地点。他看见了撞击而成的弹坑,发现了这支射线枪。

这支枪吸引了杰克的注意,但他不知道它是什么。它设计得太奇特了,很难被认出是件武器。金属外壳黑糊糊的,但却并非黑色,看起来好像曾经是其他什么颜色,不过后来褪掉了。它的枪托是球形的,大小跟一只网球差不多。它的枪管笔直,跟杰克的手一般长,但表面上有许多节疤,好像桦树树干一样。扳机是一个水泡似的凸起,挤压之后便能开火。一个硬金属帽可以滑到"水泡"上方,防止枪支意外走火,但是此时保险栓已经打开;几千年前,自从星舰上那场战斗之后保险栓就打开了。

那个曾经拥有这件武器的外星船长可能认为它造型优美,但以人类的眼光来看,这支枪就像是一根尾端带有"肿块"的脏兮兮潮乎乎的棍子。如果不是因为它躺在一个烧焦的弹坑里,杰克可能瞟一眼就走了,但它恰恰躺在这样的一个弹坑里。

这个弹坑跨度有两步,坑里草木不生。植物被射线枪坠落时产生的热量烧尽了。很快,春天新生的植被会令这个弹坑变得不那么醒目,然而这会儿,射线枪正好突兀地躺在烧焦的地上,仿佛空盆里横亘的一条蛇。

杰克拾起那支枪。虽然它看起来像一截桦木,实际上却如金属般冰冷。摸上去很坚实,不重,但是有质感,一看就是做工精良的物件。杰克在手中把玩这支枪,从各个角度仔细察看。他从枪口往里看,看到一块被切割出成百上千个小平面的水晶镜片。杰克把小拇指捅进去,琢磨这镜片是什么人塞进去的一块玻璃。他想这可能是一个玩具——也许是哪个粗心的小孩儿丢失的一支喷水枪。果真如此的话,它肯定是杰克见过的最昂贵的玩具。枪管和镜片加工得无比完美。面对如此精湛的工艺,没人会看走眼。

杰克接着摆弄这支枪,直到不可避免的事情发生了:他挤压了其实是扳机的"气泡",射线枪走火了。

后果可能是致命的,但碰巧杰克握枪的姿势正好枪口冲外。一道光线从枪口射出,洞穿了十步开外的一棵枫树。这道光无声无息,尽管杰克看得一清二楚,但他仍说不清光线是什么颜色:它没有颜色,只是一种存在,就像寒冷或者重力一样。然而,杰克肯定自己看到了一股力量从枪口射出,击中了树木。

虽然这道光无法言喻,效果却一览无余。枫树的树干上出现了一个圆洞,树皮和木头都分崩离析,化作了灼热的等离子。等离子疾速膨胀,将周围尚存的树干炸裂开来。光线悄无声息,但爆炸却声声入耳。木块和沸腾的枫树浆液向外迸裂,树木中间的一段被硬生生截去。树干的下部和树根还在那里,上部和树枝也在,上下之间却断开了,中间只有迅速散逸的灼热气体。

枫树上部失去支撑的部分坍塌了。它笨重的身躯向后倾覆,轰然倒在后面的树上,它那光秃秃的树枝倚在后面树木的枯枝上。在杰克看来,似乎是森林阻止了枫树的倾倒,如同士兵抓住受伤的同伴使之不致倒地一样。

杰克仍握着枪,好奇地盯着它看。他的脑子无法理解到底发生了什么。

他没有因为恐惧而扔掉枪,也没有试图再次射击,他只是盯着它看。

它是一支射线枪。它不会是任何其他的东西。

杰克好奇这件武器从何而来。有没有外星人光临过这片树林?或者这支枪是某个政府项目秘密研制的成果?枪支的主人想不想寻回它?他、她或者它是否会儿正在树林里面搜索?

杰克试图将射线枪放回陨石坑,然后趁失主还未出现拔腿就跑。然而,果真有失主在这附近么?陨石坑说明这支枪是从外太空坠落的。杰克曾经见过流星撞击形成的陨石坑照片;眼下这个与流星撞成的坑不完全一样,但是外观相似。

杰克抬头看天。他看到与寻常放学后一般无二的天空,天上并没有UFO。杰克为自己的举动感到有点尴尬。

他再次检查了弹坑。如果杰克把枪留在那儿,而主人并没有来取,迟早这件武器会被其他什么人发现——可能是在树林里玩耍的孩子,他们可能会意外射中他人。即便这是一把普通手枪,杰克也不会把它留在这样一个地方。他会把枪带回家,告诉父母,然后他们会把枪交给警察。

对这支枪他也应该照此办理么?不,他才不想呢。

但是他却不知道应该怎么做。他的脑海里疑虑重重,首先是:"我该怎么办?"然后是:"我有危险么?"接着是:"外星人真的存在么?"

过了一会儿,他发现自己非常好奇,"究竟这支枪能炸毁多少东西呢?"想到这个问题,他笑了起来。

杰克决心不告诉任何人关于这支枪的事——现在不,也许永远都不。他要把枪带回家,然后把它藏在一个别人找不到、但他碰到麻烦时却能拿得到的地方。他会遇到什么样的麻烦呢?外星人……间谍……超级大反派……谁知道呢?如果射线枪是真的,又有什么事情是不可能的呢?

在回家的路上,杰克被各种"如果……"的想法搞得心不在焉,差点被车撞倒。他来到树林和邻近房屋之间的公路上,如同杰克所在小镇上的多数公路一样,这条路上的行人和车辆也很少。杰克走出树林,突然一辆跑车嗖地驶过,距他仅仅两步之遥。杰克踉跄后退,司机按响喇叭,杰克的肩膀撞在一棵橡树上。这次意外眨眼工夫就结束了,但杰克的肾上腺素还在不断分泌。

之后整整一分钟,杰克都靠在那棵橡树上,心脏怦怦乱跳。真是万分侥幸这次没有出事:杰克还没有走上马路,所以没有被车撞倒。不过,杰克仍需要一点时间来平复心情,如果在他发现某种奇妙玩意儿的当天就死于交通事故,将是多么愚蠢啊。

杰克早该提高警惕,做好防范。如果刚才的威胁来自一只巨眼恶魔而不是一辆车呢?他在脑海里勾画着这番场景:这次他随意翻个跟斗就躲过了危险,而不是跟跟跄跄地撞向一棵树。如果带着一支射线枪,你就应该凭着这样的非凡身手蔑视死神。

但是杰克不会翻跟斗。他自语道,我是彼得·帕克,不是蜘蛛侠。[①]

另一方面,杰克刚刚获得了超强的能力;同时降临的还有巨大的责任。就像彼得·帕克一样,杰克不得不对他所拥有的异能保密,以防发生不幸的后果。就杰克的处境而言,这种不幸也许是外星人会来找他,也许是间谍或政府特工绑架他和他的家人——无论这些事看上去多么不靠谱,但射线枪的存在证明了这个世界并不是平淡无奇的。

[①] 在电影《蜘蛛侠》中,原本普普通通的男孩彼得·帕克被一只来自实验室的蜘蛛咬了一口,从此拥有超能力,成为超级英雄"蜘蛛侠"。

那天晚上,杰克对如何处置这支枪思来想去。他想象自己朝恐怖分子和黑帮成员开火。如果他替世界铲除了人渣败类,漂亮美眉可能会倾慕于他。然而当杰克开始想象自己猛攻一座恐怖分子堡垒的时候,他意识到自己肯定会即刻就被干掉。这支射线枪能提供可怕的火力,但却完全没有防御。此外,如果杰克在森林中发现的只是一把普通手枪,他才不会想象自己东奔西走除暴安良呢。为什么射线枪会如此不同?

它的确与众不同。杰克对此难以言表,但这种区别如同他手中那件武器的分量一样真实。射线枪改变了一切。一个有射线枪的世界,也可能有飞碟、美丽的特工……还有英雄。

英雄翻个筋斗就能避开迎面驶来的跑车。英雄将能应对任何危险。英雄才配拥有一支射线枪。

小时候杰克曾想当然地以为自己会成为一位英雄:英勇果敢、技艺超群,并且举足轻重。不知怎的,后来他丧失了那个信念,他已经甘于做个普通人……但现在他不再普通了,他有了一支射线枪。

他应该实现这个信念。杰克应该做好准备,对付大眼怪兽和巨型机器人——这些已不再是孩子气的白日梦;它们在有射线枪的世界里都是完全可能出现的。杰克能够想象自己飞奔着穿过镇子,向外星人开火,拯救地球。

当杰克手握射线枪的时候,这些想法并不虚幻——似乎这支枪在他的脑子里植入了幻觉。这可真是"身怀利器,杀心自起"。

任何武器都有其使命。

杰克抓住一切机会练习枪法。为了掩人耳目,他骑车去乡下的一片开阔地带——杰克的伯父罗恩拥有一片二十英亩①的土地。除了杰克,没有人去那儿。罗恩伯父曾经打算在这片领地上修建一幢房子,但是这个愿望却从来没有实现,现在罗恩伯父住在一家养老院里。杰克的家人打算等老人去世后就卖掉这块地,但罗恩作为一位九旬老人还是很健康的,而只要罗恩伯父还活着,这块地就是杰克的天下。

这片开阔地未经开发——全是原始形态的森林,不是那种孩子们会去玩耍的树林。森林中央有个池塘,完全掩藏在森林之中。杰克常让树枝漂浮在池面上,然后用枪射击。

如果射偏了,池水就会沸腾。如果正中靶心,树枝就被摧毁。有时候被打中的树枝会冒出火焰;有时候树枝砰的一声爆炸,却没有火光;有时候它们仅仅是神秘消失。杰克不知道是自己的操作稍有不同,从而导致了不同的结果,还是这支射线枪会自动转换开火模

---

① 1英亩相当于4046.87平方米。

式。也许它内置了电脑，会自动分析目标并且选择最致命的攻击方式；也许每次的攻击都完全一样，只是树枝之间的差异导致了不同的结果……到底怎么回事，杰克也不知道。但春去夏来，他的枪法越来越好。到了秋天，他开始往天上抛树枝，然后试着在它们落地之前使之蒸发。

这期间，杰克变得更加强壮。远距离地骑车去池塘让他的腿部力量和耐力都得到了增强。此外，他还用父母买来却从没用过的健身器材努力锻炼。如果怪物当真来袭，杰克可不能当缩头乌龟——英雄必须翻越围墙，或是破门而入。他们必须能在屋顶上保持平衡，并且能用手指垂挂在悬崖上。他们必须能跑得飞快，这样才来得及英雄救美。

杰克每天都练习举重和跑步。他不停地练习闪避想象中的子弹和外星人的触角。当他想要放弃时，就用双手捧住那支射线枪——它给了他坚持下去的力量。

在发现射线枪之前，杰克觉得自己只是个再普通不过的十几岁少年，他的生活毫无意义，但是这支枪让杰克变成了有可能拯救地球的英雄。它证明了杰克所做的一切都是有意义的。所以，肌肉酸痛也无所谓，而看电视则等于浪费时间：如果你放松警惕，怪物就会趁虚而入。

当杰克不锻炼时，他就努力学习，那是要成为一位英雄必须拥有的另一部分能力。有时他梦想自己去分析那支射线枪，发现它的工作原理，向人类奉献令人瞠目结舌的新科技。而有时候，他一点儿都不想弄清这支枪的原理，他喜欢它的神秘。而且，杰克未必一定能弄明白这支枪是如何工作的。也许在杰克的有生之年，人类的科学都不会发展到那个程度；也许杰克的头脑并没有解开谜团的能力。

但凭他的头脑，学习高中课程还是游刃有余的。他表现得不错，因为他干劲十足，但他不得不保持低调避免引起注意。当体育老师叫他跑步时，他跑得很慢，假装气喘吁吁。

蜘蛛侠也不得不这么做。

一年后，地理课上，一个叫柯尔斯顿的女孩给了杰克一朵雏菊。她说雏菊代表好运，还说他应该许个愿。

就算是一个十五岁的男孩也不可能误解这样一个暗示。尽管有些尴尬，有些迟疑，但杰克还是很快就交到了一个女朋友。

柯尔斯顿文静漂亮。她弹吉他，写诗。她从来没交过男朋友，但却懂得如何接吻。这些都是好事。杰克在想他是否该告诉她有关射线枪的事。

在柯尔斯顿之前，杰克仅有的那点关于女孩的知识来自于他的大姐，雷切尔。雷切尔十七岁，有张守不住秘密的大嘴巴。她跟朋友们无话不说，粗心得很难藏住什么秘密。杰克无意窥探他姐姐的隐私,但当雷切尔半开卧室房门、满满的垃圾桶旁尽是空烟盒时,谁又会注意不到呢?当她跟男朋友煲电话粥聊性话题的时候,谁又会完全听不到呢?杰克并不想听,但雷切尔从来不会压低嗓门。杰克听来的那些事情让他作呕——关于他的姐姐,还有所有的女孩。

如果他给柯尔斯顿看那支射线枪,她会不会告诉朋友呢?杰克宁愿相信她不是那种女孩,但他不知道女孩的心思究竟是什么样的。他只知道射线枪对他来说实在太重要了,所以不能有丝毫侥幸心理,现在还不值得他冒这么大的风险。

然而她改变了他的生活。杰克跟柯尔斯顿相处得越久,就越发没时间练习枪法,也没时间实现他的其他英雄计划。他因疏于练习而感到内疚,但当他去到池塘或者用整晚时间阅读科学书籍时,他又对冷落了柯尔斯顿感到不安。杰克告诉柯尔斯顿不能一起做功课,当她追问原因时,他不得不编造借口。他觉得自己正把她当做敌方间谍来对待:谨慎地与她保持距离,似乎她是一个正在引诱他泄露国家机密的美女。他厌恶自己对她的这种不信任感。

尽管他们之间存在这层隔膜,但柯尔斯顿还是成了杰克与世界交流的窗口。如果碰到什么趣事,杰克总会把它留在心头,期待下次相遇的时候转述给柯尔斯顿。无论他看到什么,他都希望她也能看到。无论何时听到一个笑话,在开怀大笑之前,杰克总会想象着自己复述这个笑话给柯尔斯顿听的情景。

无可避免地,杰克曾在心里问过自己,她会怎么看待他的英雄身份。她会被感动么?她会张开双臂拥抱他,说他简直超乎她的想象么?或者她会摆出一副听了一首蹩脚诗歌的神情?又或者,她会认为他是一个读了太多漫画书、头脑中充满幼稚幻想的怪胎?谁会相信外星敌人可能出现在天上?就算外星人真的现身了,又谁会相信一个十来岁的男孩能扭转乾坤呢,即使他有一支射线枪,并且能一口气做一百个俯卧撑?

杰克内心痛苦地挣扎了几个星期:说还是不说呢?柯尔斯顿是否值得信任,或者她只是杰克老姐的翻版?杰克自己是否靠得住,或者不过是个笨笨的男孩?

五月的一个星期六,杰克和柯尔斯顿骑车出门。杰克带她来到自己练习枪法的池塘。当他们到那儿时,他还没想好怎么做。杰克不能仅仅告诉柯尔斯顿自己有这样一支枪,除非她真正看见那枪射出的光线,否则她不会相信射线枪真的存在。但光是说出真相就可能捅出娄子。杰克对泄露他内心最深处的秘密感到恐惧,他害怕从柯尔斯顿眼里看到充满仰慕的目光时,他会意识到这件事非常愚蠢。

在池塘边,杰克紧张得说不出话来。他喋喋不休地谈论着暖和的天气……一堆蘑菇……一只树上嘎嘎直叫的乌鸦。他谈论着所有的事情,除了萦绕心头的那桩。

柯尔斯顿误解了他的焦虑,她以为自己知道杰克为何带她来这个僻静之所。过了一会儿,她觉得他需要一点鼓励,所以她脱下了衬衫和胸罩。

这事可就做错了。杰克原本没有打算把这次远足作为考验……不过现在是了,而且柯尔斯顿没能通过考验。

杰克脱掉衬衣,用双臂拥住她的肩膀,第一次用胸口触碰她的乳房。他发现居然可以同一时间既感觉到兴奋又感觉到失望。

杰克和柯尔斯顿躺在一片夯实的土地上亲热缠绵。这是他们第一次可以不受任何干扰地独处。他们仍然穿着裤子,但彼此知道还可以走得更远,多远都行。世界上没人能阻止他们想做的任何事情。杰克和柯尔斯顿感觉飘飘欲仙——头晕目眩,一切皆有可能。

然而对杰克而言,这不过是一个错误,一个不能逆转的错误。现在他永远不会告诉柯尔斯顿有关射线枪的事情了。他错过了这个机会,因为她的举动跟他姐姐一样。柯尔斯顿的思维正是女孩子典型的思维,她会坏事的。

杰克讨厌这种感觉:内心满是恼怒和反感。他真的很喜欢柯尔斯顿。他喜欢跟她亲热,而且迫不及待地想跟她见面。他才不当一个一旦抚摸了女孩的乳房就弃她而去的家伙。但他现在跟她有了隔膜,而且不知道该怎样消除这种隔膜。

接下去的几个月,杰克愈发内疚:他只将柯尔斯顿看作很好的性伴侣,而非可以分享自己生命中最重要东西的人。对柯尔斯顿而言,一天天地,她变得越来越不开心:她觉得杰克总为一些莫名其妙的事情责怪她。他们在一起时,总是以最快的速度互相爱抚和发生其他更亲密的关系;可如果他们试着交谈,却找不到话题。

八月份,柯尔斯顿去温哥华岛①上跟祖父母一起过了三个星期。她和杰克谁都没有想念对方,他们甚至没有渴盼性爱,分开简直算得上一种解脱。当柯尔斯顿回来后,他们出去散步,聊的内容颠三倒四。大家都为不能继续交往寻找借口,尽管这些借口毫无意义,但无论杰克还是柯尔斯顿都没有留意——他们内心充满羞愧,所以并没留意彼此说了些什么。他们都感觉自己是失败者。他们曾以为彼此的爱情会天长地久,但是如今却惨淡收场。

撒谎完毕,杰克出去跑了会儿步。他神思恍惚地跑着,脑子里一团乱麻,直到发现自己来到了池塘边。

夜幕降临。他想起跟柯尔斯顿做过的所有事情,在岸边,在水里。第一次之后,他们经常来这儿,这里很隐蔽。正是因为柯尔斯顿的到来,这个池塘不再是杰克第一次开始练习射线枪的那个地方了。杰克也不再是从前的那个男孩,他和池塘如今都承载了更多的

①加拿大不列颠哥伦比亚省的一个岛屿。

历史。

  杰克能够感觉到自己停留在放弃的边缘。他已经十七岁了。还有一年高中就毕业了，然后要进大学。他意识到自己不再相信外星人会随时降临，也不再自视为一个拯救世界的伟大英雄。

  杰克知道自己不是英雄。他曾利用一个女孩获得性的满足，然后编造谎言摆脱了她。

  他觉得自己是一个废物，然而把树枝射得浆液四溅让他感觉好了一点。即便不用对付外星人，射线枪仍然有它的用途。

  第二天，杰克更卖力地练习射击。他练习举重，他从图书馆借阅科学书籍——没有了柯尔斯顿每天几个小时的相伴，他有时间要打发，有空虚要填满。到新学年的第一天，杰克又回归了他成为英雄人物的计划。他不再欺骗自己是在为一场战斗厉兵秣马，而是因为这个计划给了他一点事情做：一个目标，一种发泄，一份忏悔。

  这就是杰克成长的代价。他欺骗了心爱的女孩。

  男子汉意味着懂得自己是谁。

  在高中的最后一年，杰克跟别的几个女孩约会过，但他已经没有了那种刻骨铭心的初恋感觉。他可以寻欢作乐，他可以不被性爱冲昏头脑，原本"意义重大和影响深远"的事情被折中为"愉悦而兴奋"的游戏。杰克并非不重视他的女友们，但她们是人，而不是令人崇拜的女神。他再也没有试图告诉她们中的任何一个关于那支枪的事。

  当他离开小镇去上大学时，他选择了工程物理专业。他还没决定要不要分析那支射线枪的工作原理，但他无法想象自己去学习与这件武器毫无关系的课程。这支射线枪是杰克生命的核心。即使不是英雄，他仍然与众不同，因为他拥有这件可以证明外星人存在的武器。

  大学第一年，杰克住在学校宿舍里。藏好射线枪而不被室友发现是不可能的，因此杰克把枪留在家里，藏在池塘附近。大学第二年，杰克在校外租住了一套公寓。现在他能够把射线枪带在身边了，他可不愿意让它处于无人看管的状态。

  杰克说服一名实验室助理借给他一个盖革计数器[①]。用它测量后，杰克发现这支射线枪压根儿没有放射性，被枪击中的物体也没有显示出任何明显的放射性。杰克后来陆续借来了其他的设备，或者把被枪击中物体残留的碎片带回实验室，在四下无人的时候进行检测。但他一直无法找到答案来解释射线枪工作的原理。

  杰克毕业前的那个冬天，罗恩伯父去世了。在遗嘱里，老人把二十英亩的森林留给了

[①] 一种用于测量放射性的仪器。

杰克，因为罗恩伯父发现杰克喜欢造访那个池塘。"我告诉他的。"大姐雷切尔说，"你以为我不知道你和柯尔斯顿去了哪儿吗？"

杰克勉强笑笑——表情很不自在。他为发现自己并不能比姐姐更好地保守秘密而尴尬。

杰克的父亲提出帮他卖掉那片土地来支付学费。这个提议非常礼貌，并非强迫性的。罗恩伯父在遗嘱里分发了不少银子，所以杰克的家人如今颇为宽裕。当杰克说他宁愿留着这份产业"直到市场回暖"时，没人提出异议。

取得学士学位之后，杰克进入研究院继续深造：先是硕士，然后是哲学博士。有次上课时他认识了蒂娜，她正在攻读博士学位——电力工程而不是工程物理。

这两个专业有几个共同的研讨班，但是两个专业的学生都视彼此为对手。工程物理专业的学生宣称电力工程师不够聪明，不能理解抽象的原理；电力工程师则称工程物理专业的学生只是空中画饼的梦想者，他们的理论在得到真正的工程师修正之前往往是错误的。杰克和蒂娜特意坐在一起，每节课都互相嘲弄。几个月后，蒂娜就搬进了杰克的公寓。

蒂娜身材娇小但是很健壮。她告诉杰克自己之所以被他所吸引，正因为他是班上唯一练习举重的男生。蒂娜小时候曾经是一个实力不凡的游泳健将——"非常有竞争力。"她说——但是她的青春发育迟迟不来，最终在池子里被那些手长腿长的姑娘赶超了。蒂娜退出了赛场，但她从来没有放弃游泳，也没有丢掉超越周围其他人的干劲儿。她几乎把做任何事都视作竞争，包括她跟杰克的关系。如果作弊能让她取得优势的话，蒂娜也会去做的。

在他们同居的公寓里，杰克认为自己已经把射线枪收藏得极其隐秘，蒂娜是不可能找到的，但他没料到自己外出时蒂娜翻查了他的家当——一想到杰克可能藏有她不知道的秘密，她就不能忍受。

他有天一回家，发现那支枪放在厨房的桌子上，蒂娜正在摆弄它！杰克真想大吼一声"别动它！"，但他被怒火噎住了喉咙，实在说不出话来。

蒂娜的手就在扳机旁边，保险栓被打开了，枪口对着杰克。他立刻扑倒在地。

什么事也没发生。蒂娜被杰克的突然举动吓了一大跳，手从枪上猛地弹开，"你到底在做什么？"

杰克站起身，"我也可以这么问你。"

"我发现了这个……我好奇它是什么。"

杰克知道她绝非"碰巧"发现这支枪。它被藏在壁橱最里面的盒子内，埋在一堆旧笔记本下面。杰克想到蒂娜将会编出一些理由解释为什么会翻看杰克的私人物品，但是这些理由不可能令人信服。

令杰克最为光火的是，他实际上本来一直在考虑给蒂娜看这支枪的。她是一个非常非常好的工程师；杰克曾经梦想，他和她一起也许能够发现这支枪的工作原理。在杰克认识的所有女性中，蒂娜是第一个他邀请同居的人。她体格强健，聪颖过人，她也许能弄懂这支枪。杰克一直没有找到合适的时间来告诉她真相——他还在了解她，他需要绝对确信——但杰克曾经梦想……

然而现在，正如柯尔斯顿在池塘边一样，蒂娜毁了一切。杰克觉得受到了侵犯，以至于他几乎不能忍受再见到这个女人。他想把她扔出公寓……但那样的话，这支枪就会引起太多关注，他可不能让蒂娜认为它很重要。

她仍然瞪着他，等待解释。"这是我伯父罗恩的东西，"杰克说，"一件非洲的幸运符，也许是印度尼西亚……我忘了。罗恩伯父经常旅行。"事实上，罗恩的职业是兜售保险，很少离开他出生的小镇。杰克从桌上拿起那支枪，试图表现得平静自然，而不是急于保护枪的样子，"我希望你没有碰过它，它古老而易碎。"

"掂起来挺结实的。"

"即使结实也仍可能会被打碎。"

"刚才你为什么趴倒在地？"

"只是愚蠢的迷信。如果用这一端指着你就会带来霉运。"杰克用手示意枪口那端，"而那端就会带来好运。"他指指枪托，然后试图讲个笑话，"就像中间有个麦克斯韦妖①，这边来霉运，那边来好运。"

"你相信那些胡言乱语？"蒂娜问道。她是一名工程师，她竭尽全力质疑这些废话。

"当然啦，我才不信呢。"杰克说，"但凡事不招晦气最好，何必自找麻烦呢？"

他把枪放回壁橱。蒂娜跟过去。当杰克把枪放回原来的盒子时，蒂娜说她翻阅杰克的笔记寻找有关偏微分方程的内容。杰克几乎原谅了她——他通常能够原谅生命中的女人们的几乎任何借口——但他意识到他再也不愿意让蒂娜继续出现在自己的生活中。无论他们之间曾经有过何种联系，在他看到她拿着射线枪的那一刻，这一切都被切断了。

杰克指责她侵犯了他的隐私，而蒂娜说他太偏执，争吵变得白热化。出于习惯，杰克好几次几乎打了退堂鼓，但是他克制住了自己。他不想让蒂娜和那支射线枪共处一室。他的这种情绪一部分是因为荒谬的占有欲，但是也有合理的因素：如果蒂娜拿着枪并且意

---

① 分子运动论奠基人麦克斯韦所假想的能识别并控制单个分子运动的小精灵。

外走火,后果可能是灾难性的。

杰克和蒂娜继续争吵,就在射线枪旁边。这支枪躺在盒子里,就像一个躺在父母脚下的孩子,而这对父母正在为获得监护权你争我夺。射线枪啥都没做,好像它并不关心哪方取胜。

最终,无可挽回的话语脱口而出。蒂娜说她要尽快搬出去,她现在就去朋友家借宿一宿。

她前脚一走,杰克立马转移了那支枪。蒂娜仍然有公寓的钥匙——她需要这把钥匙,直到进屋收拾行李的那天——杰克非常肯定一旦他忙于其他事,她就会霸占这件武器。射线枪现如今变成了一场竞赛的奖品,以蒂娜的个性,她永远不会退缩。

杰克把武器带到了大学。他给自己的博士导师做助教,曾经分到一个导师实验室里的储物柜。储物柜不是国家金库,但把枪放在那里比留在公寓要好。杰克越想蒂娜就越觉得她喜欢窥探,执迷不悟,控制欲强。他不知道自己原来怎么迷上了她。

第二天一早,他在想自己是不是反应过度了,他是否像那些幽默剧里的主人公那样把前女友妖魔化了?如果她真这样自负,为什么他原来没有留意到呢?杰克找不出好的答案,他认为也没有必要再找了。不像跟柯尔斯顿分手一样,他这次并没有感到内疚。蒂娜越早离开,他就越是高兴。

过了几天,蒂娜打电话说她找到了新住处,她和杰克商定了一个时间来收拾行李。杰克不想在她搬出去的时候待在那儿,他不想看到她再出现在自己公寓里,于是,杰克回到家乡小镇跟家人一起度过了一个悠长的周末。

他的决定简直太幸运了。他周五下午离开,直到周一晚上才回到大学,而警察正在等他:蒂娜周六晚些时候失踪了。

她周六下午还跟朋友说过话的,并且约好了周日共进早、中餐,但是周日一整天她都没有出现。自此没人见过她。

作为前任男友,杰克是头号嫌疑犯,但是他的不在场证据非常有力:他的家乡距离大学数百英里,他的家人可以证实他一直待在那里,杰克不可能偷偷溜回大学,令蒂娜人间蒸发,然后冲回家里。

警方极不情愿地放杰克走了。他们认定蒂娜因为与男友分手而心情沮丧,她可能为了避免在学校撞上杰克而远走高飞,甚至可能已经自杀了……

杰克则怀疑另有隐情。他一恢复自由,就跑到了导师的实验室,只见他的储物柜已经被撬开了,射线枪放在附近的一张实验台上。

杰克能够轻易推断出发生了什么。搬走行李时,蒂娜四处搜寻那支枪。她没在公寓里找到它。她知道杰克在实验室有一个储物柜,于是猜出他把武器藏到那儿了。而后,她撬开储物柜拿到了枪。她仔细察看那支枪,甚至可能试图拆开它。最后枪走火了……

现在,蒂娜消失了。地板上甚至没有一丁点儿污迹。射线枪平躺在实验台上,像石头一样无辜。杰克是唯一良心不安的人。

他难过了好几个星期。他想知道为什么自己会为一个令他震怒的女人如此难受,然而他知道内疚的根源:当他和蒂娜在壁橱旁争吵时,杰克曾经幻想用这支枪把她变成蒸汽。他太有分寸了,不可能真正对她开枪,但这个想法确实曾经掠过他的脑海。如果蒂娜仅仅是失踪了,杰克不会去操心她可能做了什么,可射线枪使得那个想法变成了现实,好像它读懂了杰克的心思。

杰克告诉自己这个观点是荒诞不经的,这支枪不是什么让杰克梦想成真的妖怪,蒂娜的遭遇纯粹是由于她自己的倒霉和好奇造成的。

然而,杰克还是感觉自己像个凶手。经过了这么久,杰克终于意识到保存射线枪对自己来说实在太危险了。杰克只要拥有它,就只能被迫独居:永不结婚,永不生育,永远不能放心让这支枪靠近别人。甚至即使杰克真的做了隐居者,仍然可能发生事故。别的任何人可能因射线枪而死掉,那都将会是杰克的错。

杰克不明白怎么自己以前从没这么想过。他突然觉得自己是个拥有恶犬的人。那些人总是声称他们可以管好恶狗,可他们隔多久就会登上晚间新闻?隔多久就会有孩子被咬伤、致残甚至死掉?

有些狗注定会惹是生非,射线枪也是。它随时都在找机会挣脱皮圈,除非被毁掉。发现这支枪已经十二年了,杰克意识到自己终于有了一项英雄的使命:毁灭这件让他成为英雄的武器。

我不是蜘蛛侠,他想,我是弗罗多①。

但杰克怎样才能摧毁一件已经经受了那么多考验却依然完好的武器呢?这支枪没有在外太空的严寒中被冻坏,没有在栽进地球大气时被烧掉,也没有在高速撞击地面时被砸碎;如果这支枪能够逃过这些劫难,那么杰克需要采取非常极端的办法才能让它寿终正寝。

杰克想过把枪丢进冶金用的鼓风炉,但如果枪爆炸了呢?如果射穿了鼓风炉的炉壁怎么办?鼓风炉自身可能爆炸,那将是一场灾难。其他的销毁办法都有类似的问题。把枪放进液压机碾碎……如果这支枪在液压机上射出一个洞,搞得设备碎片四射怎么办?

---

① 弗罗多是英国作家J·R·R·托尔金的小说《魔戒》及同名电影中的人物,他得到了一枚魔戒,为避免戒指危害人间,他最终将这枚神奇的戒指毁灭了。

把枪浸到酸性溶剂里……如果枪支爆炸并且把酸液溅得到处都是怎么办？用激光切割这把枪……杰克不知道这支枪的动力来源，但很显然它拥有巨大的能量。打破那种能量平衡可能导致爆炸，也可能造成射线泄漏，或者某种更大的灾难。谁知道如果你胡乱折腾外星科技会招致怎样的后果呢？

而且，如果这支枪能够自我防御呢？这些年来，杰克曾经阅读过所有找到的能发出射线的枪的故事。有些故事中，此类武器带有内置电脑。它们拥有足够的人工智能来评估形势。如果它们不高兴，就会采取行动。如果杰克的枪与之相似呢？如果试图摧毁武器的举动导致枪的反抗怎么办？如果这支射线枪发怒了怎么办？

杰克拿定了主意，唯一安全的方法就是把枪扔进大海——越深越好。即便如此，杰克仍然担心这支枪会想方设法回到岸上。他希望这件武器要用好几年甚至好几百年才回得来，到那时，人类可能已经发展出足够先进的科技装备来对付这支射线枪了。

杰克的计划有一个缺点：他就读的大学和杰克的家乡都远离大海。杰克不认识什么人拥有适合到深海抛物的船只，他将不得不开车去海边然后看看能否租到什么船。

但是，夏天到来之前，杰克正处于攻读博士学位的最后阶段，他没有时间离开大学进行远途旅行。作为权宜之计，杰克把枪埋在池塘边几英尺深的地下，希望这样能够避免被动物或者路过的什么人发现。

（杰克想象堕入情网的新一代少男少女发现了这个池塘。果真如此的话，他希望他们能平安无事。就像一个真正的英雄那样，杰克关心素不相识的人。）

杰克不再用射线枪练习射击，但仍然坚持体能训练。他努力让自己精疲力竭，以为这样自己就没精力去胡思乱想了，可这没用。他躺在床上辗转难眠，不停自问如果将事实告诉了蒂娜将会如何。如果他告诉她要小心谨慎的话，她就不会害死自己了，但杰克更关心的还是他宝贵的秘密，而不是蒂娜的生命。

黑暗中，杰克喃喃自语："是她自己犯了那该死的错误。"他说得没错，但不完全对。

当杰克不在体育馆健身时，他与世隔绝，埋首学业和研究。（他的博士论文是关于不同类型高能量光线的共同特征。）杰克断绝了社交。他很少给家里打电话，他用几天的时间来回复姐姐的电子邮件。即便如此，他告诉自己，他表现得极其"正常"。

杰克低估了姐姐的洞察力。一天周末，雷切尔出现在他的门阶上，来瞧瞧他为什么"变得古里古怪"。她花了两天的时间来刨根究底。周末结束的时候，她得出结论：蒂娜的失踪严重扰乱了杰克的生活。雷切尔揣测不出全部的真相，但是作为大姐，她觉得有义务干预杰克的生活。她决心把弟弟从情绪低迷的状态中拯救出来。

接下来的周末,雷切尔再次出现在杰克的门阶上。这次她带来了柯尔斯顿。

距柯尔斯顿和杰克上次见面已经过去九年了,那还是他俩一同从高中毕业的时候。间或杰克会想起柯尔斯顿,他总是把她想象成一个高中女孩。如今看到她长大成为一个女人,杰克感觉很新奇。她现在二十七岁,跟十八岁时并没有太大改变——戴着新眼镜,留着更靓的发型——虽然她跟十几岁时仍有相似之处,但柯尔斯顿的生活已经迥然不同。她长大了。

杰克也长大了。意外地见到柯尔斯顿,让杰克觉得自己好像中了埋伏,但他很快就释然了。雷切尔说话又快又大声,这帮助两位旧情人摆脱了见面之初的尴尬。她带杰克和柯尔斯顿去喝咖啡,在他们俩再次熟识的过程中担当了司仪的角色。

柯尔斯顿的成长道路与杰克的很接近:上大学,读研究生。她告诉他:"没人能以写诗为生。我们中的大多数谋求诸如英语教授的工作——给那些同样不会以诗为生的人讲解诗歌。"

柯尔斯顿一个月前获得了博士学位。现在她搬回家里,没有男朋友——她的上一段感情于几个月前以失败告终,她决定在最终确定任教地点之前不再涉足任何新的感情。她向北美洲各地高校的英语系都发出了求职简历,她对求职前景感到乐观。出乎杰克的意料,她已经在文学杂志上发表了几十上百首诗歌,她甚至卖了两首给《纽约客》杂志。她的发表经历对于很多英语院系来说都具有相当的吸引力。

喝过咖啡,雷切尔拽着杰克来到购物中心,和柯尔斯顿一同陪他买新衣服。雷切尔唱白脸,柯尔斯顿唱红脸。杰克尽量做一个豁达大度的人。当他们离开购物中心时,杰克很惊奇地发现,其实自己刚刚度过了一段愉快的时光。

那天傍晚,他们饮酒、聊天。雷切尔睡杰克的床,让他和柯尔斯顿随意安排喜欢的节目,他们笑称雷切尔试图撮合他俩重归于好。最终柯尔斯顿睡在起居室的沙发上,而杰克则钻进厨房地板上的一只睡袋里……但那已经是聊到凌晨三点之后的事了。

雷切尔和柯尔斯顿第二天下午离开,但杰克却因她们的造访而变得轻松起来。他跟柯尔斯顿保持电邮联系,是随意的那种:不谈感情,却是一种相知的友谊。

在接下来的几个月,柯尔斯顿接到几所学院和大学的工作面试,她接受了俄勒冈沿岸的一个职位。她发送了一些学校的照片给杰克看。学校恰好在海岸边上,甚至还有一个海滩。柯尔斯顿说她一直都喜欢水,她开玩笑似的让他回想他们在池塘边度过的那些时光。

但当杰克看着柯尔斯顿发来的太平洋照片时,他唯一能想到的事就是把射线枪扔进大海。他可以开车去看她……租一艘小船……驶向深海……

不行。杰克完全不会驾船,而且他也没有足够的钱来租下一条适合深海航行的小船。"我已经准备了多少年?"他问自己,"我不是打算为任何危机做好准备么?我现在有了一项真正的任务,但却一筹莫展。"

然后,柯尔斯顿发来了电邮邀请他一同出海。

她可以弄到一艘出海的游艇,是她祖父母的——就是她和杰克分手之前去温哥华岛探访的那两位老人。那次去岛上旅行的时候,柯尔斯顿每天都跟祖父母一同驾船出海。最初她出海是为了不去想杰克,后来她发现自己很喜欢在海浪间徜徉。

从那之后,她每个夏天都去陪伴祖父母,学习如何驾驶游艇。她参加了驾驶课程,取得了必须的执照。现在,柯尔斯顿完全有资格驾船到深海航行……作为预祝工作顺利的礼物,柯尔斯顿的祖父母把他们的船借给她一个月。他们打算驾船到俄勒冈,在那里逗留几天,然后乘飞机去澳大利亚观光,观光结束后他们再返回俄勒冈,然后驾船回去。在那期间,柯尔斯顿可以使用他们的游艇,她问杰克是否愿意成为她的船员。

当杰克收到这份邀请时,他感到心绪难宁。柯尔斯顿以前从来没有提过驾船,因为她生活在家乡小镇,她给杰克的电邮多数都是关于高中老友的。杰克甚至又开始在脑中把她想象成一个十来岁的少女,他曾经跟长大成人的柯尔斯顿度过了一个周末,但她所提到的高中时代的故人、故地混淆了杰克脑海中的印象。想到一个书呆子气的女孩成为游艇的船长,他就觉得不合情理。

但跟她的邀请所带来的难以置信的便利相比,这只是个无足轻重的问题。杰克需要一艘船,突然,柯尔斯顿就有了一艘。这个巧合真是令人难以置信。

他想到那些素昧平生却制造了射线枪的外星人。他们能够影响事件的进程么?如果射线枪是拥有智能的,是不是它促成了这个巧合呢?

柯尔斯顿曾在枪旁待过一段时间。他们第一次去池塘的时候,她和杰克就半裸着躺在杰克装枪的背囊旁边。

他想起那天的柯尔斯顿。没有遮挡,无比柔弱。那支枪就在几寸之外。难道是它培养了柯尔斯顿对驾船的兴趣……她在俄勒冈工作的决定……甚至她祖父母借船的提议?是否就是这支枪造就了柯尔斯顿的生活,于是当杰克需要她时她就已经准备好了?如果那支枪能够做到这些,那么它又对杰克做过些什么呢?

这很滑稽,杰克想,这不过是一支枪,它不会控制人。它只会杀害人。

然而,杰克不能摆脱自己怪诞的感觉——关于柯尔斯顿,也关于这支枪。这些年来,当杰克为当英雄做准备时,柯尔斯顿或多或少也这样做了。她的自我修炼规划得比杰克更出色。她有一艘船,而他却没有。

不管是否巧合，既然是白送的礼物，就不要太挑剔了。杰克告诉柯尔斯顿，他很高兴跟她一同出海。直到后来，他才意识到他们同船共度的时光将会有性的潜台词。他开怀大笑，"我真是一个白痴。我们又一次重复了那个错误。"如同池塘边的那次，杰克一门心思记挂着那支枪，而柯尔斯顿却一直想着杰克。她的邀请并非赤裸裸的引诱，但却有着强烈的暗示："让我们重新开始，看看会怎样发展吧。"

对于柯尔斯顿在意的东西，杰克却总要慢半拍才能理解其信号。他想，显然，射线枪让我的感觉变得迟钝。这一次，杰克拿枪开起了玩笑。

夏天来了。杰克开车西行，车尾箱里面放着那支射线枪。枪的保险上好了，但杰克开车时仍然小心翼翼，仿佛车上装的是核废料。他曾经多次在家乡和大学之间来回搬运这支枪，但这次的旅途更长，道路也不熟。杰克希望这是他最后一次带枪旅行了。如果它不想被扔进大海，可能会在路上制造麻烦，但它没有。

开车的多数时间，杰克对于是否告诉柯尔斯顿关于这支枪的事非常矛盾。他曾考虑把枪悄悄带上船，趁她没看见从甲板上扔下海，但杰克又觉得应该告诉她真相，他已经瞒她太久了。此外，这次航行可能会是一段新感情的开始，杰克不想在柯尔斯顿背后搞小动作来开头。

所以，他不得不坦白自己内心最深处的秘密，而其他所有秘密也将随之曝光：蒂娜遭遇了什么，那天在池塘边杰克真正想的是什么，什么东西让他们的初恋变了味。杰克将向那个曾经承受分手打击的女人坦陈自己的内疚。

他想，她可能会将他连同那支枪一起从甲板上扔下海。不过，他仍然会坦诚相告，即使这会让柯尔斯顿恨他。当他将射线枪扔进大海时，他希望同时卸下身上所有的包袱。

在船上的第一天，杰克没有谈起射线枪，而是不由自主地说些琐碎杂事。柯尔斯顿也是。他们在一起时有点怪，看上去就像高中时一样，尽管他们已经不再是当初的青涩少年。

幸运的是，他们有各种杂务来打发时间。杰克需要上一堂海员速成课。他学得很快，因为柯尔斯顿是一个好老师，此外，杰克坚持了数年的英雄训练计划锻炼了他的身体和心智。柯尔斯顿对于他掌握摩尔斯电码和各种绳结知识印象深刻，她问："你以前是童子军么？"

"不是。在孩提时代，我希望自己万一被间谍抓住能自行松绑。"

柯尔斯顿大笑，她觉得他在开玩笑。

第一天,他们在离岸不远的地方航行。他们一直没机会单独相处,视线之内总有其他游艇、帆船,以及岸上的人。当夜幕降临,他们泊进港湾,在一个海景餐馆用餐。杰克问:"那么我们明天去哪儿?"

"你想去哪儿?沿海岸北上,南下,或者直行入海?"

"为什么不径直往前开呢?"杰克说。

回到游艇,他和柯尔斯顿聊到午夜过后很久。艇上只有一个船舱,但有两张折叠床。不用讨论,他们各自选了一张。他们都习惯裸睡,但为了这次旅行他们都带了临时的"睡衣":包括汗衫和条纹裤。他们看着衣服大笑,因为他们不约而同的选择,也因为他们自己的样子。

他们没有亲吻互道晚安,杰克暗地希望这样,他希望柯尔斯顿也这样想。熄灯后他们又聊了一个钟头,只是在黑暗中交谈,没有演变成其他什么。

第二天他们向正西方航行。彼此都等待对方提议天黑前返航,但两人都没提。他们离岸越远,视野内的船只就越少。日落时分,杰克和柯尔斯顿又一次单独相处了。世界上没人能够阻止他们想要做的任何事情。

杰克请柯尔斯顿留在甲板上。他下到船舱,从行李中取出射线枪,又在黄昏薄暮中踏上甲板。他开口之前,柯尔斯顿说:"我从前见过它。"

杰克吃惊地瞪着她,"什么?在哪里?"

"我多年以前见过,在家乡的树林里。我出去散步。我留意到它躺在一个小弹坑里,看上去是从天上掉下来的。"

"真的?你也看到它了?"

"但是我没有碰它。"柯尔斯顿说,"我不知道为什么。我听到有人来就跑开了,但这个记忆一直铭刻在我脑子里:树林弹坑里一个神秘的物体。我不知曾多少次想要以此为题作诗,但总是不成功。"她看着杰克手中的枪,"它是什么?"

"射线枪。"他说。在渐暗的暮色中,他能看到离船很近的地方漂浮着一团海藻。他举枪射击。海藻炸出火光,在黑色海浪的映衬下,熊熊燃烧。

"射线枪,"柯尔斯顿说,"我能试试么?"

过了一阵子,他们手牵手,让枪落到了水中。它毫不反抗地沉了下去。

此后良久,他们相拥着交谈。杰克说这支枪造就了现在的自己。柯尔斯顿说她也是。"在看见那支枪之前,我只是写些关于自己的诗歌——矫揉造作、自我陶醉的空话,就像每个十几岁的少女一样,但这支枪给了我另外的写作题材。我只看了它一分钟,但这却是刻入记忆的那些瞬间之一。我有种冲动,想去寻找言语表达我所看到的。我不断打磨诗歌,试图写得更好。这就是它带给我的改变。"

"我也有这种冲动。"杰克说,"有时候我好奇这支枪是否能够影响人的思想。也许它给我们洗脑了,把我们变成了现在的样子。"

"也许它只是石头汤。"柯尔斯顿说,"你知道那个故事吧?有人声称他能用一块石头熬汤,但他真正做的只是忽悠人们把他们自己的食物丢进锅里。也许这支射线枪就像这样。它什么都没做,只是像块石头一样坐在那里。你和我做了所有事——让我们成为今天的自己——射线枪只是一个借口。"

"也许。"杰克说,"但如此之多的巧合把我们带到这里……"

"你觉得这支枪控制了我们,因为它想要被扔进太平洋?为什么?"

"也许是射线枪也厌恶了杀戮。"杰克打着寒战,想到蒂娜,"也许这支枪为它杀死的生命感到内疚,它想前往一个无法再次杀人的地方。"

"蒂娜的死不是你的错。"柯尔斯顿说,"真的,杰克。那确实可怕,但并不是你的错。"她也在发抖,然后提高声音,"也许因为射线枪是一个无可救药的浪漫主义者,它精心安排了一切。它想撮合咱俩,做我们俩的外星红娘。"

杰克吻了吻柯尔斯顿的鼻子,"如果是真的,我不反对。"

"我也不。"她回吻他,吻在唇上。

深深的海底,射线枪沿着又冷又黑的深渊漂移着。在它下面,大洋洋底,躺着那艘无数个世纪前爆炸的星舰残骸。这残骸从木星一路飞来,因为小小的轨道偏差,落到了射线枪着陆点之外数千英里处。

射线枪径直沉到残骸旁边……但残骸中有些什么,或者射线枪为什么愿意来到这里,我们永远也不会知道。

我们永远不能理解外星人。如果什么人花上一个月来对我们讲解外星人的想法,我们会自以为明白了。

但是我们并不明白。

附:关于科幻,詹姆斯·艾伦·加德纳的回答

问:对于你来说,科幻小说是什么?

加德纳:在我看来,科幻小说是唯一着眼于大局的文学形式。当然,这种大局不仅指星球大战和毁灭恒星,它包括所有引领科学界乃至整个世界进步的构想。

打个比方吧,传统文学会怎样描写爱因斯坦呢?或许会讨论他的家庭生活、他跟其他科学家之间的关系,或许会研究他的天赋从何而来,或许还会猜测被誉为地球上最聪明的人会令他产生哪些心理问题,等等,无论如何都不会像科幻小说一样,去分析他给整个世界带来的影响,以及他是如何改变了人们看待自己甚至宇宙的方式。其他文学形式只会围着他本人转,而不会提及他的卓越成就所带来的重大影响。

问:作为应用数学专业的硕士,你的专业给你的小说带来了哪些影响?

加德纳:我写过一篇小说,叫做《肯特郡掉入重力阱:一个观察者的分析报告》,我认为这是我最出色的小说之一。这篇小说的理论基础就建立在我的一篇关于黑洞学说的硕士论文之上,它以真实的黑洞数学模型为基础,最终用科幻小说的手法得出了一个似是而非、看上去无懈可击的结论。实际上,我讲述的是一个老掉牙的故事,但坚实的数学内核却使它显得极富新意。另外,我的每篇小说中几乎都能看到数学的影子,哪里能用到,我都要秀一秀。

问:写作《射线枪:一个爱情故事》时,你的灵感从何而来?

加德纳:当说到科幻小说时,我总是很严肃,经常要谈论一些深奥、高尚的东西。然而,我们喜欢科幻小说可并不全因为这个,那些宇宙飞船、时间机器、行星开发、射线枪之类的东西更令人着迷。尽管星球大战和人类文明的延续很重要,但我也想在故事中描写美丽的风景和人类的情感。于是我想到了这样一个故事:一把射线枪——似乎是一个旧式星球大战的科幻故事;一段爱情——复杂曲折令人唏嘘不已。《射线枪:一个爱情故事》就这样诞生了。

问:在写这篇小说时遇到了什么困难吗?爱情故事怎么能跟射线枪放在一起写?

加德纳:我的想法是基于《石头汤》①的故事——分享将会带来什么。主人公的性格和情绪能够加诸射线枪之上,所以,杰克的成长才是情节发展的主线。当他是孩子时,射线枪能使他成为英雄;当他要追女孩子时,射线枪变成了他坦承度的象征;当他发现蒂娜的背叛时,射线枪就成了伤害和复仇的武器;当他真正敞开心扉追求爱情时,射线枪就成了感情亲密无间的象征。可是,这毕竟也是一个科幻故事,所以我给它安了个科幻的开头和结尾。

---

①法国的一个民间故事。三名士兵饥肠辘辘地来到一个村庄,可村民都把食物藏了起来。于是他们声称要煮一锅石头汤,并逐渐说服村民把自己家好吃的东西拿出来放到锅里,最后煮出了一锅无比美味的汤。这个故事告诉人们,如何在合作和分享中获得快乐。

美国科幻 2009

【美】迈克·雷斯尼克/文

北星/译

近些年来,美国科幻经历了不少巨变。曾几何时,纽约的每家大众书籍出版商都有科幻出版项目或科幻品牌,而现在,只有那么六七家大众书出版商还在致力于出版科幻小说:Tor,Baen,Ace 和 Roc(属于同一家公司旗下,而且由同一位女士主编),DAW,Eos,Ballantine/del Rey 和 Bantam/Spectra(属于同一家德国公司,而且正在合并中)。

不过,在纽约出版市场缩水的同时,一些活跃的中型出版商也涌现出来。这些出版商不同于传统的小型出版商,他们付的稿费足以维持生活。这些出版商包括 Pyr,Subterranean,Golden Gryphon,Night Shades,Tachyon 等等。

中短篇科幻小说的市场改变更大。三大杂志仍然存在:《阿西莫夫科幻杂志》、《类比》、《奇幻和科幻杂志》。另外,停刊一段时间的《奇幻界》杂志现在已经复刊。不过,现在美国只有这四种科幻/奇幻杂志印刷出版。而在互联网上,改变正在发生。现在至少有十五家电子杂志支付的稿费达到 SFWA(美国科幻奇幻作家协会)认可的专业杂志标准,其中,《吉姆·巴恩的宇宙》、《地下杂志》、《克拉克的世界》三家杂志付的稿费比任何一家印刷出版的杂志都高,因此吸引了越来越多的科幻名家投稿。

随着世界的变化,科幻小说的疆域也发生着变化。现在播客变得越来越流行了。据我所知,我的雨果奖获奖短篇《与猫同行》,最早刊登在2005年某期《阿西莫夫科幻杂志》上,那期杂志仅卖出一万八千份。后来我又将其售给一个播客网站"EscapePod",结果第一个月就有五万六千名听众。直到四年后的今天,那篇小说还在那个播客网站上,而《阿西莫夫科幻杂志》早在其出版的一个月后就已下线,再也买不到了。

科幻小说现在也通过音频产商销售,既有光盘版也有下载版,音频市场正在迅速扩展。亚马逊网站刚刚花三亿美元买下了一家制作音频图书以供下载的网站Audible.com。因此我们有理由推测，音频图书市场在不远的未来应该会很热闹。

一家小型的新兴企业Fictionwise.com，在2000年开始购买长篇和中短篇小说的翻版版权，并在其网站提供收费下载，但从不购买原创的小说。前不久，他们刚刚销售出第一千亿字。

最前沿的创新是专门为移动媒体制作的数字图书，在iphone和其他类型的手机上均可阅读。

所以，我认为虽然现在经济形势很糟，但市场却仍然在飞速地发展。

当然，电影也对科幻/奇幻图书市场的发展有所帮助。回想一下美国电影史上进入票房前二十名的电影，其中十五部是科幻或者相关的题材（如奇幻、恐怖等等）。这促使新一代的孩子们出去购买科幻、奇幻书籍和杂志。

此外，J·K·罗琳的《哈利·波特》系列对市场也有帮助。这个系列每一部精装本的平均销售量都超过了两千五百万册。最近还有一个趋势，那就是吸血鬼（或超自然）罗曼史的流行，我并不认为这值得赞赏，但是这也吸引了更多读者去阅读科幻和奇幻小说。

在美国，每年有大约两百个科幻主题集会，有的规模超级庞大（参加人数超过十万），有的规模极小（参加人数少于一百）。世界科幻大会通常有四千到八千人参加，每年颁发人们翘首以盼的雨果奖。

总而言之，科幻圈还很活跃，还在不断产生影响深远而又令人愉悦的长篇和中短篇小说（而且艺术水平也越来越高）。如果说书卖得少了，部分原因无疑是当前的经济形势。不过，更重要的原因是所有这些新的出版平台：音频、播客、数字化传播，以及所有其他媒体。这些东西科幻小说早已有过预言，可以说我们早有准备。

中国科幻 2009

姚海军 / 文

经济放缓对出版业造成了怎样的影响似乎仍无定论。现实的境况令人迷惑：一些有实力且具前瞻眼光的出版机构仍在开疆拓土、创造传奇，而另一些却因市场的"低温"叫苦不迭。

2009是一个令人困惑的年份，充满风险，却又商机无限。出版市场正在经历洗牌的阵痛，科幻当然无法独善其身。

期 刊

对科幻期刊来说，2009是坚守的一年，也是积蓄力量的一年。《科幻世界》、《科幻世界译文版》和《科幻大王》不约而同都对刊物内容及外在形式进行了强化改造，同时开展了一系列的宣传活动。播种必有收获，科幻人总是对未来充满期待。

在小说作品方面，新、老作者均不乏精彩表现，韩松的《绿岸山庄》、陈楸帆的《鼠年》和江波的《时空追缉》均属惊艳之作，代表了这一年短篇科幻的成就。而何夕的《十亿年后的来客》、王晋康的《有关时间旅行的马龙定律》和今何在的《十亿光年》（发表于《九州幻想》）均引发了读者热评，表现出作者强大的市场号召力。

七月、迟卉、米泽和陈茜同样值得关注，特别是七月，在沉寂一段时间之后，凭借《像天使一样飞翔》和《擦肩而过》，再次让我们感受到他令人艳羡的想象力。

这一年《科幻世界》还出版了《科幻世界30周年特别纪念》增刊，对中国科幻30年来的风雨历程进行了多重视角的回顾，有一定收藏价值。

总体来看，《科幻世界》仍是科幻期刊市场的领跑者。显然，这是《科幻世界》长期重视作者培养的结果。

图 书

2009年科幻图书的品种数量比之2008年有所下降，截至11月底，全年共出版98种，其中新书46种，占总数的47%。

原创新书成绩最不理想，品种屈指可数，其中有影响的更是只有《十字》（王晋康著，四川科学技术出版社)和《上海堡垒》(江南著,万卷出版公司)。这两部作品风格迥异,代表了科幻小说的不同类型:前者将科学推想作为故事的核心,是传统科幻的典型代表;而后者中的科幻概念则退居为并非必要的背景,作者着力于讲述一个青春、热血的故事。将它们归于何种类型或许并不重要,重要的是它们都受到了读者的肯定和欢迎,为不景气的原创出版增添了一抹亮色。

从上世纪80年代科幻热潮开始,引进版图书就一直作为科幻出版的主体部分存在,2009年这种局面仍在延续,变化是:新兴的出版社和文化公司对科幻版权引进表现出比传统出版社更强烈的兴趣。其中,最具代表性的红书坊与北方妇女出版社合作打造的"最终幻想联盟"系列。该系列2009年首批推出了康妮·威利斯的《末日之书》等四部口碑上佳的美国科幻,选题眼光和市场开拓都可圈可点。另外,值得关注的是,红书坊显然制订了一个极具野心的科幻出版计划,上述四部书只是其庞大计划的第一波。

当然,2009年最重要的引进科幻图书的推动者仍是《科幻世界》和四川科学技术出版社。这一组合打造的品牌丛书"世界科幻大师丛书"推出了弗诺·文奇的《彩虹尽头》、詹姆斯·布利什的《飞城》、尼尔·斯蒂芬森的《雪崩》、厄休拉·勒古恩的《黑暗的左手》和《一无所有》等十三部世界科幻经典名作。

"世界科幻大师丛书"背后隐含的是《科幻世界》拓展科幻产业链的雄心,迄今为止该系列已推出一百多部世界科幻经典,三十多位世界科幻大家通过这套丛书登陆中国。2007年尼尔·盖曼在成都国际科幻·奇幻大会上还只是感叹"科幻的未来在中国",而今天,美、日、加拿大等国的科幻作家已开始主动寻求通过这一平台进入中国极具潜力的科幻大市场。

2009年,科幻图书开机首印量冠军是美国女作家斯蒂芬妮·梅尔的《宿主》(接力出版社,首印11万册)。这是一本包含了诸多流行元素的大书(不是指部头,而是指版权交易成本和市场操作成本),接力出版社对科幻市场的信心可见一斑。

2009年值得推荐的优秀科幻新书还有迈克尔·克莱顿的《猎物》(译林出版社)、金·斯坦利的《绿火星》和《蓝火星》(华文出版社)等。

爱好者活动

与科幻出版整体略显平淡的境况不同,科幻爱好者的热情与力量在2009年得以爆发式地展现,北京航空航天大学科幻协会主办全国第四届"原创之星"幻想文学征文大赛、"42工作室"推出"科幻大讲堂"、科幻苹果核发起"上海高校幻想节",两份电子刊物——恐拜火主编的《新幻界》和李兵主编的《科幻小说报》相继创刊。最具历史意义的则是小姬和凌晨等人在松鼠会举办"科学嘉年华"期间精心策划的"科幻之夜"化装颁奖晚会。在这个晚会上,首次由爱好者群体为一年来推动科幻发展的机构和个人颁发了科幻土星环奖。科幻作家、科幻编辑、科幻书店店主、电影人、媒体人、科幻迷欢聚一堂,那个奇异火暴、惊喜连连的科幻之夜无疑为2009画上了一个圆满的句号。

图书在版编目(CIP)数据

星云Ⅶ/江　波　等著；-成都：四川科学技术出版社，2009.12
ISBN 978-7-5364-6924-2

Ⅰ．星…　Ⅱ．江…　Ⅲ．科学幻想小说-中国-当代　Ⅳ．I247.5

中国版本图书馆CIP数据核字(2009)第192397号

星云Ⅶ

著　　者	江　波　等
主　　编	姚海军
责任编辑	宋　齐
封面设计	张城钢
版面设计	张城钢
责任出版	邓一羽
出版发行	四川出版集团·四川科学技术出版社
	成都市三洞桥路12号　邮政编码：610031
成品尺寸	160mm×228mm
印　　张	15.25
字　　数	260千
插　　页	2
印　　刷	四川五洲彩印有限责任公司
版　　次	2009年12月成都第一版
印　　次	2009年12月成都第一次印刷
定　　价	15.00元

ISBN 978—7-5364-6924-2

■ 版权所有·翻印必究 ■

■本书如有缺页、破损、装订错误，请寄回印刷厂调换。